Knaur.

Knaur.

Im Knaur Taschenbuch Verlag sind bereits folgende Bücher des Autors erschienen:
Nackte Seelen
Totenspur
Ins blanke Messer
Schnitzeljagd

Über den Autor:
Luc Deflo ist der meistverkaufte Thrillerautor Belgiens und mit seiner Reihe um Untersuchungsrichter Jos Bosmans und Kommissar Dirk Deleu auf die Top Ten der Bestsellerliste abonniert. Für *Pitbull,* den neunten Band der Reihe, wurde er mit dem renommierten Hercule-Poirot-Preis ausgezeichnet. Luc Deflo lebt mit seiner Familie in Brüssel.

Luc Deflo

TODESWAHN

Thriller

Aus dem Flämischen
von Stefanie Schäfer

Knaur Taschenbuch Verlag

Die flämische Originalausgabe erschien 2002
unter dem Titel »Kortsluiting« bei Uitgeverij Manteau/Standaard
Uitgeverij nv, Antwerpen

Besuchen Sie uns im Internet:
www.knaur.de

Deutsche Erstausgabe August 2011

Redaktion: Maria Hochsieder
Umschlaggestaltung: ZERO Werbeagentur, München
Umschlagabbildung: Gettyimages/Michael Blann/Photonica
Satz: Adobe InDesign im Verlag
Druck und Bindung: GGP Media GmbH, Pößneck
Printed in Germany
ISBN 978-3-426-50235-8

2 4 5 3 1

Für Butt Slih

Mein Dank gilt Linda Cloostermans,
Patrick De Bruyn, Britt De Meyer, Carl De Meyer,
Johan Dewolf, Johan Herings, Mario Motos,
Tom Serkeyn, Diane Vandepaepeliere
und Guy Wilms.

FREITAG, 21. NOVEMBER – 17 UHR 15

Yvette Serneels, eine rundliche junge Frau, lächelte zufrieden, ja, überglücklich, als hätte sie, nachdem sie jahrelang davon geträumt hatte, soeben im Lotto gewonnen. Trotz ihres beachtlichen Bauchumfangs erklomm sie recht schnell die Treppe, Bürste und Staubwedel in der einen, einen Eimer mit schwappender Seifenlauge in der anderen Hand. Ihre Blümchenschürze streifte das Geländer, als sie schwungvoll um die Ecke bog und das Gästezimmer ansteuerte.

Vor dem Kippfenster, das Ausblick auf den verwahrlosten Garten bot, blieb sie stehen. Sie fuhr mit den Fingerspitzen über ihren Bauch, lächelte erneut und begann, mit energischen Armbewegungen die Fensterscheibe einzuseifen und abzuledern. Während sie anschließend Atem schöpfte, knüllte sie Zeitungspapier zusammen.

Zeitungen gibt es ja wahrhaftig genug im Haus. Wird Zeit, dass er mal was anderes unternimmt, als immer nur die Nase in Käseblättchen zu stecken.

»Aber ich muss doch Arbeit finden!«, sagte sie, den nöligen Tonfall ihres Gatten imitierend. *Zeitung lesen, DVDs gucken und bis mitten in der Nacht im Internet surfen, das kann er. Aber Arbeit finden?*

Sie pfiff eine fröhliche Melodie, trommelte mit den Fingern auf der Fensterbank den Takt und wienerte drauflos, mit Zeitungspapier, wie sie es von ihrer Mutter gelernt hatte. Die Sorgen konnten ihr für heute gestohlen bleiben.

Hoffentlich ist die schöne Wiege noch da! Und hoffentlich findet er das Geschäft wieder.

In Gedanken hörte Yvette Serneels schon ihre Nähmaschine

rattern. Die antiallergene Füllung und der Bezugsstoff, pastellgrün kariert mit Teddybären, lagen schon lange bereit.

Nur noch Maß nehmen, dann kann es losgehen. Gleich nach dem Essen.

Sie begutachtete ihr Werk, nickte zufrieden und strich sich erneut mit einer liebevollen Geste über den Bauch.

Caroline. Nein, kein Bram. Es wird eine Caroline.

Sie sah auf ihre Armbanduhr. Fünf vor sechs.

Der Antiquitätenladen schließt doch um halb sechs? Ach, Herman.

Seine Jeans lag in der Ecke. Eine Hand auf den Oberschenkel gestützt, beugte sie sich vornüber und hob die Hose seufzend auf.

Gott sei Dank, endlich hat er eine neue angezogen. Die hier steht ja schon fast von allein.

Sie hob die Jeans an den Beinen hoch, schüttelte sie und kehrte die Taschen von innen nach außen.

Er wird doch wohl nicht zu den Huren gegangen sein?

Ihr Kichern erstarb, als ein Schlüsselbund zu Boden fiel. Sie hob ihn auf, blickte ihn neugierig an und lächelte verschmitzt. Die Hände in die breiten Hüften gestemmt, sah sie über die Schulter zur letzten Tür des Einbauwandschranks und spitzte die Lippen.

Die feinen Härchen auf ihrer Oberlippe zitterten, als sie tief ausatmete und murmelte: »Hm, warum nicht. Wahrscheinlich sieht's da aus wie Kraut und Rüben.«

Entschlossen öffnete sie die Resopaltür mit Kieferdekor. Aus dem Eimer schwappte Seifenschaum, als sie sich durch den dunklen Gang dahinter tastete, wobei sie heftig mit dem Staubwedel nach den Spinnen schlug, von denen es in dem kleinen Bauernhaus nur so wimmelte.

Sie gelangte zum Arbeitszimmer ihres Mannes. Der vierte Schlüssel passte. Mit lautem Klicken sprang das Schloss auf. Die Tür quietschte in den Scharnieren, und ihr schlug ranziger Fettgeruch entgegen. Als sie das Licht einschaltete, stieß sie einen tiefen Seufzer aus. Im schwachen Schein der nackten Glühbirne überblickte sie das Chaos.

Das ist ja noch schlimmer als gedacht. Viel schlimmer. Was für eine Schweinerei.

Yvette Serneels lief es eiskalt den Rücken herunter. Unter dem Dachfirst, genau über dem wackligen Tischchen, an dem ihr Gatte nächtelang im Internet surfte, hing ein riesiges Spinnennetz.

Sie blieb daher zunächst in der Mitte des Zimmers und begann mit dem Mut der Verzweiflung, die leeren Frittenschalen und das zerknüllte Einwickelpapier aufzuheben, das überall herumlag.

Mit gekrümmtem Rücken näherte sie sich allmählich dem Tisch, immer wieder nervöse Blicke auf das Spinnennetz werfend, das im Luftzug hin- und herwehte, genau über dem leise summenden PC ihres Mannes. Mitten in dem Spinnennetz gähnte ein großes Loch.

Sie fuhr behutsam mit dem Federwisch über die Tastatur und wirbelte eine Staubwolke auf. Als sie niesen musste, berührte sie mit dem Ellbogen eine Taste. Der Bildschirm leuchtete auf. Im blauen Lichtschein schimmerten zwei leergesogene Fliegenleichen.

Yvette Serneels trat einen Schritt zurück und wischte sich mit dem Ärmel ihrer Kittelschürze die Nase ab.

Auf dem Monitor waren Buchstaben erschienen. Zwei, drei Zeilen und jeweils ein Datum darüber. Zwei Namen, Ricardo und Soraya. Ein Dialog.

Sie beugte sich nach vorn und begann zu lesen, wobei sie aus den Augenwinkeln heraus das Spinnennetz beobachtete.
Am unteren Bildschirmrand ging der Dialog in einen durchlaufenden Monolog über.
Ein Tagebuch.
Um zehn nach sechs klickte sie mit zitternden Fingern und einem Kloß im Hals auf den Scrollbalken.
Nach ungefähr fünfzehn Zeilen stieß sie einen kehligen Schrei aus.

FREITAG, 21. NOVEMBER – 18 UHR 40

Als der nasse Kies knirschte und ein klappriger Kleinwagen, ein Fiat Uno, mit offener Kofferraumhaube in die Einfahrt einbog, ließ Yvette Serneels die schmutzige Schaufel fallen. Kreidebleich im Gesicht lief sie über die Veranda in die Küche.
Ein magerer Mann mit knochigem Gesicht, eingefallenen Wangen und einem geistesabwesenden Blick in den stumpfen Augen stieg mühsam aus dem Wagen und schlurfte steifbeinig zum Kofferraum.
Yvette Serneels erklomm die Treppe, die Augen glasig und leer. Ihre Brust hob und senkte sich heftig. Sie ging ins Schlafzimmer und schob die mittlere Tür des Kleiderschranks auf. Mit einem Arm fuhr sie zwischen die altmodischen Überzieher ihres Mannes.

Draußen löste ihr Gatte das Seil, das ungeschickt um die Kofferraumhaube gespannt war. Er fluchte verhalten. Unterwegs hatte er zwei Mal anhalten müssen, um das Ding richtig zu befestigen, und jetzt bekam er die Knoten nicht mehr auf. Er unterbrach seine Versuche, warf einen Blick hinauf zum wolkenverhangenen Himmel und trottete zur Haustür. Als er sie öffnete, ertönte im Wohnzimmer ein ohrenbetäubender Knall.

FREITAG, 21. NOVEMBER – 18 UHR 52

Mit einem ebenso beeindruckenden, wenn auch nicht ganz so lauten Knall donnerte Dirk Deleu sein Glas auf den Tisch.

»Doch, Moffie. Noch ginge es. Noch«, sagte er aufgewühlt.

Barbaras dunkle Augen leuchteten überrascht auf. Es war lange her, dass Dirk sie bei ihrem Kosenamen genannt hatte. Sie schluckte, und ihr Blick wurde wieder stumpf.

»Nein, es ist zu spät, Dirk. Ich will nicht mehr zurück. Ich kann es nicht. Es ist vorbei.«

Dirk Deleu warf einen hastigen Blick über die Schulter.

»Lass es uns doch versuchen. Der Kinder zuliebe … Für unsere Charlotte.«

Barbara Wittewrongel, noch genau für eine Woche seine rechtmäßig angetraute Ehefrau, starrte unverwandt aus dem Fenster. Mit unsagbar traurigem Blick. Durch ihre dicken braunen Locken zog sich hier und da eine graue Strähne.

Vierzig, in zwei Wochen wird sie vierzig.

Deleu verspürte das Bedürfnis, sich an ihr festzuklammern, sie um Verzeihung zu bitten, sie zu umarmen. Er biss sich auf den Zeigefingernagel und öffnete den Mund, aber es

kam kein Ton heraus. Er wandte das Gesicht ab und zündete sich in seiner Unsicherheit noch eine Zigarette an. Wenn er es doch wenigstens geschafft hätte, sich hocherhobenen Hauptes und auf würdevolle Art und Weise zu verabschieden – aber auch das gelang ihm nicht. Noch immer nicht.
Barbara stand auf, strich ihren Rock glatt und sah ihren Mann an. Sie zögerte und presste die Lippen aufeinander, schließlich drehte sie sich um und ging, ohne ein weiteres Wort zu sagen, hinaus in die kalte Nacht.
Selbst zum Abschied brachte Deleu kein Wort heraus.
Allein in der muffigen, nach schalem Bier riechenden Eckkneipe überkam ihn der Schmerz. Ein Schmerz, der sein Herz umklammerte wie eine Faust. Er rieb sich über die Brust, schloss die Augen und versuchte, die Geschehnisse der letzten halben Stunde noch einmal Revue passieren zu lassen.
Was er vor sich sah, war ein einziger Scherbenhaufen. Er öffnete die Augen und rief heiser: »Noch eine Weiße bitte!«, fest entschlossen, sich bis zum Morgengrauen zu besaufen.

FREITAG, 21. NOVEMBER – 22 UHR 34

Im ersten Stock eines bescheidenen Mietshauses in der Ziekenliedenstraat summte die Klingel.
Eine junge Frau um die zwanzig legte ihre Zeitschrift beiseite, sprang behende vom Sofa auf und ging barfuß zur Tür. Sie lief ganz vorsichtig und mit hochgezogenen Zehen, denn ihr roter Nagellack war noch nicht trocken. Sie schob die nassen Haare hinter die Ohren, blickte in den Stand-

spiegel, versetzte ihrer linken Brust einen koketten Schubs und nahm den Hörer der Gegensprechanlage ab. Sie fuhr sich mit der Zunge über die Zähne, und ihre Augen funkelten vergnügt.

»Hallo?«

Als sie keine Antwort erhielt, legte sich ein Anflug von Enttäuschung über ihr feingeschnittenes Gesicht.

»Hallo? Wer ist da?«

»Ricardo«, ertönte es heiser und fast verlegen.

Die junge Frau errötete, und ihre Kehle war vor Aufregung wie zugeschnürt.

»Ricardo from Italy?«, stotterte sie schließlich. *»Is it really you, baby?«*

»Si, signorina«, lautete die Antwort, die in ihren Ohren verführerisch, wenn auch ein wenig emotionslos klang.

Sandra Janssens, die bei ihrer Sekretärinnenausbildung Deutsch und nicht Italienisch als dritte Fremdsprache gewählt hatte, betätigte den Türöffner. Sie strahlte vor freudiger Erwartung, wobei sich niedliche Grübchen in ihren Wangen bildeten.

SONNTAG, 23. NOVEMBER – 1 UHR 30

In Mechelen, vor Hausnummer 253 in der Ziekenliedenstraat, fuhr ein grauer VW Golf mit Standlicht los. In dem Wagen, der am Brusselsepoort links in Richtung Bahnhof abbog, beugte sich der Fahrer über das Lenkrad und probierte verzweifelt sämtliche Hebel und Knöpfe aus.

Während er durch die Unterführung fuhr, leuchteten endlich die Scheinwerfer auf.

Der Mann wischte sich den Schweiß vom Gesicht und lächelte erleichtert.
Er bog rechts ab, überquerte die Coloma-Brücke, parkte das Auto am Waldrand und schaltete den Motor aus. Als ihm ein anderes Fahrzeug entgegenkam, duckte er sich und presste das Gesicht tief in die muffigen Polster des Beifahrersitzes. Geduldig wartete er, bis der Wagen verschwunden war.
Mit Abblendlicht verließ er den Parkstreifen wieder und bog ein Stück weiter beim Sporting Club Mechelen in einen matschigen Feldweg ein.
Steifbeinig zwängte er sich hinter dem Lenkrad hervor, ließ die Fahrertür offen stehen und blickte hastig nach rechts und links. Die kühle Nachtluft ließ seine Kopfhaut prickeln, und ein Schauder lief ihm den Rücken hinunter, so dass er mit den Schultern rollte.
Der Coloma-Wald lag in tiefem Schlaf. Die Bäume badeten im schwachen Mondlicht. Schwach, aber mehr als ausreichend, um sich zurechtzufinden.
Der Mann brummte etwas, ging zum Kofferraum und öffnete die Haube mit steifen, aber entschlossenen Bewegungen. Wie ferngesteuert. Er atmete ein paar Mal tief ein und aus, beugte sich vornüber, griff mit beiden Händen unter eine alte Decke und hob seine Last in einer einzigen, geschmeidigen Bewegung aus dem Laderaum heraus.
Er versuchte, sich zu orientieren, und als er sich zögernd in Bewegung setzte, rutschte ein Fuß aus der Decke und baumelte hinunter. Die Zehennägel waren rot lackiert.
Mit hölzernen Schritten schlich der Mann schattengleich in den Wald hinein, der Stille atmete und nach frischem Humus duftete. Der Boden war lehmig und feucht und glänzte wie mit einer dünnen Schicht Sirup übergossen.

Irgendetwas schlug klatschend gegen sein Bein. Er blickte erst zur Seite und dann nach unten, wo er den nackten Oberschenkel entdeckte. Er hielt inne. Nur seine Augen huschten hin und her. Er schnaufte und schüttelte den Kopf wie ein Jagdhund, der seine Beute wittert.
Es begann mit dem Knacken eines Zweiges und leisen Schritten, als kröchen die uralten Geister, die den Wald bevölkerten, aus ihren Verstecken hervor. Dann ein heftiges Schnauben. Ein steigender Hengst, der die heranschleichenden Wölfe roch. Die Fichten verschmolzen miteinander, bis sie nur noch konturlose Schatten waren.
Der Mann blieb reglos stehen, den Kopf schräg in den Nacken gelegt, den Blick auf die dünne Sichel geheftet, die hoch über den Baumwipfeln schwebte, sich aber jeden Augenblick wie ein Habicht auf ihn stürzen würde.
Sein knochiges Gesicht wurde aschfahl, und seine Augen glichen Glasmurmeln, und trotz der heransausenden Gefahr gelang es ihm nicht, auch nur ein Glied zu rühren.

Böser Junge. Hast wieder Dummheiten gemacht.

»Molok!«, rief der Mann heiser.

Was hast du mit dem schönen Mädchen vor?

»Das ist … das ist kein Mädchen. Das ist eine Hure.«

Willst du vielleicht deine Lieblingshure begraben?

»Nei … nei … neiiin!«

Warum hat Herman dann eine Schaufel dabei?

»Will sie ins Wasser werfen.«

Ersäufen, meinst du. Mit einem Wackerstein im Bauch. Bist du Rotkäppchen, Herman? Oder Grooßmuhuutter …

»Nei … nei … neiiin! Sandra ist schon tot. Molok ist der böse Wolf!«

Ricardo! Mörder!

Ein wahnsinniges Gelächter zerriss die nächtliche Stille. Der Mann ließ seine Last fallen und schützte schreiend den Kopf mit den Armen, als würde er von einem Wespenschwarm angegriffen. Er sank auf die Knie und begrub den Kopf unter der Decke.

Der Bauch seines Opfers war weich, und trotz seiner Angst empfand er eine seltsame Erregung. All seine Sinne waren durch die Intensität dieses Augenblicks geschärft. Ihm schwindelte.

Am liebsten wäre er aufgesprungen, hätte die gelbe Sichel vom Himmel gepflückt und sie Molok wie einen messerscharfen Bumerang an den Hals geworfen. Er hätte ihn enthauptet und auf seinem warmen Bauch getanzt, Bocksprünge im Mondlicht vollführt, wäre mit fuchtelnden Händen wild herumgesprungen wie ein siegestrunkenes Kind.

Doch er tat nichts dergleichen. Er blieb still liegen, bäuchlings in der aufgeweichten Erde, in der Hoffnung, dass Molok von selbst fortgehen würde. So, wie er es immer tat, wenn er mit ihm fertig war.

Der magere Mann ballte hilflos die Fäuste und begrub die Nase tief im weichen Fleisch, das nach Marzipan duftete, aber salzig schmeckte.

MONTAG, 24. NOVEMBER – 17 UHR 30

Im »Treinblok« konnte man die Stammgäste an den Fingern einer Hand abzählen.
Der Wirt räusperte sich, um seine drohende Pose zu unterstreichen, legte beide Hände um den dicken Bauch und hakte die Daumen in den Gürtel.
Doch der Gast – in den Dreißigern, schäbiges, kariertes Sakko – schien unbeeindruckt, denn er blickte nicht einmal auf. Er wiegte den Oberkörper hin und her, rhythmisch wie ein Metronom.
»He!«
Der Wirt zupfte an seinen rötlichen Augenbrauen und fuhr den Mann an: »He, du da, du sitzt jetzt schon seit fast einer Stunde hier rum. Wie wär's, wenn du mal was bestellen würdest? Oder glaubst du vielleicht, ich kann von Luft und Liebe leben?«
Dann wich er erschrocken zurück.
Der Mann zuckte am ganzen Körper heftig zusammen und schlug beide Hände vor das Gesicht.
Der Wirt biss sich auf die Unterlippe, zögerte einen Augenblick und schlurfte dann behäbig zurück hinter die Theke.
Immer dasselbe. Arme Irre. Pissen neben das Klo, vergeuden mein Wasser und meine Seife, klauen das Klopapier und verschwinden auf Nimmerwiedersehen. Womöglich noch, ohne zu bezahlen.

Als er sich umdrehte, erschrak er so heftig, dass er sich am Zinkrand des Spülbeckens festhalten musste. Der Mann starrte jetzt unverwandt hinaus auf die Straße, und dabei fuhr er sich mit den Fingernägeln derart grob über die unrasierten Wangen, dass er blutige Striemen hinterließ. Als er die Nase ans Fenster presste, zeichnete sein Atem Dunstwölkchen auf die Scheibe. Hinter dem Glas, kaum einen halben Meter von seinen hungrigen Augen entfernt, befand sich der Grund für seine Aufregung.
Die Frau auf dem Bürgersteig schob mühsam einen schwer beladenen Kinderwagen vor sich her. Aus einem Netz am Griff quollen zwei übervolle Supermarkttüten hervor, und auch der Drahtkorb unten am Wagen war vollgepackt mit Lebensmitteln.
Während sich der Wirt ein schäumendes Pils gönnte, sprang der Mann auf. Er ergriff den Pappkarton, der neben ihm auf der Bank stand, schwankte, stieß zwei Stühle um und knallte mit dem Kopf gegen die Tür. Er brummte etwas, und als er endlich die Klinke fand, stolperte er mit irrem Blick hinaus.
»Verdammter Saufbold!«

MONTAG, 24. NOVEMBER – 17 UHR 53

Jenny Peulders zitterte vor Kälte und warf einen besorgten Blick in den Kinderwagen. Magalieke war zum Glück kuschelig warm eingepackt. Die alleinerziehende Mutter legte ihre molligen Hände wieder um den Griff des Kinderwagens und schnaufte durch die verstopfte Nase. Dann blickte sie sich um.

Der Stadtstreicher, der mit beiden Händen den Kragen seines karierten Sakkos umklammerte, folgte ihr immer noch in einem Abstand von etwa zwanzig Metern.
Wenn das bloß nicht wieder so ein Drogensüchtiger ist. Erneut blickte sie sich um. *O nein! Das ist ja schon wieder der von gestern Abend!*
Jenny Peulders umfasste den Kinderwagengriff so fest, dass ihre Knöchel weiß hervortraten. Sie ging noch einen Schritt schneller und warf einen raschen Blick hinauf zum wolkenverhangenen Himmel. Es sah nach Regen aus. Sie sah auf ihre Armbanduhr und stellte fest, dass es erst sechs Uhr war. Sogar die Haupteinkaufsstraße war bereits menschenleer.
Die Dunkelheit ängstigte sie, und wieder blickte sie sich verstohlen um. Der Mann war verschwunden.
Der Wagen, der bereits sechs kleine Kinder geschaukelt und geschützt hatte, bog quietschend um die Ecke.
Dann nehme ich die Abkürzung durch den Park. Dadurch spare ich mindestens fünf Minuten.

MONTAG, 24. NOVEMBER – 18 UHR 15

Herman Verbist blies in seine kalten Hände. Die feuchte Jeans klebte ihm an den Oberschenkeln. Das Kinn sank ihm auf die Brust. Müde fühlte er sich, so schrecklich müde.
Plötzlich blickte er zu Tode erschrocken auf.
»Geh weg! Ich weiß, dass du da bist. Hau ab, verdammt noch mal!«
Ein Speichelfaden rann ihm am Kinn herunter. »Ich habe das Recht auf ein Kind.«

Aber du hast ja gar keinen Plan. Wie nachlässig, Herman!
Verbist grub die Finger in die feuchte Erde, riss den Mund auf und verdrehte die Augen. Es lief ihm kalt den Rücken hinunter.
»Mein Kopf! Geh da raus, weg!«, keuchte er. Er fuhr sich mit allen zehn Fingern über das Gesicht und hinterließ darauf braune Streifen.
Tut's weh? Herman, böser Junge!
Herman Verbist ächzte und rieb die Stirn an dem dürren Wintergras.
»Hab wohl einen gehabt. Einen Plan.«
Ach ja?
»Ja. Hab stundenlang auf der Lauer gelegen. Geguckt. Kinder in der Schule. Am Ausgang. Bin mit dem Fahrrad gefahren.«
Genau. Und du hast dir ihre bekümmerten Eltern vorgestellt, alles brave Leute, die ihre Gören über alles lieben. Du schaffst das nie ohne Plan, Herman!
»Lach mich nicht aus! Nicht auslachen …« Sein schrilles Heulen ging in ein verzweifeltes Stöhnen über. »Nicht auslachen!«, brachte er nur noch erstickt hervor.
Herman Verbist hockte auf den Knien hinter dem Ahorn und spähte durch die dichten Blätter, deren Spitzen über seine Wangen kratzten. Der neue Reiz konnte jedoch seine hämmernden Kopfschmerzen nicht überlagern. Er begann, mit den Zähnen zu knirschen, dann sprudelten die Worte aus ihm heraus. Nach und nach, unzusammenhängend, ein monotones Flüstern.
»Doch wahr. Doch. Lange nachgedacht. Keins aus dem Kindergarten, Kind mit Eltern. Lieber ein Baby, ein Baby ohne Vergangenheit, und zwar ein unglückliches. Ich adop-

tiere eins. Das war doch mein Plan! Ich adoptiere ein Baby und schenke dem unglücklichen Wicht eine gute Erziehung. Das wäre mein erstes richtiges Ziel im Leben. Ein Ziel. Denn ich habe auch ein Auto. Mein erstes, nein, mein zweites …«

Verbist fuhr sich mit den Händen durchs Haar und wiegte den Oberkörper hin und her. Nur seine stechenden Augen wirkten lebendig.

Und wo bleibt das Happy End, Herman?

»Von da an weiß ich alles. Kann mich noch genau erinnern.« Er trommelte sich mit den Fingerknöcheln gegen die Stirn, verzog den Mund und rieb Daumen und Zeigefinger aneinander.

»Aber ich entscheide.«

Verbist biss sich auf die Zunge.

»ICH entscheide, nicht andere! ICH will ein Kind!«

Und dann lässt sich Herman volllaufen.

»Nein, tue ich nicht! Hab einen neuen Plan. Ich entführe ein junges Mädchen, das schwanger ist. Oder nicht. Dann mache ich ihr ein Baby. Und dann … Aber … aber …«

Was aber?

Verbist blickte auf, zog das Sakko über den Kopf und schüttelte es heftig hin und her, wie ein wütender Pitbull sein Opfer.

»Molok ist immer so böse! Geh weg! Die Geburt. Allein. Hab Angst.«

Versager.

Die letzte höhnische Bemerkung hörte Verbist nicht einmal mehr. Er wischte sich mit dem Ärmel den Schmutz von der Wange. Sein Blick strahlte unendliche Traurigkeit aus. Als es zu regnen begann, fing er die ersten Tropfen mit den Händen auf. Klares Wasser, das sich mit seinen schmutzigen Tränen vermischte. Seine Lippen bewegten sich kaum, als er weitermurmelte.

»Gestern, ich saß gerade in der Kneipe, da habe ich durchs Fenster geschaut und da … da …« Sein Mund blieb offen stehen. Ekstatisch. »Da war sie. So schön! Folge ihr jetzt. Mach's einmal richtig. Ganz heiß. Die schöne Mutter, so traurig! Bereit für mich.«

Ihr Haar glänzt rötlich im Widerschein der Leinwand. Leaving Las Vegas *mit Nicolas Cage. Das Baby weint. Mitten im Film steht sie auf. Legt das Baby in den Kinderwagen und geht raus. Und du folgst ihr. Bis hierher. In den Park. Schwitzt wie ein Tier, verborgen unter einer Platane. Sie sitzt auf einer Bank, hüllt das Kind schützend in ihren Dufflecoat und legt es an. Und du, Herman, hast einen Steifen. Härter als der Stamm der Platane, an der du lehnst.*

»Gar nicht wahr! Hab sie nicht vergewaltigt! Gar nichts habe ich gemacht. Bin nur an ihr vorbeigegangen. Hab nichts Böses gewollt.«

Ja, ganz lässig. Gut gemacht. Sie hat dich nicht mal angesehen.

»Doch. Sie hat genickt. Aber traurig. Hat ganz traurig geguckt. Mein Gott. Das Baby hat mich mit seinen großen Augen angesehen. Mitten in mein Herz hinein. So ein wunderhübsches Kind!«

Herman Verbist zog den Kopf ein und ballte die Fäuste.
»Wo ist der Vater? Arbeiten? Tot? Ist sie allein? Geschieden? Schafft es allein nicht mehr … könnte sein. Wie komme ich an sie heran? Ist sie oft hier im Park? Hier im Park. Ja, hier. Aber ich hab nichts ... hab nichts ... nichts hab ich zu bieten. Kann nicht schlafen. Schon gestern Nacht nicht, Molok! Molok, wo bist du?«
Verbists Miene hellte sich auf, und er lächelte. Sein Quälgeist war verschwunden.
Er führte weiterhin Selbstgespräche, aber sie klangen jetzt vernünftiger. Die Ereignisse von Samstagabend standen ihm wieder klar und deutlich vor Augen.
»Abenddämmerung, Molok. Es war gestern in der Abenddämmerung. Siebenunddreißig Mal bin ich um den Brunnen herumgelaufen. Für eine Runde brauche ich dreiundvierzig Schritte. Ich vergrößere meine Schritte. Vierzig lassen sich leichter zählen. Die Bank bleibt leer. Und das ist mein Plan: Wenn sie das Baby stillt, gehe ich zum Kinderwagen und schaue hinein. Dann wird sie schon reagieren, und dann, dann werden wir ja sehen. Ich umrunde zwanzig, nein dreißig Mal den Brunnen. Wenn sie dann noch nicht da ist, habe ich verloren, dann ist es um mich geschehen. Binnen eines Monats, nein, das ist zu knapp, binnen eines Jahres ist realistischer. Oder soll ich es morgen noch einmal versuchen? Nein, es gibt kein Morgen, heute muss es geschehen. Ich will, dass es heute geschieht. Zweiundvierzig mal vierzig Schritte, das macht …«
Herman Verbist fuhr sich mit der Zunge über die schmalen Lippen. Die Erinnerung ließ ihn schwindeln.

Ahhhh ... Der Kinderwagen. Ich bleibe stocksteif stehen. Nein, nicht stehen bleiben, weitergehen, immer in Bewegung bleiben, sonst fällst du auf. Oh, sie sieht mich! Was soll ich tun? Sie hat das Baby noch nicht angelegt. Mein ganzer Plan zum Teufel. Ich beuge mich vornüber und tue so, als würde ich meinen Schnürsenkel zubinden. Sie verbirgt das Baby unter ihrem Mantel. Ja! Jetzt! Ich gehe zu ihr hin. Blicke in den Kinderwagen. Schlage die Decke weg. Ich lache. Ich bin glücklich. Ich wühle durch die kleinen Kindersachen.
»He, Sie da, was machen Sie denn da?«
Sie schreit, sie zittert, sie nimmt das Baby schützend in den Arm. Ich laufe weg. Zu Hause sehe ich in den Spiegel. Mein Blick macht mir Angst.

Herman Verbist, der im tiefen Matsch kniete, wurde von einer seltsamen Traurigkeit ergriffen, als er die Augen aufschlug.

»Ich habe Angst, Molok! Bin ein Feigling. Warum habe ich sie nicht gefragt? Weil du es nicht wolltest, Molok. Warum habe ich sie nicht gefragt? Mir fällt einfach kein Vorwand ein. So. Ach, Mütter! Für sie bin ich Luft. Mein Entschluss steht fest. Heute, Molok.«

Zitternd vor verhaltener Wut starrte Verbist auf den regennassen Weg und versuchte, ruhiger zu atmen. Er biss die Zähne zusammen, zog die Oberlippe hoch und zischte: »Sandra war eine Hure, Molok!«

Er blickte hinauf zum mondlosen, grauen Himmel.

»Molok! Molok, wo bist du?«
Er drückte den Pappkarton an sich und stellte ihn dann auf den Boden.
»Molok?«

Blitzschnell griff Verbist in die Jackentasche und zog einen Tischlerhammer hervor. Er umklammerte ihn mit beiden Händen und hielt den Atem an. Seine Pupillen reflektierten die Speichenräder eines altmodischen Kinderwagens.

Jenny Peulders hörte ein Rascheln und blickte sich um. Das Baby machte ein Bäuerchen. Sie zog die Decke beiseite und nahm das warm eingepackte Kind in die Arme. Der niedliche Anblick brannte sich in ihre Netzhaut ein, als der herabsausende Hammer ihre Schädeldecke zertrümmerte.
Jenny sank auf die Knie und griff mit einer Hand ins Leere. Das Baby hielt sie fest an die Brust gedrückt. Als ihr blutüberströmtes Gesicht auf die Pflastersteine schlug, schien es, als reiche sie das Kind dem heruntergekommenen Mann mit dem karierten Sakko hin. Er fing das kleine Mädchen auf und biss sich vor Aufregung die Unterlippe blutig.
»Hab keine Angst, mein liebes kleines Baby, bei mir bist du sicher.«

MONTAG, 24. NOVEMBER – 18 UHR 45

In Eppegem, knapp zehn Kilometer entfernt, parkte Dirk Deleu seinen Golf in der Einfahrt eines kleinen restaurierten Bauernhauses. Zur Straßenseite hin war die Fassade mit Efeu überwuchert, so wie es sein Freund, Untersuchungsrichter Bosmans, beschrieben hatte. Blokweg Nummer 36.

Beim Aussteigen schauderte ihn. Der eisige Nordwind pfiff durch seinen Mantel.

Deleu klappte den Kragen hoch und näherte sich widerwillig dem kleinen Schuppen, der den verwilderten Garten in zwei Hälften teilte. Mit der Schuhspitze hielt er die hin- und herschlagende Tür auf und warf dabei einen Blick auf seine Armbanduhr. Viertel vor sieben.

Als die ersten Regentropfen auf seine Stirn fielen, flüchtete er in den Schuppen.

Die Ritzen zwischen den verwitterten Brettern sowie das undichte Wellblechdach ließen genügend Licht herein, um den nachlässig aufgestapelten Krempel erkennen zu können. Deleu stolperte über etwas, behielt aber das Gleichgewicht.

Er runzelte die Stirn.

Die Hälfte einer antiken Wiege. Sie war mitten entzweigebrochen, als hätte jemand durch einen vernichtenden Axthieb das kunstvolle Möbelstück zu Brennholz degradiert.

Kein Lichtschalter.

Deleu stieß die verzogene Tür auf, die mit der Unterseite über den roten Kies schleifte, und hinderte sie mit einem dicken Stein am Zuklappen. Mit klammen Fingern fuhr er über seinen Adamsapfel. Er hatte das Gefühl, als spanne sich ein eisernes Band um seine Kehle.

Garantiert eine Virusinfektion. Die runden Lutschpastillen helfen kein bisschen. Barbara wüsste schon, welche Medikamente ich einnehmen müsste. Und wo ich sie bekommen könnte. Ach, Barbara.

Ein flüchtiges Lächeln huschte über sein Gesicht, das gleich darauf wieder ernst wurde.

Er seufzte und steckte eine Hand tief in die Hosentasche.

Der Boden der Hütte war nicht betoniert, und er spürte die feuchte Kälte, die von der nackten Erde aufstieg. Er trat von einem Fuß auf den anderen und warf einen Blick auf den Haustürschlüssel in seiner Hand.

Eine leckere Belga würde Wunder wirken! Er versuchte, den Gedanken an Zigaretten zu verdrängen. *Nein, damit ist es ein für alle Mal vorbei, Deleu! Charlotte hat das Recht auf einen Vater, genau wie jedes andere Kind. Auch wenn sie mich nicht oft zu Gesicht bekommt. Im Grunde so gut wie nie.*

Der Ermittler versuchte, sich zu konzentrieren und die Ereignisse der Reihe nach zu rekapitulieren.

Yvette Serneels hatte sich in dem kleinen Bauernhaus umgebracht. Dass es Selbstmord war, stand zweifelsfrei fest, das hatte der Rechtsmediziner bestätigt. Die Schmauchspuren an ihren Händen, die durch den Rückschlag der zweiläufigen Flinte zerschmetterten Zähne, die herausgeblasene Schädeldecke, alles wies darauf hin. Dirk Deleu fuhr sich mit der Zunge über die Zähne und fröstelte erneut.

Unterhalb des Küchenfensters befand sich ein mit Eisenbahnschwellen eingefasstes Blumenbeet. Deleu betrachtete

das Fenster. Die üppigen, mit Spitzen umrandeten Gardinen erinnerten an ein Knusperhäuschen.
Warum sind die Fensterläden nicht geschlossen?
Deleu warf einen Blick zu den gegenüberliegenden Häusern und stellte sich vor, wie die Nachbarn auf den glitschigen Schwellen gestanden, sich am Fensterbrett festgehalten und hineingeglotzt hatten, nachdem sie die grausige Neuigkeit erfahren hatten.
Es gibt gar keine Fensterläden.
Da drüben. Die Gardine. Sie bewegt sich. Beobachter.
Der Ermittler ging zur Haustür und steckte den Schlüssel ins Schloss. Die Tür klemmte, als weigere sich das Haus, seine Geheimnisse preiszugeben. Er stemmte sich mit einer Schulter gegen das Holz und drehte dabei den Schlüssel.
In der kleinen, aber hohen Diele, von der aus eine Treppe nach oben führte, rieb er sich die Stirn trocken. Schweiß, keine Regentropfen.
Fieber! Auch das noch.
Wenn der Grundriss nicht log, führte die stümperhaft gebeizte Tür rechts von ihm in die offene Küche. Die ungeölten Scharniere knarrten, als Deleu vorsichtig gegen die Klinke drückte.

MONTAG, 24. NOVEMBER – 19 UHR 33

Der keuchende Mann, dem das nasse Hemd am Rücken klebte, lief hastig durch den Park bis zu einem Fiat Uno. Er stellte den Pappkarton auf das Dach und steckte den Schlüssel in das Schloss der Beifahrertür. Verwirrt blickte er durch das Fenster ins Innere, und als er begriff, dass er auf der falschen Seite stand, steckte er ratlos einen Finger in den Mund.

Wie in Trance ging er um den zerbeulten Wagen herum. Er fuhr mit dem Zeigefinger über das Schloss, kehrte auf die andere Seite zurück und riss den Schlüssel aus dem Schloss der Beifahrertür.

Beim dritten Versuch klappte es.

Die Scheibenwischer schwangen auf schnellster Stufe hin und her. Der Mann umklammerte das Lenkrad und atmete tief ein und aus.

Als er zum zweiten Mal den Zündschlüssel drehte, heulte der Anlasser protestierend auf. Der Mann zog reflexhaft die Hand zurück, als sei der Schlüssel glühend heiß.

Äußerlich mochte Herman Verbist einen relativ ruhigen Eindruck erwecken – innerlich glich er einer tickenden Zeitbombe, einem siedenden Frittiertopf.

Der Rücksitz des Fiat Uno war mit Müll übersät: Plastikverpackungen, benutzte Kleenextücher, alte Zeitungen, das Kerngehäuse eines Apfels, Verpackungen von Süßigkeiten. Herman Verbist drehte das Lenkrad bis zum Anschlag nach links, trat die Kupplung und schaltete in den Leerlauf. Dann stieg er aus, nahm den durchweichten Karton, über den er sein Sakko drapiert hatte, und stellte ihn auf den Rücksitz. Das Sakko hängte er auf links gedreht über den Beifahrersitz. Der kleine Fiat setzte sich ruckelnd in Bewegung.

Etwa zehn Minuten später kam Panik in ihm auf, die er bisher unterdrückt hatte. Verbist versuchte, seine Gedanken zu ordnen, und schaffte es schließlich, seiner Unruhe Herr zu werden. Kalter Schweiß klebte ihm an den Händen.

Ein Wegweiser: Mechelen.
Herman Verbist atmete auf und blickte über die Schulter nach hinten. Aus dem Karton drang kein Laut.
Er konzentrierte sich auf den nass glänzenden Asphalt, doch plötzlich versperrte ihm ein Bus den Weg. Erst bremste er zaghaft, dann trat er abrupt aufs Gaspedal. Nur mit knapper Not gelang es ihm, dem Bus auszuweichen.
Verbist sah verstört in den Rückspiegel, und als er sein Gesicht erblickte, kniff er die Augen zu Schlitzen zusammen. Die nassen Haare hingen ihm in die Stirn, und seine Wangen waren mit Matsch und geronnenem Blut verschmiert. Er schlug mit dem Hinterkopf gegen die Kopfstütze und rieb sich mit dem durchnässten Sakko das Gesicht sauber.
Ich hasse dich. Du bist ein Versager. Siebenunddreißig, schütteres Haar, ordinär, unfähig und ängstlich. Und feige noch dazu, sonst hättest du dich von dem Bus überfahren lassen.
Wasser spritzte hoch, als Verbist mit dem rechten Vorderrad auf den Bürgersteig fuhr.
Der Schlag riss ihn aus seinen Gedanken, was ihm wahrscheinlich das Leben rettete. Nachdem er den schlingernden Fiat wieder unter Kontrolle gebracht hatte, schob er eine Kassette in den Recorder.
Er besaß drei Kassetten: James Last, The Four Tops und Bob Seger & The Silver Bullet Band. Schon seit drei Wochen hörte er ununterbrochen James Last. Als die ersten Hammondorgeltöne erklangen, lenkte er mit dem Knie weiter und presste die Hände auf beide Ohren. Er verabscheute James Last. Er verabscheute auch The Four Tops und Bob Seger, aber er besaß nichts anderes. Die Technik war schon seit Jahren überholt, er hatte den Recorder und

die Kassetten beim Kauf des Wagens gratis dazubekommen. Verbist stellte sich gelegentlich vor, die Tonträger gehörten zu einer aussterbenden Art, von der Ausrottung bedroht.
Er nahm die Hände wieder von den Ohren und biss die Zähne zusammen.
Bloß kein Radio. Im Radio hört man nur schlechte Nachrichten, Staumeldungen, Wetterwarnungen und betrügerische Reklame.
Ein GTI mit wummernden Boxen überholte mit Vollgas. Herman Verbist blickte verschreckt zur Seite.
»Ich hasse GTIs«, murmelte er kaum hörbar. »Alle GTIs und vor allem die Fahrer, junge Schnösel, die von ihren neureichen Eltern das Geld in den Hintern geblasen kriegen.«
Der Sportwagen raste um die Kurve.
Aber heute bin ich viel glücklicher als alle diese Papasöhnchen zusammen. Ich liebe Laura Pausini mit ihrer wunderbaren Stimme, vor allem die zarten Töne. Irgendwann lerne ich Italienisch, vielleicht fange ich gleich morgen an, damit ich sie verstehen kann.
Auf den Straßen war nichts los. Keine heulenden Sirenen, keine streitenden Leute, keine todesmutigen Katzen, keine Unfälle, nichts.
Verbist sah auf den Kilometerzähler und fluchte.
»Mist, schon wieder vergessen, auf null zu stellen!«
Vom Park zum Bahnhof und dann nichts wie nach Hause. Schätzungsweise fünf Kilometer, von hier sind es noch etwa zwei. Bisher bin ich höchstens zwei gefahren.
Nervös trommelte er auf dem Lenkrad herum.
Knapp einen Kilometer zu wenig. Wenn es mehr ist als ein

Kilometer, ist die Grenze überschritten, die höchstzulässige Abweichung, und ich erkranke an Krebs, in spätestens einem Jahr. Oder vielleicht auch erst in zehn Jahren, zehn sind okay. Wenn der Unterschied mehr als einen Kilometer beträgt, runde ich zu meinem Vorteil ab. Krebs ist eine schlimme Krankheit. Wenn ich irgendwann exakt hinkomme, werde ich hundert und glücklich obendrein. Aber das gelingt mir nie, ich unterschätze die Entfernungen immer ein bisschen, denn wenn ich drüberliege, muss ich anhalten und mich vor das nächste Auto werfen. Das sind die Spielregeln. Tabletten wären mir lieber. Ich kann Schmerzen nicht ertragen.

Ein Stadtstreicher schwankte den Bürgersteig entlang. Ein angenehmer Schauder lief Verbist das Rückgrat hinunter. Er warf einen Blick auf den Kilometerzähler und fluchte noch einmal.

Mist, schon wieder vergessen, auf null zu stellen!

Am Bahnhof von Mechelen manövrierte er den Fiat mühsam in einen der freien Parkplätze unter der Brücke. Er zog das Handschuhfach auf und holte eine Plastikmappe heraus, nahm den Pappkarton vom Rücksitz und trat mit einem Knall die Tür zu.

Mehr als eine Minute lang starrte er reglos den zerbeulten Kleinwagen an. Von Melancholie überwältigt, drehte er sich um und bog achselzuckend um die Ecke, wo er mit einer raschen Bewegung die Tür eines verdreckten grauen Golfs öffnete und das Paket vorsichtig auf dem Rücksitz deponierte.

MONTAG, 24. NOVEMBER – 19 UHR 52

Dirk Deleu tastete die Brusttasche seiner Schafswolljacke ab und fand, wonach er suchte.

Das Hartplastik der alten, vertrauten Polizeimarke gab ihm ein Gefühl der Sicherheit. Die Marke rechtfertigte seine Anwesenheit an diesem unheilvollen Ort.

Nachdem die Spurensicherung abgeschlossen war, hatte Bosmans ihm grünes Licht gegeben, das Haus nach Belieben auf eigene Faust zu durchsuchen.

»Versetz dich in den Täter, Dirk«, hatte ihm der Untersuchungsrichter aufgetragen und ironisch grinsend hinzugefügt: »Vertrau deiner Nase.«

Jos Bosmans hatte den in Ungnade gefallenen Dirk Deleu im Eilverfahren rehabilitiert, nachdem sich in Mechelen die Wogen nach den Rassenunruhen geglättet hatten. Deleu war erleichtert, aber auch etwas irritiert, weil Bosmans so tat, als sei alles in bester Ordnung. Als sei nie etwas geschehen. Als hätte Dirk bei ihrem letzten Fall keine vertraulichen Informationen an die Presse herausgegeben.

Noch während er beschloss, mit seinem Chef endlich einmal ein klares Wort darüber zu reden, fiel sein Blick auf den Querbalken, der die offene Küche überspannte. Auf dem hell gebeizten Tannenholz waren rotbraune Flecken zu sehen.

Blut. Das muss Blut sein.

Deleu ging an der gemauerten Anrichte entlang und blieb unter dem Balken stehen. Er schluckte, und sein entzündeter Hals brannte wie Feuer. Er blickte zum Fenster, an dem der Regen in Strömen hinabfloss. Die Tropfen prasselten gegen die Scheibe.

Der Abstand zwischen dem Fenster und dem Balken, in dem deutlich erkennbar ein spitzer Knochensplitter steckte, betrug mindestens vier Meter. Deleu fröstelte und ging in die Hocke, den Rücken gegen die Küchentür gelehnt.
Wonach soll ich suchen, Jos?
Er schlug die geknickte Aktenmappe auf, die er die ganze Zeit unter dem Arm getragen hatte. Sie enthielt den Autopsiebericht von Yvette Verbist, geborene Serneels, die sich eine zweiläufige Flinte in den Mund gesteckt und abgedrückt hatte.
Da steht sie. Dort am Küchenfenster. Mit dem Rücken zum Wohnzimmer und den Blick auf unendlich, als sie den Abzug drückt.
Mit dem Handrücken wischte sich der Ermittler den kalten Schweiß von der Stirn.
Die Autopsie hatte ergeben, dass die Frau im vierten Monat schwanger war. Ihr Mann, Herman Verbist, war spurlos verschwunden. Daher waren zunächst Zweifel an der Selbstmordtheorie aufgekommen. Aller Wahrscheinlichkeit nach war er es gewesen, der die Notrufnummer gewählt hatte. Nicht von zu Hause aus, sondern aus einer öffentlichen Telefonzelle im Stadtzentrum von Mechelen.
Nach Herman Verbist, einem arbeitslosen Angestellten, wurde mit Hochdruck gefahndet, bisher jedoch ergebnislos. Auch sein Auto, ein Fiat Uno, war nirgends gesehen worden.
Wo bist du? Hast du den Selbstmord inszeniert?
Nein, Rechtsmediziner Van Grieken war sich ganz sicher. Es war Selbstmord und kein getarnter Mord gewesen.
Hat sich Verbist nach dem Selbstmord seiner schwangeren Frau ebenfalls das Leben genommen? Gut möglich. Aber

warum verhält sich Bosmans dann so komisch? Ich habe das Gefühl, dass er sich nicht in die Karten gucken lassen will. Er verheimlicht mir etwas, aber was? Und er hat Angst.

Deleu fuhr mit dem Zeigefinger über das gräuliche Papier der Akte. Der Bericht war siebzehn Seiten dick, und es lagen einige lose Blätter dazwischen, hauptsächlich Protokolle von Aussagen der Nachbarn.

Aus dem Balken, der die Küche überspannte, waren tatsächlich Knochensplitter gezogen worden. *Schädelfragmente,* las Deleu. Durch die vernichtende Gewalt der Schrotpatrone, einer Legia 12 Gr mit Rehposten, Kaliber 6.5 Grobschrot, war die Schädeldecke zum größten Teil weggeblasen worden.

Deleu warf einen letzten Blick hinauf zum Balken, und während er sich mit den Handballen die Augen massierte, bemerkte er wieder den stechenden Brandgeruch, der ihm bereits beim Hereinkommen aufgefallen war.

Seine Knie knackten, als er sich mühsam aufrichtete. Er ließ den Bericht auf dem unfachmännisch gefliesten Boden liegen und folgte seiner Nase. Sie führte ihn in den Nebenraum der Küche, in dem außer einem Waschbecken ein Allesbrenner und eine altersgelbe Waschmaschine standen. Die Tür des Ofens stand einen Spaltbreit offen.

Deleu wickelte ein Handtuch um den Griff. Die Tür klemmte. Als er sich instinktiv umblickte, erschrak er. Seine Hände zitterten.

In der Auffahrt stand ein Mann. Sein Gesicht wurde von einem riesigen Regenschirm verborgen, der auf seiner Schulter ruhte. Vornübergebeugt starrte er in Deleus Wagen.

MONTAG, 24. NOVEMBER – 20 UHR 09

Untersuchungsrichter Jos Bosmans rutschte nervös auf seinem Stuhl hin und her. Staatsanwalt Duchateau, der bereits seit einer ganzen Weile gelangweilt seine Fingernägel musterte, zeigte nur geringes Interesse für die Aussage des schmächtigen kleinen Herrn mit den grauen Schläfen, dessen banaler Bericht – von Husten über harmlose grippale Infekte bis zu einer hartnäckigen Entzündung des großen Zehs – tatsächlich an Spannung zu wünschen übrig ließ.

»Die Anwohnerbefragung hat ergeben, dass Verbist sich manchmal merkwürdig verhält und recht impulsiv sein kann«, sagte Bosmans in dem Versuch, das Gespräch wieder in Gang zu bringen.

Während Staatsanwalt Duchateau an seinem Hemdkragen nestelte, sah der Hausarzt der Verbists Bosmans fragend an. Er fuhr sich mit einer Hand über den kahlen Schädel, als streiche er imaginäre Haare glatt, und seufzte.

»Ist Ihnen je etwas Ungewöhnliches an ihm aufgefallen, Doktor?«

Der Hausarzt zuckte mit den Schultern und schüttelte verneinend den Kopf.

»Die Eheleute waren überhaupt nur selten krank«, sagte er fast entschuldigend.

»Ist Ihnen etwas über psychische Probleme bekannt, Doktor?«, brummte Duchateau. Bosmans zog eine Augenbraue hoch. Der Staatsanwalt stieg in seiner Achtung. »Depressionen, Neurosen – etwas in der Art?«

»Hmmmm ...« Der Hausarzt kratzte mit den Fingernägeln über die Tischplatte, was Bosmans eine Gänsehaut verursachte. »Nein, im Grunde nicht. Herman Verbist litt zwar

unter einer leichten Form von Migräne, aber echte psychische Probleme ... Nein, daran kann ich mich nicht erinnern.«
»Hätten die beiden sich damit überhaupt an Sie gewandt?«, fragte Bosmans und spitzte die Lippen, als wolle er seine Worte schmecken. Dabei warf er einen giftigen Blick auf die Hände des Arztes, die auf dem Tisch lagen. Dieser bemerkte die Gereiztheit des Untersuchungsrichters, und das Kratzen hörte auf.
»Ja, ich glaube schon. Aber ich kann nur noch einmal wiederholen, dass sie sehr verschlossene Leute waren, die nur ab und zu unter einem Zipperlein litten.«
Staatsanwalt Duchateau musterte interessiert den Inhalt seiner Aktentasche. Er trank einen Schluck lauwarmen Kaffee und richtete sich mit steifen Gliedern auf.
»Na schön, das wäre dann wohl alles. Vielen Dank für Ihre Mühe, Doktor.«
Ein wenig vorwurfsvoll blickte er erst zu Bosmans und dann auf seine Armbanduhr. Während sich Duchateau mit einem schlaffen Handschlag von dem Untersuchungsrichter verabschiedete, saß der Hausarzt der Familie Verbist gedankenversunken da und starrte seine Hände an.
»Ich glaube, mir ist doch noch etwas eingefallen«, sagte er zögernd.
Bosmans hörte auf, an seiner Krawatte zu ziehen, deren Knoten er niemals löste.
»Herman Verbist litt häufig unter Entzündungen. Ungewöhnlich häufig.«
Der Hausarzt rieb sich über das Kinn. Duchateau machte sich achselzuckend auf den Weg zur Tür und dachte, dass Bosmans wieder mal die Flöhe hatte husten hören.

»Doch obwohl es sich um äußerst schmerzhafte Entzündungen handelte, klagte er so gut wie nie über die Symptome …« Duchateau blieb stehen. »Und bis er zu mir kam, war es im Grunde schon viel zu spät. Dann musste ich ihm jedes Mal starke Medikamente verordnen. Er muss eine abnorm hohe Schmerzgrenze haben. Aber darüber habe ich mir früher nie Gedanken gemacht.«

Bosmans und Duchateau sahen einander fragend an. Aus Bosmans' Blick sprachen Zweifel und Irritation. Duchateau drehte sich wortlos wieder um.

»Herman Verbists Mutter lebt noch. Sie ist im Damiaancentrum untergebracht.«

»Im Damiaancentrum?«, wiederholte Bosmans. Als der Hausarzt fortfuhr, schrillten bei ihm sämtliche Alarmglocken.

»Ja, in der geschlossenen psychiatrischen Abteilung des Damiaancentrums in Tremelo.«

In Bosmans' Büro hätte man eine Stecknadel fallen hören können. Der Staatsanwalt sah den Untersuchungsrichter forschend an. Bosmans hob resigniert die Hände.

»Hat Herman Verbist von ihr erzählt, Doktor?«

»Nein, ich glaube nicht. Soweit ich mich erinnern kann, hat er sie nie erwähnt, und ich habe ihn auch nicht gefragt.«

»Wie haben Sie dann von ihr erfahren?«

»Mehr oder weniger zufällig. Nachdem die Familie Verbist hierhergezogen war, habe ich bei seinem früheren Hausarzt in Mechelen die Unterlagen angefordert. Aber diese Information ist vertraulich und außerdem …«

»Wissen Sie, wie die Frau heißt?«, unterbrach ihn Bosmans. Entschlossen reckte er das Kinn nach vorn. Duchateau verdrehte entnervt die Augen.

Montag, 24. November – 20 Uhr 10

Deleu duckte sich und schlich zur Hintertür. Sie war zugesperrt. Er ging zurück und kroch unter dem Küchenfenster entlang.

Vorsichtig öffnete er die Haustür. Der Mann mit dem Regenschirm zuckte zusammen und lief hastig in Richtung Straße.

»He, Sie!«

Der Mann sah sich nicht um.

»Halt, Polizei!«

Jetzt blieb der Mann stehen. Vor Schreck machte er Anstalten, die Hände zu heben. Mit seinen abstehenden Ohren und dem schütteren roten Haar sah er aus wie eine Witzfigur. Deleu unterdrückte ein Grinsen.

Auf der anderen Straßenseite wurde eine Tür aufgestoßen. Eine dicke Matrone postierte sich auf der Schwelle, die Hände in die Hüften gestemmt.

»Hab ich dir's nicht gesagt?«, keifte sie mit einer Mischung aus Wut und Angst in der Stimme. Das Kind, das sich an ihren Rock klammern wollte, kassierte prompt einen Klaps. Das kleine Mädchen schüttelte wild die kupferfarbenen Locken, während es schreiend ins Haus lief.

Deleu hob beschwichtigend die Arme.

»Schon gut, schon gut, Sie haben nichts zu befürchten. Ist ja nichts passiert. Wer sind Sie, Mijnheer?«

»Wilfried ... äh, der Nachbar von ...«, stotterte der Mann.

»Da hast du's! Am Ende werden wir da noch mit reingezogen!«, schimpfte die Frau erbost. Die Umgangsweise der beiden und mehr noch die Art, wie der Gatte die Achseln zuckte und die Lippen in seinem länglichen Gesicht aufeinanderpresste, erinnerte Deleu an Stan Laurel und Oliver Hardy. Er unterdrückte einen aufkommenden Anfall von Heiterkeit und sagte schmunzelnd: »Gehen Sie ruhig hinein, äh … Wilfried. Darf ich kurz mit hereinkommen?«

Wenn Blicke töten könnten, wäre Wilfried auf der Stelle umgefallen. Wieder zuckte er die Achseln und warf einen hilflosen Seitenblick auf die Xanthippe. Die rief etwas Unverständliches in den Flur und stampfte wie ein Schlachtross ins Haus.

»Ist das unbedingt nötig, Mijnheer?«, stotterte der Mann und seufzte tief. »Wir sind schon befragt worden, und eigentlich möchte ich mit der ganzen Sache lieber nichts zu tun haben.«

»Kannten Sie die Familie Verbist?«

»Na ja, was heißt kennen. Sie lebten ziemlich zurückgezogen. Mit ihm habe ich im Sommer hin und wieder ein Bier getrunken. Er hat immer im Garten herumgewirtschaftet.« Seine dunklen Augen leuchteten neugierig auf. »Ist es wahr, dass Yvette schwanger war?«

»Sind hier in der Gegend jemals Morde verübt worden, Wilfried?«, konterte Deleu die Frage, wobei er Schutz unter dem Regenschirm seines Gesprächspartners suchte.

»Morde?« Wilfried kratzte sich verlegen im Nacken. »Nicht, dass ich wüsste.« Er legte Daumen und Zeigefinger um sein Kinn. »Na ja, vielleicht das Mädchen, das damals am Bahnhof verschwunden ist.«

»Am Bahnhof?«

»Ja, vor ein paar Jahren ist hier ein Mädchen spurlos verschwunden. Eine Ausländerin. So hieß es damals. Hier am Bahnhof wurde sie zum letzten Mal gesehen. Es stand in allen Zeitungen. Ihr Foto hat monatelang beim Bäcker und

beim Metzger ausgehangen. Ein schönes Mädchen war sie, dunkelhäutig, eine Schwarze.«
Wilfried seufzte und blickte instinktiv hinüber auf sein Haus.
Deleu grinste.
Glücklich geschieden.
Der Gedanke hinterließ einen bitteren Nachgeschmack.
»Herman hat immer wieder davon angefangen.«
»Ach?«
»Ja, aber was hat das schon zu sagen, Mijnheer Inspecteur? Sie sind doch von der Polizei, oder?«
Deleu nickte.
»In einem Kuhkaff wie Eppegem passiert halt sonst nie was.« Wieder blickte der Mann über die Straße. »Und wenn dann mal was geschieht, ist gleich das ganze Dorf auf den Beinen. Sie wissen ja, wie das ist.«
Deleu nickte verständnisvoll, obwohl er keine Ahnung hatte, wie so etwas war.
»Vielen Dank«, sagte er und wandte sich um.
»Inspecteur?«
Deleu blickte geistesabwesend zurück. In Gedanken war er bereits im Schlafzimmer der Familie Verbist.
»Der Herman war schon ein bisschen komisch. Aber trotzdem ein prima Kerl. Der Garten war sein Ein und Alles. Und wenn er nicht im Garten war, saß er am Computer. Yvette konnte ...«, Wilfrieds ausgeprägter Adamsapfel hüpfte auf und nieder, »... sie konnte sich wahnsinnig darüber aufregen.«
»Ach ja?«
»Ja, aber ...« Wieder warf der Mann einen nervösen Blick über die Schulter.

»Aber was?«
»Na ja, er hatte teilweise seltsame Angewohnheiten. Und er war immer ziemlich zerstreut.«
»Welche eigenartigen Angewohnheiten, Mijnheer Delbrouck?«
Der Mann zuckte zusammen, weil Deleu ihn beim Nachnamen nannte. Woher kannte er den?
Deleu ärgerte sich über seinen Lapsus, schwieg aber. Das war die sicherste Art, sein Gegenüber zum Weiterreden zu ermuntern.
»Zum Beispiel ist er in den zwei Jahren, die wir uns kannten, drei Mal um ein Haar überfahren worden.«
Deleu zuckte mit den Schultern.
»Na und?«
»Na ja, hier auf unserer Straße.« Er wies mit dem Kinn in Richtung Bürgersteig, und seine nächsten Worte wurden vom ohrenbetäubenden Dröhnen eines Flugzeugs übertönt.
»Wie bitte?«
Wilfried Delbrouck ballte die Fäuste und starrte dem Flugzeug hinterher.
»Aber nicht nur das. Immer, wenn ein Flugzeug über ihn hinwegflog …« Er legte eine Pause ein und sah Deleu vorwurfsvoll an. »Und das geht den ganzen Tag so, das kann ich Ihnen sagen. Transportmaschinen, die zum Brüsseler Frachtflughafen unterwegs sind. Diese Mistkerle! Drehen eine Schleife genau über uns. Und der Bürgermeister sitzt nur auf seinem Hintern und zählt Geld. Sie wissen ja, wie das ist.«
Deleu biss sich auf die Unterlippe und fragte sich erneut, wie das in einem Dorf wohl so war.

Wilfried sah ihn an. Er hatte offenbar den Faden verloren.
»Verbist ist also drei Mal beinahe überfahren worden«, bemerkte Deleu, um ihn wieder zum Thema zurückzuführen.
»Na ja, jedes Mal, wenn ein Flugzeug über uns hinwegflog, ist er stocksteif stehen geblieben. Egal, was er tat, zum Beispiel Rasen mähen. Bis die Maschine ganz verschwunden war.«
Während Delbrouck nachdenklich den Zeigefinger ans Kinn legte, starrte Deleu hinauf zu den dicken Wolken, die sich am Himmel zusammenballten, doch er sah nicht den geringsten Zusammenhang.
»Warum ist Verbist beinahe überfahren worden, Wilfried?«
»Tja, das war schon komisch. Obwohl hier nur drei, vier Autos pro Tag vorbeikommen.«
»Ach, auf dieser Straße?«
Deleu blickte auf das Haus der Verbists. Wenn man die matschige Auffahrt hinunterkam, konnte man herannahende Fahrzeuge nicht sehen.
»Weil Raser um die Ecke kamen?«
Delbrouck schüttelte den Kopf. »Nein, eben nicht. Wenn ich Herman auf ein Bierchen herübergerufen habe und er überquerte die Straße und es kam zufällig ein Auto, ist er einfach stehen geblieben. Er hat das Auto gesehen, ist aber trotzdem stehen geblieben. Als ob er dem Fahrer eine Lektion erteilen wollte. Wenn es dann so aussah, als würde der Fahrer aussteigen, ist Herman weitergegangen und hat getan, als sei nichts geschehen. Der hatte schon einen merkwürdigen Humor, der Herman.«
»Vielen Dank. Sie haben mir sehr geholfen, Wilfried.«
Seufzend ging Deleu zur Haustür.

Montag, 24. November – 20 Uhr 15

Die Stadt, Vorhof der Hölle.

Gehemmt blickte Herman Verbist sich um. Insgesamt sieben Anläufe hatte er gebraucht, bis er den Golf in die freie Parklücke manövriert hatte. Er sah nicht auf den Kilometerzähler, denn er hatte andere Sorgen. Vorsichtig hob er den Karton vom Rücksitz und klappte mit dem Knie die Tür zu. Dann blieb er eine Weile etwas verwirrt mit seiner Last in den Armen vor dem Auto stehen.
Auf dem Bürgersteig kam ein Büromensch vorbei und warf einen Blick auf den Karton, als ahne er, was dieser enthielt. Doch gleich darauf war sein Interesse wieder erloschen. Alles fühlte sich kalt und klamm an. November, nach Allerheiligen. Verbist starrte dem Mann einen Augenblick hinterher und machte sich dann eilig auf den Weg.
Keuchend stand er schließlich vor der Tür seiner armseligen neuen Behausung und spähte in den Karton. Sein Atem und der des Babys kondensierten in Nebelschleiern wie in einem Märchen.
Heute bin ich Vater geworden.
Er betrat seine Wohnung, deponierte den Karton vorsichtig auf dem Küchentisch und wischte sich mit dem Handrücken den Angstschweiß vom Gesicht.
Während der Fahrt hat ES auf dem Rücksitz keinen Mucks von sich gegeben. Der Fiat ist ein Zweitürer. Ich bräuchte jetzt einen Viertürer. Aber der Golf, mein neues Auto, ist auch nur ein Zweitürer. Der Schlüssel!
Herman Verbist rannte die Treppen wieder hinunter.
Der Schlüssel steckte noch im Zündschloss. Mit zitternden

Fingern schob er ihn in die Gesäßtasche seiner Jeans. Er vergaß, den Wagen abzuschließen, und kehrte hastig in die Wohnung zurück, wo er vorsichtig die ineinandergefalteten Klappen des Kartons öffnete.
ES schlief friedlich.
Oder ist ES tot?
Der Schreck lähmte ihn am ganzen Körper. Er schluckte, beugte sich steif vornüber, hielt die Luft an und beobachtete ES konzentriert.
Sekundenlang geschah nichts.
Plötzlich jedoch nahm er unter dem lachsrosa Rüschenblüschen eine Bewegung wahr, und sein Herz setzte ein paar Schläge aus, als er sah, wie der winzige Brustkorb sich hob und senkte. Jetzt wagte er wieder zu atmen.
Wir atmen im selben Rhythmus. Als sei es schon immer so gewesen.
Ganz langsam kam wieder Bewegung in seine verkrampften Finger. Sie glichen einem Insekt, das mühsam aus seinem Puppenkokon krabbelt. Dennoch besaß die Szene etwas Friedliches und Unwirkliches.
Herman Verbist wischte mit einem Arm die Überbleibsel seiner letzten Mahlzeit, eine leere Frittenschale, vom Tisch, warf sein kariertes Sakko auf einen Haufen verschwitzter Kleidung, holte sich ein kaltes Bier seiner Lieblingsmarke aus dem Kühlschrank und öffnete es.
Er fläzte sich auf das fleckige Sofa und schnaufte lautstark durch die Nase.
Wie ES wohl reagiert, wenn ES wach wird? Hunger … Durst … Angst … Gekreische … Sirenen … Scheiße … Pisse …!
Erleichtert blickte er sich um.

Hier kommst du nicht rein, Molok. Hier nicht. Du wohnst zu Hause, in Eppegem. Du zu Hause, ich hier.
Verbist blickte fieberhaft von rechts nach links, suchte mit den Augen den ganzen Raum gründlich ab.
Die Wände der Wohnung waren mit Silberfolie ausgeschlagen, die mit einem Tacker befestigt war. Auf dem Teppichboden lagen noch hier und da Folienverpackungen.
Die Alufolie, die er in aller Eile im Supermarkt erstanden hatte und für deren Anbringung er die ganze Nacht gebraucht hatte, war das einzige Material, das Molok nicht zu durchdringen vermochte. Sollte er es versuchen, würde er sofort vom Blitz erschlagen. Oder schmelzen.
Verbist rannte zu einer Stelle an der Wand.
Ein Riss! Ich wusste es!
Er fuhr mit allen zehn Fingern über die Alufolie, blieb hängen und verursachte einen neuen Riss.
Voller Panik drehte Verbist sich um und rannte in die Küche. Das Baby im Karton drehte sich um, erschreckt von dem Krach umherfliegender Küchenutensilien.
Verbist hielt das Brotmesser am ausgestreckten Arm vor sich. Der Schweiß lief ihm in Strömen am Körper herunter, und die Fingerknöchel traten weiß hervor. Er murmelte: »Nichts, kein Molok«, dabei rutschte ihm das Messer aus der Hand und fiel auf den Teppichboden.
Mit mühseligen Trippelschritten schleppte sich Verbist zu dem Sofa mit den eingetrockneten Schweißflecken. Jede Bewegung kostete ihn unmenschliche Anstrengung.
Durch den Riss in der Wand gegenüber blickte Molok ihn feixend an.
Herman Verbist sank auf das Sofa und blieb reglos liegen. Reglos und leer, als klaffe in seiner Brust ein faustgroßes

Loch, aus dem alle Energie unaufhaltsam herausfloss. Er streckte den Arm aus und griff nach dem Kissen. Es war neu und mit einem Schottenmuster mit Bärchenmotiv bezogen. Als er es an sein Gesicht drückte, zwinkerte ihm einer der Teddybären zu.

Nach einer Weile hielt er es nicht mehr aus. Er sprang auf, ging steifbeinig zu dem Karton, hielt den Atem an und schloss die Augen.

»Hab keine Angst.«

Vollkommen erschöpft schlurfte er zurück zum Sofa, ließ sich der Länge nach darauffallen und schrie lautlos um Hilfe. Keine fünf Minuten später schwang er die mageren Beine über die Sofakante und rappelte sich mühsam auf.

Sein Entschluss stand fest.

MONTAG, 24. NOVEMBER – 20 UHR 20

In dem Haus am Blokweg schaltete Deleu das Licht ein und blickte sich um, doch die enge, schwach beleuchtete Diele war leer.

Das Gefühl, heimlich beobachtet zu werden, ließ ihn trotzdem nicht los, und die knarrenden Stufen verstärkten dieses unbehagliche Gefühl noch.

Er stellte sich vor, wie sich die plumpe Frau hinaufgeschleppt hatte. Stufe um Stufe. Verzweiflung in den Augen. Zum Schlafzimmer am Ende des Flures. Dort wurde das Jagdgewehr aufbewahrt, verborgen hinter den Mänteln in einer Ecke des Kleiderschranks, wo die Kriminaltechniker Kratzer im Holz gefunden hatten, die vermutlich vom Visier der Remington stammten. Die Schrotpatronen lagen

auf der Hutablage verstreut, inmitten eines Durcheinanders von Schals und Strümpfen.
Wo und wann hast du die Flinte geladen? Oder stand sie schon geladen im Kleiderschrank? Nein, du hast es selbst getan. Unten. Mit zitternden Fingern.
Sowohl auf den Patronen als auch auf der Waffe waren ihre Fingerabdrücke gefunden worden. Und zwar nur ihre, wie sich Deleu erinnerte.
Der Ermittler öffnete die erste Tür.
Das pastellgrüne Badezimmer war schlicht und sauber, bot jedoch keinerlei Komfort. Als er zur Frisierkommode aus Kiefernholz ging und sich im Spiegel musterte, stieß er sich den Kopf an der Dachschräge an.
Man muss ein Zwerg sein, um sich hier im Stehen die Haare zu kämmen.
Deleu pulte in seinem Augenwinkel. Das Weiß seiner Augen war gelb und rot geädert.
Geschieden, Deleu. Du bist geschieden.
Er schloss die Augen und dachte an seine Begegnung mit Barbara.
Sie hatte gut ausgesehen. Als habe sie einen Weg gefunden, mit dem Schmerz fertig zu werden. Er hatte sie fragen wollen, wie in Gottes Namen sie das anstellte, dann aber wohlweislich geschwiegen. Charlotte war dabei gewesen.
Charlotte!
Als Barbara sie ihm gereicht hatte, hatten seine Hände gezittert. Und auch jetzt war es wieder da, dieses beklemmende Gefühl in seiner Brust. Eine unerklärliche Mischung aus Angst und Glück. Deleu ging ins Schlafzimmer und hockte sich im Schneidersitz vor die Wand, von Gefühlen überwältigt.

Barbara ist Geschichte, Dirk. Es ist vorbei.
So, wie die Leidenschaft allmählich erloschen war, erlosch nun auch ganz langsam die Liebe.
Liebe und Leidenschaft. Wasser und Feuer.
Deleu griff nach seinem Handy und wählte die Nummer von Nadia Mendonck. Zusammenzuziehen kam augenblicklich nicht mehr in Frage. Er dachte an den vorangegangenen Abend zurück.
Sie hatten gechattet. Als befänden sie sich an entgegengesetzten Enden der Welt. Deleu lächelte, denn Nadia Mendonck wohnte kaum fünfhundert Meter Luftlinie von ihm entfernt.
Nach dem üblichen anzüglichen Geplauder hatte ihr Dialog plötzlich eine unerwartete Wendung genommen.
Seine Kollegin und Ex-Geliebte hatte ihm erzählt, dass sie den Tod ihres Freundes Rutger noch immer nicht verkraftet hatte.
Deleu konnte sich in allen Einzelheiten an jenen Abend erinnern. Sie hatten zusammen in der Kneipe gesessen, als ihr der Vater ihres Freundes die traurige Mitteilung überbracht hatte. Aber diese Erinnerung war erst wieder in ihm aufgestiegen, als Nadia geschrieben hatte: *First love never dies.*
Während sie von sich erzählte, hatte er die ganze Zeit Barbara im Kopf gehabt.
Trotzdem hatte er versucht, sie zu trösten. Er hatte gescherzt. Doch als Nadia *Halt mich ganz fest* getippt hatte, hatte er nicht gewusst, wie er reagieren sollte.
Zu dem geplanten *Ich komme zu dir* hatte er sich dann nicht mehr durchringen können.
Wie fühlst du dich, Nadia? Was denkst du wirklich?
Nach dem vierten Freizeichen unterbrach er die Verbin-

dung. Er steckte das Handy wieder ein und musterte einen unregelmäßigen Riss an der Decke.

Babysachen. Es sind keinerlei Babysachen im Haus!

Dirk Deleu biss sich auf den Zeigefinger und legte die Stirn in Falten.

Keine Babysachen!

Drei Tage, nachdem Barbara erfahren hatte, dass sie erneut schwanger war, hatten sich im ganzen Haus die Babysachen gestapelt.

Hat sie gewusst, dass sie schwanger war? Hat ihr Mann davon gewusst?

Während er das Schlafzimmer erkundete, blätterte er ruhelos durch den Autopsiebericht.

Seit vier Monaten schon. Sie war im vierten Monat schwanger! Natürlich wusste sie es.

Als er die Tür des Kleiderschranks öffnete, wehte ihm ein muffiger Geruch entgegen. Eine Reihe alter Überzieher, altmodische Modelle mit breiten Kragen, die meisten tailliert.

Der Ermittler massierte sich die Schläfen.

Du hast die Waffe geladen, bist runtergegangen, hast dir den Lauf in den Mund gesteckt und abgedrückt. Warum? Hast du irgendetwas entdeckt? Aber was? Etwas im Zusammenhang mit deinem Mann vielleicht? Hatte er eine Geliebte? Oder gleich mehrere?

Dass dieser Verdacht unwahrscheinlich war, erkannte er, als er auf dem Nachttischchen ein Hochzeitsfoto entdeckte. Es zeigte den Bräutigam als jungen Mann mit glatten, halblangen Haaren, der trübselig in die Kamera blickte. Er hatte eine spitze Nase und stumpfe Augen und erweckte am schönsten Tag seines Lebens den Eindruck, als fühle er sich in dem steifen Anzug überaus unbehaglich.

Nein. Keine Geliebte. Er ähnelt in gewisser Weise mir. Ob Barbara meinetwegen so etwas tun würde?
Respektvoll stellte er das Foto wieder an seinen Platz.
Das Bett war zerwühlt. Deleu bückte sich und sah unter der Federkernmatratze nach. Der aufgewirbelte Staub verursachte einen Niesanfall, durch den sein Hals brannte wie Feuer.
Während er eine neue Lutschtablette aus der Verpackung drückte, fiel sein Blick auf einen Pappkarton, halb verborgen unter einem altmodischen Metallschreibtisch, welcher in Anbetracht der sorgfältig darauf aufgereihten Pflegeprodukte wohl als Frisiertisch gedient hatte. Die Klappen des Kartons waren nachlässig zugefaltet. Auf einer Seite quoll allerhand Krimskrams heraus.
Deleu schob vorsichtig, als befürchte er eine Falle, mit der Schuhspitze eine Klappe auf.
Neben alten Glückwunschkarten, einem Briefhalter und einem rosafarbenen Föhn mit Stecker für eine Autosteckdose enthielt der Karton eine externe Festplatte.
Ein PC! Aber in der Tatortbeschreibung stand doch nichts von einem PC? Wozu diente dann die Festplatte?
Deleu kroch auf allen vieren unter den Schreibtisch. Es gab eine Steckdose, aber keinen Anschluss für ein Telefon oder ein Modem.
Eilig ging er den Flur entlang. Im Grundriss des Hauses war nirgendwo ein Arbeitszimmer eingezeichnet.
Der Ermittler zog seinen Notizblock heraus und kritzelte:
Festplatte überprüfen! Wo ist PC?
Während er den Block in seine Gesäßtasche schob, klingelte sein Handy. Es war Bosmans.
»Deleu.«

»Dirk, ich bin's, Jos. Kannst du bitte sofort kommen?«
»Wohin denn, Jos?«
»In die Pathologie. Mord in Mechelen. Im Kruidtuin-Park.«
Klick.
Deleu blickte das Handy an, als warte er auf eine neue Nachricht.
Er zog noch einmal den Notizblock hervor, klappte ihn auf und schrieb: *Babysachen?*

MONTAG, 24. NOVEMBER – 20 UHR 24

Als Herman Verbist vorsichtig den Karton öffnete, sah ES ihn lachend an.
Mein Gott, was für wunderschöne Augen! Ich danke dir!
Das krause Näschen, die Grübchen in den Wangen, die langen, zierlich geschwungenen Wimpern – es tat richtig weh.
»Ich danke dir!«, murmelte der heruntergekommene Mann andächtig. Er beugte sich über das Kind und schnupperte. Im Karton stank es.
»Papa macht dich frisch. Papa weiß, wie das geht, er hat ganz viele Bücher darüber gelesen.« Das war gelogen.
Die Wickelunterlage wartete auf dem Küchentisch. Daneben lagen in Reichweite: Wundsalbe, Ohrenstäbchen, feuchte Tücher, Desinfektionsmittel, Pampers, dünne Gummihandschuhe, eine Wäscheklammer und Augentropfen.
»Habe ich alles vorsorglich im Supermarkt gekauft. Man muss auf alles vorbereitet sein. Wie heißt es so schön? Ein Kind kostet so viel wie ein Eigenheim!«

Unsicher streckte er die Hände nach dem Baby aus. »Ich weiß es nicht, mein Schatz, ich habe nie ein Eigenheim besessen.«
Behutsam hob er das zerbrechliche kleine Wesen heraus, die linke Hand unter dem Kopf, die rechte unter dem Po. Schritt für Schritt näherte er sich dem Küchentisch, wo er das rosige Menschlein mit zitternden Händen auf die Wickelunterlage bettete. Langsam und ganz vorsichtig, wie in Zeitlupe.
Papa klingt blöd und gewöhnlich, ging es ihm durch den Kopf, während er die Gummihandschuhe überstreifte.
»Papi vielleicht? Nein, das klingt noch blöder.«
Herman Verbists Gesichtsmuskeln verkrampften sich, und sein Blick wurde unsicher.
Was bedeute ich diesem Kind?
Er presste die Lippen zusammen.
»Einfach abwarten. Jetzt gucken wir uns erst mal den schmutzigen Popo genauer an. Papi macht dich jetzt schön frisch, und dann sehen wir weiter.«
Er lachte verlegen, hob das Baby an und löste die Klebestreifen der Windel.
Ein scharfer Ammoniakgeruch ließ ihn zurückweichen, und er griff nach der Wäscheklammer, steckte sie sich dann aber doch nicht auf die Nase.
ES darf sich nicht zu sehr erschrecken.
Als er mit angehaltenem Atem die Windel unter dem rosigen Popo wegzog, bemerkte er trotz seines Ekels – gelbgrüner Schleim mit bohnenartigen Dingern drin – voller Rührung, dass es ein Mädchen war.
ES war kein ES mehr.
ES ist ein Mädchen, eine Tochter und später eine Frau und

Mutter. Aber jetzt muss ich erst mal den heutigen Tag gut überstehen. So ein schrecklicher Tag. Aber es musste sein. Mein Gott, eine Tochter, und dann stinkt sie so.

Er riss die Plastikdose mit den Feuchttüchern auf, stellte fest, dass die Öffnung der Innenverpackung versiegelt war, und fluchte verhalten, während er mit der Dose zur Anrichte eilte.

Doch er fand keine Schere. Eine Menge anderen Krimskrams, aber keine Schere. Die Schranktür klappte zu. Unter seinen Achseln rann klammer Angstschweiß hervor.

In einem Karton, sie ist noch in einem von den Scheißkartons mit Babysachen, ging es ihm durch den Kopf.

Er kehrte zu dem Baby zurück, hob es hoch, sah, dass die Wickelunterlage beschmutzt war, und legte das Kind ein Stückchen höher. Mit den Füßchen – *was für niedliche kleine Zehen!* – verschmierte das Kind daraufhin den Kot gründlich überall.

Die quietschrosa Flamingos auf der Unterlage schienen sich im Dreck zu suhlen, bis sie eine gleichmäßig braune Farbe angenommen hatten.

Schweine! Die sehen aus wie Schweine. Dreckige, kackende, stinkende Schweine!

Er hielt das Baby am ausgestreckten Arm von sich weg und seufzte, legte es aber dann doch wieder auf das Wickelkissen. Seine Hände waren mit Kot beschmutzt.

Mit den Zähnen zog er die Küchenschublade auf und wühlte mit den Ellbogen durch die Küchenutensilien. Sie klapperten wie wild, bis er die Schublade mit einem Knall wieder schloss. Es war hoffnungslos.

Keine Schere.

Herman Verbist stolperte mit weit von sich gestreckten

Armen zum Sofa und schlug mit dem Kopf gegen die Rückenlehne.

Plötzlich hielt er inne und rannte zum Küchentisch, wo er das am Rand balancierende Baby gerade noch an einem Arm erwischte. Ungeschickt nahm er das nackte Kind in die Arme und ging hinüber zu den unordentlich aufgestapelten Kartons in einer Ecke des Wohnzimmers. Einen nach dem anderen trat er auseinander wie ein Besessener. Pappefetzen flogen durch die Gegend.

Keine Schere! Nichts … keine Schere!

Der ratlose Verbist kramte im Krempel herum, und das Baby fing laut an zu schreien. Verbist fluchte verhalten, eine Technik, die er bis zur Perfektion entwickelt hatte, als er bei einer Versicherung gearbeitet hatte und lästige Kunden möglichst höflich loswerden musste.

Dennoch schwoll sein Vaterherz vor Stolz, denn er schrie das Kind nicht an, sondern legte es so ruhig wie möglich in den bereitstehenden Pappkarton neben dem Sofa. Es war ein neuer Karton, ausgekleidet mit einer Karodecke, einem Erbstück von seiner Großmutter.

In den ersten Monaten speichern sie die meisten Eindrücke. Wie alt wird sie sein? Neun Monate? Ein Jahr? Ich muss mal in meinem Buch nachschlagen. Nein, darin sind ja nur Föten abgebildet. Ich hab's gekauft, um mir unsere Caroline besser vorstellen zu können.

Geistesabwesend blickte er in den Karton und stellte fest, dass jetzt auch an dieser Decke brauner Dreck klebte.

Scheiße! Überall Scheiße!

Herman Verbist fuhr sich mit allen zehn Fingern in die Haare.

»Armes Wichtchen«, schluchzte er.

Plötzlich erschien ein Lächeln auf seinem Gesicht.
»Wichtchen, das ist es! Das ist ein schöner Name für dich.«
Das Lächeln erstarb, als ihm etwas von dem braunen Zeug in die Augen geriet.
Küchenpapier muss ich haben, massenweise Küchenpapier. Mir bleibt nichts anderes übrig, als es bei den Nachbarn zu erbetteln. Dass ich irgendwann am Bettelstab gehen würde, das hat mir meine Großmutter immer prophezeit, obwohl sie mich liebgehabt hat. Meine Mutter ist im Himmel. Ich habe sie lieb. Bis heute. Und so wird es wohl immer bleiben. Sie sieht mich. Auch, wenn ich an mir rumspiele, das ist nicht angenehm. Sie ist eine weiße Wolke.
Herman Verbist tigerte im Zimmer auf und ab.
Du brauchst zuerst einen Plan, Herman. Molok hat recht. Molok hat immer recht!
Er wischte sich die Hände an der Innenseite seines weißen T-Shirts mit Greenpeace-Logo ab und steckte es anschließend in den Hosenbund. Betreten blickte er erst auf die Wickelunterlage, dann zu dem Baby. Und wieder zur Unterlage. Er presste die Hände an die Schläfen und knirschte mit den Zähnen. Erneut raufte er sich verzweifelt die Haare, während er wie ein Raubtier im Käfig um das Sofa herumlief.
Plötzlich blieb er stehen, warf den Kopf in den Nacken und ging zum Karton.
»Papi muss weg, nur für ein Weilchen.«
Beruhigend redete er auf das Baby ein, das jedoch weiterhin lauthals schrie.
Verbist wischte sich eine Träne von der Wange, und sein melancholischer Blick wurde ernst, fast besorgt, als würde

ihm klar, dass er mit der Situation niemals allein fertig werden konnte.
»Eben im Auto habe ich dir versprochen, dich nie wieder allein zu lassen.«
Von einer Sekunde auf die andere wurde sein Blick grimmig.
»Da siehst du mal, was für eine falsche Schlange ich bin, was für ein widerlicher Feigling und Lügenbold, ein mieser Versager und Waschlappen!«
Seine letzten Worte, die den verschlungenen Windungen seines bizarren Gehirns entsprangen, schrie er laut heraus.
»Aber das brauche ich dir eigentlich gar nicht alles zu erzählen«, fuhr er dann wieder beruhigend, fast salbungsvoll fort. »Das wirst du zu gegebener Zeit von allein feststellen. So etwas kann man nicht ewig vor anderen verbergen.«
Hilflos ließ er die Finger vor dem rot angelaufenen Babygesicht herumflattern.
»Ich hoffe, du kannst mir verzeihen.«
Seine leise Stimme klang wie das monotone Summen einer nutzlosen Drohne – und hatte keinerlei Effekt.

MONTAG, 24. NOVEMBER – 20 UHR 41

Als Deleu im Laufschritt das Gebäude der Kriminaltechnik betrat, tigerte Jos Bosmans schon auf dem Flur hin und her.
»Was ist denn los?«
Deleus Worte hallten von den nackten Wänden wider. Während sie sich die Hand reichten, zuckte Jos Bosmans ratlos mit den Schultern.

»Und, war es Selbstmord?«, fragte er geistesabwesend.
Jetzt war es an Deleu, mit einem Achselzucken zu antworten.
»Es ist so trostlos, Jos.«
»Wie bitte?«
»Ach, in diesem ganzen Haus herrscht eine furchtbar trostlose Atmosphäre.«
Bosmans runzelte die Stirn, und sein Schweigen verhieß nichts Gutes.
»Jos, was ist passiert?«
»Eine junge, alleinstehende Mutter. War im Kruidtuin-Park mit dem Kinderwagen unterwegs. Schädel eingeschlagen, mit einem Tischlerhammer.«
»Und das Kind?«
»Verschwunden, Dirk. Weg.«
Die beiden Männer sahen sich in die Augen.
Bosmans wandte als Erster den Blick ab. Zum Fenster, wo der starke Wind unter die morschen Fensterläden fuhr und sie zum Klappern brachte.
»Spuren?«
»Der Mörder hat ihr aufgelauert. Vermutlich hat er eine ganze Weile im Gebüsch gelegen. Aber keine Spuren, nein, nichts. Jedenfalls nichts Brauchbares.«
Der Laborleiter, Roland Van Bever, bog schwer atmend um die Ecke. Sein weißer Kittel flatterte hinter ihm her, und seine Elvis-Tolle wippte, als er Bosmans und Deleu zuwinkte.
»Was machst du eigentlich hier draußen auf dem Flur?«, fragte Deleu.
»Qualmen, was denn sonst«, antwortete Bosmans.
»Ich dachte, du hättest aufgehört.«
»Das war vor einer Woche.«

»Der Abdruck war deutlich erkennbar!« Van Bever errötete ein wenig, als Bosmans triumphierend »Ja!« rief.

In dem schmalen Flur zwischen Küche und Labor lehnte ein Spaten an der Wand. Er war mit Plastik umwickelt und am verwitterten Holzgriff mit einem Etikett versehen.

»Was ist das?«, fragte Deleu.

Der Laborleiter und Bosmans standen bereits in der schwach beleuchteten Küche.

»Ein Beweisstück. Ein Bauer hat seiner untreuen Bäuerin den Schädel damit eingeschlagen«, erklärte Van Bever, während er gespannt die flackernde rote Leuchte über der gegenüberliegenden Tür beobachtete. Deleu zuckte mit den Schultern und gesellte sich zu ihnen.

»Kaffee?«

Deleu schüttelte den Kopf, während Bosmans das Angebot dankend annahm.

Der Laborleiter zeigte auf die Leuchte und bot Bosmans einen Stuhl an. Widerstrebend setzte sich der Untersuchungsrichter, stützte sich mit den Ellbogen auf dem Tisch ab, schob eine leere Tasse zur Seite und zerkrümelte eine Brotkruste.

»Und, haben wir ihn?«, fragte Deleu scheinbar ruhig, während er das Kunstwerk an der Wand bewunderte.

Als Bosmans ihn mit halb zusammengekniffenen Augen taxierte, antwortete Deleu mit seinem breitesten Grinsen. Der Laborchef folgte Deleus Blick.

An der Wand hing ein großes Brett mit einer Collage, auf die Warhol neidisch gewesen wäre. Zeitungsausschnitte, Tierbilder, Pin-ups, anzügliche Zeichnungen und Fotos von Mitarbeitern, die meisten kunstvoll mit Filzstift verziert. Van Bever sah aus wie ein SS-Offizier mit Monokel

und Hitler-Schnurrbart. An seiner Nase hing ein Tropfen. Deleu grinste.
»Unser Frustbrett«, erklärte Van Bever.
Deleu nickte anerkennend.
»Okay«, sagte Bosmans schließlich und stand ungeduldig auf. »Dauert's noch lange?«
Van Bever blickte hoch zur Lampe, die noch immer blinkte. Er ging zur Tür und klopfte diskret.
»Komm ruhig rein!«, ertönte es von drinnen.
Die drei betraten das kriminaltechnische Labor. An den Wänden hingen zahlreiche Schränke mit kleinen viereckigen Schubladen. Der Polizeifotograf, der seine Ausrüstung einpackte, nickte Bosmans jovial zu.
»Entwickeln und abliefern, Pol«, sagte Van Bever zu ihm.
»Es ist doch nicht etwa dringend, oder?«, fragte der Fotograf ironisch und trabte demonstrativ im Laufschritt zur Tür gegenüber.
Deleu betrachtete den rostigen Tischlerhammer auf dem Beistelltisch. Er lag auf schwarzem Filz und wirkte dort vollkommen ungefährlich. Ein alltägliches Werkzeug – abgesehen von den Blutflecken am Kopf.
»Was wissen wir über das Opfer, Jos?«
Bosmans antwortete nicht. Er hing mit der Nase dicht über einem Klebestreifen, der in einem rechteckigen Leuchtbehälter lag, und studierte das deutlich erkennbare Schlingenmuster.
»Zeigefinger, doppelter Index«, erklärte Van Bever, als habe er die Gedanken des Untersuchungsrichters erraten.
»Habt ihr die Abdrücke schon durch den Computer gejagt?«
Van Bever sah Bosmans schuldbewusst an.

MONTAG, 24. NOVEMBER – 20 UHR 45

Herman Verbist war die Treppe hinaufgestiegen und stand nun vor der Tür des Nachbarn, der über ihm wohnte. Ein angedeutetes Lächeln umspielte seinen verkrampften Mund. Wie sehr er sich auch das Gehirn zermarterte, er konnte sich beim besten Willen nicht daran erinnern, was ihn hierhergetrieben hatte.

Ir. L. Goegebuer, las er auf dem Kupferschild unter der Klingel.

Der wird mir sicher helfen. Glück gehabt! Ein Mann mit zwei Vornamen. Der ist bestimmt gebildet. Ir. L.? Ira Levin, Ira Levin Goegebuer. Eine jüdische Familie? Vor Juden habe ich immer ein bisschen Respekt. Diese Hüte und Ringellocken, die Kneifer und Pelzbesätze bis in den Sommer hinein. Horden von Skinheads, die ihnen auflauern. Vor allem die flößen mir Angst ein, denn ich werde unheimlich aggressiv, wenn ich diese Glatzköpfe sehe. Am liebsten würde ich ihnen gegenseitig den Kopf in den Hintern rammen und damit eine lange Kette bilden. Damit ich ihre hässlichen Gesichter nicht mehr sehen muss.

Herman Verbist lachte nervös.

Und wenn die Kette lang genug ist, kann ich den Kopf des ersten in den Hintern des letzten stecken, so dass sie auf ewig im Kreis herumlaufen müssen.

Das Lachen ging in eine Art hicksendes Wiehern über.

Und dann dieser gequälte Blick. Die haben was mitgemacht, diese Leute, vor allem die ältere Generation. Die Juden, meine ich.

»Küchenrolle!«, rief Verbist auf einmal so laut, dass es durch den Hausflur schallte, und hieb sich gegen die Stirn.

Auf seinem Gesicht perlten jetzt dicke Schweißtropfen. Stress. Er stand unter Hochspannung.
»Nein, Molok! Nein!«
Verbist blinzelte heftig und steckte die Zunge zwischen die Zähne. Am liebsten wäre er davongelaufen und hätte sich irgendwo verzweifelt zu Boden geworfen, aber er blieb, wo er war. Er hatte ja schon geklingelt.
Weg hier. Wichtchen ist allein. Vielleicht ist Ira Levin bei der Arbeit. Wahrscheinlich an der Diamantenbörse. Wo er Diamanten spaltet. Das muss ein glückliches Leben sein! Glaube ich. Oder mache ich mir da Illusionen, und er gießt aus einem kleinen Kupfertopf kaltes Wasser über die erhitzte Spaltapparatur? Oder werden die Steine heutzutage längst mit Laserstrahlen gespalten, und Ira schießt in diesem Moment mit einer dunklen Brille auf der Nase Laserstrahlen ab? In Rot, Grün, Gelb und Blau. Hauptsächlich Blau, wie in der Disco. Damit wollen sie die jungen Leute anlocken. Einmal bin ich hingegangen. Früher. Um mir geile Mädels anzugucken. Irgendwo im Hintergrund, wo mich keiner bemerkt hat. Da geh ich nicht mehr hin. Hab zu wenig Geld.
Einen Stock tiefer schwoll das Geschrei aus dem Karton neben dem Sofa erneut an. Herman Verbist kam wieder zu sich. Angst! Panik! Wahnsinnige Kopfschmerzen!
»Nein, Molok!«, flüsterte er.
Endlos wiederholte er diese Worte wie ein rituelles Opfergebet. Der schrille Klingelton übertönte das durch Mark und Bein gehende Gekreische.
»Habe ich es für sie oder für mich getan? *Fuck the rastafa, fuck the rastafa, fuck the rastafa.* Weg, Molok.«
Herman Verbist starrte die massive Eichenholztür an. Seine

geschärften Sinne registrierten ein schabendes Geräusch. Schlurfende Pantoffeln. Sein Geist wurde klar.
Was soll ich tun? Wer hilft mir? Eine Sozialarbeiterin. Aber wenn sie mir Wichtchen wegnehmen und sie in einem Heim verkümmern lassen? Oder hat sie vielleicht doch einen Vater? Was habe ich getan?
Verbist griff sich an den Kopf und steckte unsicher den Zeigefinger in den Mund. Nervös trat er von einem Fuß auf den anderen und biss sich auf den Fingernagel, bis sich dieser blau verfärbte.
Als er sich umdrehte und unverrichteter Dinge die Treppe wieder hinuntergehen wollte, ging die Tür auf, und ein rüstiger Mann um die siebzig mit einer auberginefarbenen Krawatte über dem Pullunder trat hinaus.
»He! Sie da!«, giftete er. »Was soll das hier?«
Verbist blieb reglos stehen, und seine Nackenhaare sträubten sich. An der Kuppe seines Zeigefingers hing ein heller Blutstropfen.
»Sind Sie taub? Oder wollen Sie etwa hier einbrechen?«
Verbist drehte sich um. Es dauerte eine Ewigkeit, bis der Blutstropfen hinunterfiel und auf seiner Jeans einen rotbraunen Fleck hinterließ, der sich allmählich ausbreitete.
Als er sich ratlos dem Mann zuwandte, schwoll das schwarze Auge des Alten an. Es löste sich und rann wie ein Eidotter langsam an seiner runzligen Wange herunter, unter der Würmer wimmelten. Seine Nase verformte sich, schrumpfte zusammen und schmolz weg. Bedrohliche Zähne. Verbist verzog krampfhaft das Gesicht zu dieser furchterregenden Darbietung. Die obere Zahnreihe schlug gegen die untere und verursachte ein höllisches Knirschen.
»Und? Wird's bald?«

Verbist wandte keuchend den Blick in eine andere Richtung. Dort wucherten die fingerförmigen Blätter einer Zimmerpflanze wie große grüne Klauen.
»Küchenrolle«, krächzte er unter unmenschlicher Anstrengung.
»Wie, Küchenrolle?«, knurrte der energische alte Mann, der seine rhetorische Frage mit einer breiten Geste unterstrich. Seine runzlige Hand kam näher. Sehr nahe, wie eine riesige Fledermaus, groß und beängstigend.
»Haben … Sie … eine Rolle Küchenpapier?«
»Nein!«, erwiderte der Alte mürrisch. »Erstens benutze ich solchen Mist nicht, und zweitens unterhalte ich mich nicht mit Fremden. Guten Tag!«
»Haben Sie vielleicht Toilettenpapier?«, fragte Verbist fast flehentlich.
»Nein!«
Verbist blieb sprachlos stehen. Sein Mund klappte auf und wieder zu, verzweifelt schnappte er nach Luft. Seine Gesichtszüge verhärteten sich. Sein Mund wurde zu einer scharfen Kerbe.
Der alte Mann blickte Verbist ungerührt an. Verachtung lag in seinen alten, wachsamen Augen.
Wieder so ein mieser, dreckiger Drogensüchtiger. Die soll bloß nicht ihre verkommenen Freunde mitbringen. Ach, Chrissie!
»Sie sind doch schon Ihr ganzes Leben lang arrogant gewesen! Ihre Sorte kenne ich, Ira Levin!«, schrie Verbist, während seine Hände unkoordiniert zuckten.
Louis Goegebuer, ein von Natur aus furchtloser Mann, ballte die Fäuste. Seine Wangen liefen rot an, und seine Halsmuskeln zeichneten sich unter der faltigen Haut ab.

»Ira Levin – was soll das denn heißen, junger Mann? Warum nennen Sie mich so? Soll ich vielleicht die Polizei rufen?«

Der verwirrte Verbist sperrte die Augen weit auf und fuchtelte verzweifelt mit den Armen. Das Einzige, was er hervorbringen konnte, war: »Po… Po… Po… Po…« Die Adern an seinem Hals schwollen an, während er die Lippen aufeinanderpresste. Stockend brachte er hervor: »Entschuldigen Sie, aber an Ihrer Tür steht doch Ihr Name, Ir. L. Goegebuer.«

Er zeigte auf das Namensschild.

Das dröhnende Lachen des alten Mannes stürzte von allen Seiten auf ihn ein. Verzweifelt versuchte er, seinen Kopf zu schützen. Die Salven donnerten gegen die Wände, an die Decke, in seinen Nacken, in seine Haare. Es gab kein Entrinnen. Herman Verbist blieb reglos stehen, Verzweiflung in den ängstlichen Augen.

»Dummkopf. ›Ir.‹ ist die Abkürzung für ›Ingenieur‹, und das ›L.‹ steht für ›Louis‹.«

Plötzlich hob Herman Verbist mit gespreizten Fingern beide Hände. Eine seltsame Ruhe überkam ihn.

»Sie waren einmal Ingenieur, jetzt sind Sie nur noch der böse Nachbar.«

»Muss ich mich etwa hier vor meiner eigenen Haustür beschimpfen lassen, und das auch noch von einem Wildfremden?«

Der alte Mann schnappte nach Luft, zog den rechten Pantoffel aus und traf Verbist mit voller Wucht, doch dieser schien nicht im mindesten davon beeindruckt. Er schirmte nicht einmal seinen Kopf ab.

»Ich bin kein Fremder, ich bin Belgier«, antwortete er beherzt, während er die Treppe hinunterstieg. Seine nächsten Worte gingen im Gebrüll des Babys unter.

»Wenn Sie jetzt nicht den Mund halten, werde ich auf jeden Fall die Polizei benachrichtigen!«, schrie Goegebuer ihm hinterher.

Verbist achtete nicht mehr auf sein Geschwätz. Es wurde von dem alles übertönenden Rauschen in seinem Kopf verschluckt. Ohne sich noch einmal umzusehen, lief er wie ferngesteuert die Treppe hinunter. Seine leeren grauen Augen leuchteten einmal kurz auf. Ein stechender Blitz.

Er wolle die Polizei benachrichtigen, hatte Ira Levin ihm hinterhergerufen.

Vor seiner Wohnungstür wartete er geduldig, bis alles still war. Dann öffnete er die Tür einen Spalt, sah sich um und schlüpfte hinein. Gott sei Dank war ihm Molok nicht gefolgt.

Vielleicht ist er eingeklemmt. Irgendwo in der Wand. Tot. Oder zumindest stark geschwächt. Durch die Strahlung des Silberpapiers. Das kommt davon, wenn man versucht, durch Risse zu schlüpfen.

Äußerlich ruhig umkreiste er den Karton und vermied es, die glänzenden Wände anzusehen.

Wichtchen schlief friedlich, den Daumen im Mund und die Nase voller Kot. Der rührende Anblick vertrieb Verbists schwarze Gedanken.

»Ich werde nicht mehr in Panik geraten, nie mehr«, flüsterte er ihr in das flaumige Ohr.

Er nahm das einzige saubere Geschirrtuch aus dem Schrank und befeuchtete es. Dann wischte er vorsichtig über Wichtchens Gesicht. Sie seufzte und drehte den Kopf hin und her.

Verbist hielt inne.
Aufpassen, sonst wird sie noch wach. Ira Levin lauscht sicher an der Tür.
Mit der Zunge zwischen den Zähnen faltete er vorsichtig den Karton zu. Plötzlich strampelte das Baby wie wild mit den Beinen, und sein Geschrei fuhr Verbist mitten ins Herz. Er ruckte mit dem Kopf und trommelte sich mit den geballten Fäusten auf die Brust. Schneller und immer schneller und fester und immer fester. Bis seine Brust unerträglich brannte.
Dann erstarb das Trommeln.
Die Würfel waren gefallen.
Der Vorhang hob sich.
Die Zahnräder eines verborgenen Mechanismus irgendwo tief in seinem Inneren, in seinen Gehirnwindungen, setzten sich in Bewegung, und in der Schublade des Küchentischs fand Verbist, was er suchte.
Diesmal gelang es ihm.
Auf Anhieb.

MONTAG, 24. NOVEMBER – 20 UHR 55

Herman Verbist erklomm mit mechanischen Schritten die Treppe und drückte auf die Klingel.
Louis Goegebuer, pensionierter Eisenbahningenieur, öffnete nichtsahnend die Tür, und noch ehe er ein Wort sagen konnte, durchbohrte das spitze Fleischmesser seine Wange und seine Zunge. Verbist, über dessen Hände das Blut spritzte, hielt das Heft des Messers umklammert und drängte den zuckenden Alten rückwärts in die Wohnung hinein.

Mit Fassungslosigkeit in den erlöschenden Augen griff Goegebuer nach Verbists Fäusten und in seinen eigenen Nacken, wo er sich die Finger an der Messerspitze verletzte. Aber das merkte der alte Mann schon nicht mehr.
Auf Herman Verbist schien der grauenvolle Anblick nicht den geringsten Eindruck zu machen. Mit starren Augen riss er das Messer um eine Vierteldrehung nach links.
Goegebuers letzter Seufzer »Chris …« wurde von einem Blutschwall erstickt. Er wankte und stürzte seitlich über den kupfernen Regenschirmständer. Als er mit dem Kopf gegen die Wand schlug, brach die Messerklinge entzwei. Goegebuers falsches Gebiss fiel klappernd in den Ständer.
Herman Verbist kam allmählich zu sich. Er löste den Griff um das Messer und blickte sich verdutzt um, als erwache er aus einer Narkose. Er starrte auf seine Hände, die nach der Anspannung noch zittrig waren.
»Zufrieden, Molok?«
Das monotone Kichern, das zwischen seinen zusammengebissenen Zähnen hervordrang, schien aus den Wänden zu sickern.
Er ging zum Waschbecken, wusch sich sorgfältig Arme und Hände, und seine Augen wurden wieder glasig, als versetze ihn das rauschende Wasser in einen Hypnosezustand. Als ihn das blutige Gesicht Moloks auslachte, fing Herman Verbist aus voller Brust an zu schreien.
Die Tür fiel mit einem Klicken ins Schloss, und Verbist stolperte hinaus in den Flur, lief die Treppe hinunter und riss die Tür zu seiner Wohnung auf, wo er das weinende Baby ignorierte und ins Schlafzimmer ging. Erschöpft fiel er aufs Bett, presste die Hände auf die Ohren und verschloss sich wie eine Muschel, bis er von Stille umgeben

war. Einer desolaten Stille. Und Schmerzen. Hartnäckigen Schmerzen.
Er zitterte, und als versagten alle Nerven seines Körpers gleichzeitig, sank er in eine bodenlose Tiefe.

DIENSTAG, 25. NOVEMBER – 10 UHR 05

Bosmans und Deleu saßen in der Taverne »De Kleine Keizer« und unterhielten sich. Es schien eine Ewigkeit her zu sein, seitdem sie hier gewesen waren. Deleu hatte seinen Freund, der in den vergangenen zwei Tagen bedrückt gewirkt hatte, zum Mitkommen bewogen, um sich endlich einmal auszusprechen.
»Na so was, unsere Ordnungshüter. Lange nicht gesehen! Was darf es sein? Oder trinkt ihr etwa kein Weißbier mehr während der Dienstzeit?«
Ohne eine Antwort abzuwarten, verschwand die Wirtin mit wiegenden Hüften hinter der Theke.
»Unsere Dienstzeit ist endlich verkürzt worden!«, rief Deleu ihr noch nach und zwinkerte seinem Freund zu. Jos Bosmans rieb sich die geschwollenen Augen und verzog den Mund zu einem angedeuteten Lächeln.
»Was ist los, Jos?«, fragte Deleu ohne Umschweife.
»Hm.«
»Was bedrückt dich? Der Selbstmord? Das entführte Baby?«
»Das auch.«
Deleu trommelte mit den Fingern auf den Tisch, griff sich an den Adamsapfel und räusperte sich. Das Fieber pulsierte durch seinen ganzen Körper.

»Stress mit Maud?«

Bosmans sah ihn an und nickte matt.

»Hey, Jos, du kannst mir alles erzählen. Ich kenne mich ziemlich gut damit aus, wie man mit Frauen nicht umgeht.«

Bosmans antwortete nicht auf Deleus alberne Bemerkung, und als ihnen die Wirtin mit strahlendem Lächeln zwei Tassen Kaffee mit cremigem Schaum servierte, blickte er in die andere Richtung, wo der Regen ans Fenster prasselte. Die Wirtin sah Deleu fragend an, wartete jedoch nicht auf eine Erklärung. Sie schwang sich auf einen Barhocker und vertiefte sich wieder in ihre Zeitung.

»Ich dachte, ihr wolltet sogar wieder heiraten«, bemerkte Deleu ein wenig hilflos.

»Mit uns ist alles in Ordnung, Dirk, nein, es geht um unsere Eva.« Bosmans ließ bedrückt die Schultern hängen. »Vorgestern stand sie plötzlich vor der Tür. Mit Stijn und Maïte.« Er seufzte tief.

»Das kann doch nicht wahr sein!«, rief Deleu entsetzt.

Bosmans' Kehle war wie zugeschnürt. Er betrachtete seine ineinander verschränkten Hände. Sie zitterten.

»Doch. Ihr Innenarchitekt hat eine andere. So einfach geht das heutzutage. Nach dem Abendessen hat er ihr zwischen Tür und Angel mitgeteilt, es sei aus zwischen ihnen und er habe bereits seit einem Jahr eine neue Beziehung. Eine geschiedene Frau mit drei Kindern. Er hat sie über das Internet kennengelernt. Während er angeblich nächtelang Pläne zeichnete. Um es kurz zu machen: Es ist eine unüberwindbare Kommunikationsstörung zwischen den beiden entstanden. Das waren seine Worte. Eine unüberwindbare Kommunikationsstörung. Basta.«

Bosmans trank einen großen Schluck von seinem Kaffee, verbrannte sich den Mund und presste die schmerzenden Lippen aufeinander. Dann stellte er die Tasse vorsichtig ab und spielte mit einem Zuckertütchen.
Dirk Deleu sagte nichts.
Als er wieder das Wort ergriff, klang Bosmans' Stimme sanfter. Als hätte der heiße Kaffee die Wut weggespült.
»Eva war fassungslos. So habe ich sie noch nie erlebt. Sie hat die Kinder aus dem Bett geholt und ist sofort zu uns gefahren. Die beiden standen im Schlafanzug vor unserer Tür.«
»Und wie soll es jetzt weitergehen?«
»Gute Frage. Sie haben vor zwei Jahren gebaut, und Eva wollte noch ein Jahr zu Hause bei den Kindern bleiben. Keine Ahnung, wie es weitergehen soll.«
Deleu wusste nicht, wohin mit den Händen, und kratzte sich am Kopf.
»Kann ich irgendetwas tun, Jos? Irgendwie helfen? Beim Umzug oder so? Ich meine ja nur.«
Als Bosmans ihn eindringlich ansah, zuckte er nervös mit den Schultern. Bosmans' lakonische Antwort: »Ja, heirate sie«, verunsicherte ihn noch mehr. Doch als er in die lachenden Augen seines Vorgesetzten sah, trank er schließlich auch einen Schluck von seinem Kaffee.
Unwillkürlich entfuhr es ihm: »Ich wünschte, Charlotte stünde eines Tages einfach vor meiner Tür.« Darauf wiederum fiel Bosmans so schnell keine Antwort ein.
Der Untersuchungsrichter schnaufte durch die Nase und schloss die Augen. Drei Bilder stiegen immer wieder in seiner Erinnerung auf: Maud und Eva vor dem Löwenkäfig im Antwerpener Zoo, beide im gleichen Sommerkleid,

weiß mit fröhlichen Frühlingsblumen. Maud hatte die Kleider selbst genäht, nachdem sie einen Schneiderkurs besucht hatte. Das zweite Bild war ein Foto von Eva bei ihrer Kommunionsfeier. Während die Gäste einander umarmten, küsste Eva im Vordergrund ihren Lieblingssalamander. Als das Tierchen einige Tage später starb, war sie wochenlang untröstlich gewesen. Das dritte Bild zeigte seine inzwischen erwachsene Tochter im Wochenbett, direkt nach der Geburt. Ihr Gesicht war von der Anstrengung gezeichnet, und ihre Haare klebten in feuchten Strähnen an ihren Schläfen. Ihre müden Augen strahlten eine Mischung aus Verwunderung und unermesslichem Glück aus.

Bosmans fuhr sich mit einer Hand über sein schütter werdendes Haar und nickte Deleu aufmunternd zu, als dieser mit schmerzverzerrtem Gesicht hüstelte.

»Geh zum Arzt, Dirk.«

»Keine Zeit.«

Bosmans griff nach seiner Tasse und stieß damit gegen die von Deleu. Beide tranken einen Schluck. Dann summte Bosmans' Handy.

Er meldete sich, und kurz darauf spiegelten sich die unterschiedlichsten Gefühle auf seinem Gesicht wider.

»Komm, lass uns gehen«, sagte er und fasste seinen Freund an der Schulter, etwas länger als gewöhnlich.

Die Wirtin seufzte, als die beiden Hals über Kopf aufbrachen. Sie nahm einen Block aus der Schublade und malte je ein Kreuzchen unter die Namen »Bosmans« und »Deleu«.

Dienstag, 25. November – 10 Uhr 20

In Bosmans' Büro war es totenstill, nachdem der dicke Wirt beide Hände auf den Bauch gelegt und verkündet hatte: »Ja, das ist er. Ich bin mir sicher.«

Sechs Augenpaare starrten ihn so eindringlich an, als sei er ein Marsmännchen, das gerade aus einer fliegenden Untertasse geklettert war.

»Sind Sie wirklich ganz sicher?«, fragte Nadia Mendonck atemlos und zerrte dabei nervös am Reißverschluss ihres Pullovers.

Der Wirt wandte sich ihr zu und antwortete augenzwinkernd: »Junge Frau, ich habe zwar nicht studiert, aber wenn ich sage, dass ich mir ganz sicher bin, dann können Sie Gift drauf nehmen.«

»Schon gut, danke«, unterbrach ihn Bosmans. »Inspecteur Vindevogel« – er zeigte auf den schielenden Pierre – »wird Ihre Aussage im Büro nebenan aufnehmen.«

Der Wirt stand auf und folgte dem Ermittler, der ihn mit einem gereizten Nicken zum Mitkommen aufforderte.

Ich werde wieder zur Drecksarbeit verdonnert. Und die großen Strategen schmieden in der Zwischenzeit große Pläne.

Nachdem die beiden weg waren, sprach zunächst keiner ein Wort, als wolle jeder den anderen Kollegen genügend Zeit lassen, die Fakten zu sortieren und die Puzzlestücke zusammenzusetzen.

Die Aussage des Kneipenwirts, der sich auf den Fahndungsaufruf hin gemeldet hatte, hatte dem Fall einen neuen Impuls gegeben.

Der Wirt hatte Herman Verbist, dessen Fahndungsfoto und

Personenbeschreibung inzwischen in ganz Belgien verbreitet worden waren, zweifelsfrei als jenen Mann identifiziert, der in seinem Lokal eine halbe Stunde vor dem brutalen Mord im Park genau dann zum Fenster hinausgestarrt hatte, als die Frau mit dem Kinderwagen vorbeigekommen war. Leider hatte der Wirt ihr Gesicht nicht gesehen.

»Also, wir wissen, dass Verbists Mutter im Damiaancentrum untergebracht ist. In der geschlossenen Psychiatrie«, sagte Deleu und brach damit als Erster das drückende Schweigen.

Bosmans sprang auf, stieß seine Kaffeetasse um und rannte zur Tür.

»Van Bever ...«, glaubte Deleu zu verstehen. Er rieb sich die Augen und blickte gereizt zu Walter Vereecken, der in seinem Rollstuhl auf- und abwippte.

»Wir müssen sein Auto finden, dann haben wir ihn«, sagte Nadia Mendonck.

Ohne sein Wippen zu unterbrechen, antwortete Walter Vereecken lakonisch: »Das haben wir schon vor einer Stunde gefunden. Am Bahnhof von Mechelen.«

Deleu und Nadia sahen ihn fragend an.

»Leer«, seufzte Vereecken.

»Und die Papiere?«

»Waren auch nicht drin. Aber der Fiat gehört definitiv Herman Verbist und ist auf seine Adresse in Eppegem zugelassen.«

»Wir müssen das ganze Haus noch einmal auf den Kopf stellen, vielleicht finden wir da einen Anhaltspunkt. Irgendetwas aus seiner Vergangenheit«, murmelte Deleu.

Wo könnte sich so einer verstecken?, dachte Nadia Mendonck im Stillen und fragte: »Hat er Geld?«

»Das müssen wir dringend recherchieren. Wir müssen eine Krisensitzung anberaumen. Wir müssen die Aufgaben vert…«
Türenknallen unterbrach ihn mitten im Wort. Bosmans kam hereingestürmt. Die Adern an seinem Hals waren geschwollen, und er verkündete: »Die Fingerabdrücke stimmen überein! Herman Verbist hat Jenny Peulders mit dem Tischlerhammer ermordet und das Baby …«
Jos Bosmans blickte hinauf zur Zimmerdecke und seufzte schwer.
»Babysachen!«, rief Deleu. »Babysachen! In seinem Haus waren keine. Er muss sie mitgenommen haben! Er hat die Tat in allen Einzelheiten geplant!«

DIENSTAG, 25. NOVEMBER – 10 UHR 35

Gegen halb elf vormittags sortierte André Mertens wie üblich die Post der vergangenen Woche. Er verteilte sie auf drei ordentliche Stapel: Rechnungen, Drucksachen und persönliche Briefe. Dieser dritte Stapel kam leider gar nicht zustande. Seitdem er seine Stelle als Lehrer am Gymnasium Mechelen aufgegeben hatte und in Frührente gegangen war, weil er sich gemobbt fühlte, schien es, als sei er von Gott und der Welt vergessen.
Mertens seufzte und schob seine Lesebrille höher. Während er drei Büroklammern aus der Bonbondose nahm, die jahrelang auf einer Ecke seines Lehrerpults gestanden hatte, klingelte es an der Tür.
»Magda?«
Keine Antwort.

»Magdaa ... da ist jemand an der Tür! Jetzt mach doch mal auf.«

»Geh doch selber. Ich hänge gerade Wäsche auf, und zwar hauptsächlich deine.«

André Mertens verzog das Gesicht und erhob sich mühsam. Er griff sich an den Rücken, spähte durch den Spion in der Haustür und sah einen verwahrlosten Kerl Ende dreißig, der nervös von einem Fuß auf den anderen trat und sich in der Nase bohrte. Der pensionierte Lehrer wollte schon die Tür öffnen, als er plötzlich innehielt.

Man hört ja täglich so viel in den Nachrichten! Vielleicht hat er es auf den Volvo abgesehen?

Als die Klingel zum zweiten Mal schrillte, sprang Mertens vor Schreck ein Stück zur Seite.

»André!«

Mertens eilte in den Wintergarten.

»Still, Magda!«, zischte er wild gestikulierend. »Und schließ die Hintertür ab!«

»Warum denn?«, fragte seine Frau. »Was ist denn los?«

»Da steht so ein komischer Kerl vor der Tür. Ich habe ihn noch nie gesehen.«

»Bestimmt ein Vertreter«, vermutete Magda und hängte das vorletzte Handtuch auf. »Du liest zu viele blutrünstige Krimis.«

Sie rupfte eine Klammer vom Ärmel ihrer Kittelschürze und klemmte sie an die Wäscheleine.

»Ach, hätte ich doch einen Wäschetrockner«, seufzte sie vorwurfsvoll.

Mertens bewegte seinen Fuß, der mal wieder kribbelte. Schlechte Durchblutung, meinte der Hausarzt, der selbst Zigarren paffte. Wie ein stinkender Dampfer.

»Was soll das, André? Willst du dem Mann jetzt aufmachen oder die Polizei rufen? Mir egal, aber unternimm endlich irgendetwas!«
Es klingelte zum dritten Mal. Mertens starrte vor sich hin und biss sich auf die Lippe.
Seine Gattin warf das letzte Handtuch in den Wäschekorb zurück und eilte an ihrem Mann vorbei, den sie ihn ignorierte, als sei er ein Möbelstück.

Dirk Deleu folgte der älteren, aber energischen Dame in die Küche, wobei er sich die kalten Hände rieb.
»André! Es ist für dich. Setzen Sie sich, Inspecteur. Ein Tässchen Kaffee? Oder lieber Tee mit Zitrone? Sie sehen krank aus.«
Mertens kam widerwillig näher. Er musterte den Ermittler von Kopf bis Fuß, brummelte noch etwas vor sich hin und setzte sich schließlich zu ihm an den Tisch.
»Können Sie sich ausweisen?«
»Ich habe ihn schon nach seinem Ausweis gefragt«, erwiderte seine Frau tadelnd von der Anrichte her.
Mertens rieb sich die Nasenspitze und drehte den obersten Überweisungsträger auf dem Stapel um.
»Was führt Sie zu mir, Inspecteur?«
»Es geht um Herman Verbist.«

DIENSTAG, 25. NOVEMBER – 10 UHR 45

Kripo Mechelen«, sagte Nadia Mendonck.
»Haben Sie einen Termin?«, krächzte es aus der altmodischen Sprechanlage.

»Ja, mit Doktor Verstraete.«
»Sie können Ihr Auto rechts hinter dem Haus abstellen. Auf dem Besucherparkplatz.«
Das Gittertor des Damiaancentrums glitt im Schneckentempo beiseite. Nadia Mendonck blinzelte nervös. Noch bevor das Tor ganz offen war, fuhr sie hindurch, obwohl zwischen den Außenspiegeln ihres Clios und dem Gitter kaum ein Zentimeter Spielraum blieb.
Nachdem sie den typischen Klinikbunker aus Glas und Beton betreten hatte, musste sie ein zweites Mal klingeln, um Zutritt zum Innersten der Psychiatrie zu erhalten.
Eine gepflegte Dame, der Prototyp einer Kliniksekretärin, winkte ihr mit sparsamem Lächeln zu. Nadia zog ihre wattierte, olivgrüne Bomberjacke ein Stück hinunter – sie hatte ein paar Kilo zugenommen, und das sah man ihr an. Der Speck hatte sich vor allem um die Hüften herum angesammelt.
»Der Doktor wird Sie gleich empfangen, Mevrouw.« Auch dieser Satz passte nahtlos in das Klischee.
Nadia setzte sich auf das weiche Sofa, nahm eine Zeitschrift vom Stapel, auf deren Titelbild König Albert in Galauniform prangte, blätterte geistesabwesend darin und durchdachte gleichzeitig ihre Strategie.
Sie hatten keine Zeit, sich mit Arztgeheimnissen und anderen Hindernissen herumzuschlagen.
»Setzen Sie Ihren Charme ein«, hatte Bosmans ihr geraten. Nadia warf einen Blick auf ihre Hüften und schnaubte verächtlich. Dann legte sie die Hand auf ihren Bauch, und ihr Blick wurde weicher.
Doktor Verstraete entsprach exakt den gängigen Vorstellungen über das Aussehen von Psychiatern. Seine bleichen,

eingefallenen Wangen waren von einem spärlichen Bart bedeckt, der irgendwo unter seinem Kinn endete. Er trug eine Brille mit dünner Goldfassung und hatte gepflegte, schlanke Hände.
Als er Nadia Mendonck mit einem schlaffen Handschlag begrüßte, konnte sie den verborgenen Teil des Zwergenbarts erspähen. Verstraete verzog die Lippen zu einer Art Lächeln.
»Bitte folgen Sie mir, äh, Mevrouw.«
Nadia verzichtete darauf, die Bomberjacke herunterzuziehen, und folgte dem Arzt in das nüchtern eingerichtete Sprechzimmer.

DIENSTAG, 25. NOVEMBER – 10 UHR 53

Deleu lauschte mit wachsendem Interesse den Auskünften des ehemaligen Lehrers.
Einmal in Fahrt gekommen, entpuppte sich der farblose Mann als guter Erzähler, und obwohl es fast zwanzig Jahre her war, erinnerte er sich noch bis ins Detail an die damaligen Lebensumstände von Herman Verbist und dessen Familie.
Der Lehrer hatte bereits ausführlich von Verbists schwerer Jugend berichtet – für Deleu die x-te Version von so vielen ähnlichen Schicksalen.
Sein Vater, ein Alkoholiker, war im Suff gegen einen Baum gefahren, als der Junge noch keine sieben war, und die Mutter, die mit dem Tod des Vaters nicht fertig wurde, musste einige Jahre später in eine psychiatrische Einrichtung eingewiesen werden.

Von da an wuchs Verbist bei seiner Großmutter auf. Eine grundanständige Frau, so bezeichnete sie Mertens, und seine bessere Hälfte, die sich inzwischen zu ihnen gesellt hatte, bestätigte seinen Eindruck.
Deleus Gedanken schweiften zu Nadia ab. Es war ein flüchtiger Gedanke, so wie täglich tausende kommen und gehen. Und wie täglich Tausende anderer Menschen auch, fragte er sich, ob jemals alles wieder gut werden würde.
Doch dann sagte Mertens etwas, das Deleus Aufmerksamkeit weckte.
»Er war immer so zurückgezogen, der Herman. Ein braver Junge, das schon, aber so in sich gekehrt. Manchmal hat er minutenlang einfach vor sich hin gestarrt, und wenn ich ihm eine Frage stellte, hat er mich angeschaut, als wäre ich gerade vom Himmel gefallen.«
»War er ein Träumer?«
Mertens kratzte sich die glänzende Stirn.
»Hm, so würde ich es nicht ausdrücken. Oder vielleicht doch. Er hatte so seine Momente. Gute wie schlechte.«
»Er war eine graue Maus.«
»Ja, eine graue Maus. Diese Beschreibung passt zu ihm, Inspecteur.«
Deleu stand auf und warf einen Blick auf seine Armbanduhr, denn er hatte noch einen Termin mit Verbists früherem Arbeitgeber, einem Versicherungsmakler in Mechelen. Schon vor einer Viertelstunde hätte er dort sein müssen.
Mertens sah ihn überrascht und auch ein wenig enttäuscht an.
»Müssen Sie schon gehen?«
»Ja, ich habe viel zu tun. Ich danke Ihnen sehr für die nützlichen Informationen.«

»Sie haben sich ja gar nichts aufgeschrieben«, bemerkte Mertens' Frau vorwurfsvoll.
»Machen Sie sich keine Sorgen, Mevrouw, ich habe ein ausgezeichnetes Gedächtnis«, erwiderte Deleu und tippte sich an die Schläfe. Dann wandte er sich zum Gehen.
»Sie müssen Ihren Kräutertee noch austrinken, Inspecteur. Ehe Sie sich versehen, haben Sie sich eine Angina zugezogen oder eine Lungenentzündung.«
»Mir ist doch noch etwas eingefallen, das vielleicht wichtig sein könnte«, sagte Mertens.
Deleu drehte sich um. »Ja, was denn?«
»Nun, er war ein intelligentes Kerlchen, daran besteht kein Zweifel. Aber man musste ihm Zeit lassen. Ab und zu, wenn er in Zeitnot geriet, etwa in einer Prüfung, blockte er vollkommen ab. Dann brachte er kein klares Wort mehr heraus, und wenn man ihm eine Frage stellte, sprudelte manchmal nur ungereimtes Zeug aus ihm heraus. Wirr, schnell und ohne Zusammenhang.«
Jetzt zog Deleu doch sein Notizbuch aus dem Mantel, und Mertens' Frau nickte anerkennend.
»Und ...« Deleu zögerte. »Haben Sie einmal mit seiner Großmutter darüber gesprochen?«
Mertens reckte das Kinn nach vorn.
»Natürlich, was denken Sie denn! An jedem Elternabend habe ich versucht, es ihr begreiflich zu machen. Ich habe sie sogar mehrmals zu Hause aufgesucht.«
»Ja, das stimmt, für seine Jungs hat er alles getan«, pflichtete Magda ihm bei. Es klang sogar ein bisschen vorwurfsvoll.
Mertens warf ihr einen grimmigen Blick zu. Seine Gattin lachte achselzuckend.

»Wir haben keine eigenen Kinder«, erklärte sie fast entschuldigend. »Und Sie? Haben Sie Kinder, Inspecteur?«
»Ja, zwei«, antwortete Deleu, von ihrer Frage überrumpelt. »Neunzehn und anderthalb Jahre alt.«
Ohne eine Reaktion abzuwarten, blickte er Mertens an. Aus dem Augenwinkel heraus sah er, dass dessen Frau das Gleiche tat.
»Und wie hat die Großmutter des Jungen darauf reagiert, Mijnheer Mertens?«
Mertens schnalzte mit der Zunge.
»Ach, die war stur wie ein Esel. Sie wollte das Problem alleine lösen. Mit gesundem Menschenverstand, wie sie sich auszudrücken pflegte.« Mertens lächelte. »Wissen Sie, ich war ab und zu ziemlich nachsichtig mit dem Jungen. Ein guter Lehrer muss hin und wieder kleine Schnitzer übersehen. Diese Menschlichkeit, die fehlt heutzutage. Alles muss immer schnell, schnell gehen. Das moderne Leben, nicht wahr? Ich sage Ihnen, so ein Junge geht heutzutage rettungslos unter. Dabei war der kleine Herman wirklich intelligent. Er las ständig, am liebsten Gedichte.«
Mertens blickte seine Gattin an.
»Kannst du dich noch an dieses eine Gedicht von ihm erinnern?«
Seine Frau zuckte entschuldigend die Achseln.
»Ach, du weißt schon, dieses rührende kleine Gedicht über den Jungen und das Meer. Ich habe es dir doch vorgelesen? Du warst zu Tränen gerührt. Weißt du das wirklich nicht mehr?«
Magda schien sich plötzlich zu erinnern.
»Doch, ja, jetzt fällt es mir wieder ein. Es war so schön, aber sehr traurig!«

Dienstag, 25. November – 10 Uhr 56

Die Dame mit dem altmodischen Dutt schmiegte ihre Wange in die Hand von Doktor Verstraete.

In dem spärlich möblierten Zimmer herrschte eine beklemmende Stille, bis Eugenie Verbist zu weinen anfing.

»Unser Herman«, murmelte sie. »Was hat er nun schon wieder angestellt?«

Nadia Mendonck fühlte sich bedrückt. Sie sah Doktor Verstraete besorgt an, zog die Schultern hoch und spreizte die Hände. Verstraete deutete ein Kopfschütteln an. Er hatte ihre Zeichen richtig interpretiert. Nadia Mendonck fragte sich in der Tat, wie Verbists Mutter die Nachricht erfahren hatte. Als sie den altmodischen Fernseher sah, verzog sie die Lippen.

»Ganz ruhig, Mevrouw Verbist. Es ist alles in Ordnung.«

Verstraete streichelte der alten Frau über den Rücken. Abgrundtief traurig hob sie den Blick.

»Hat er es getan?«, fragte sie laut und wandte sich an die Ermittlerin. »Wenn er es getan hat, muss er bestraft werden. Und wer sind Sie überhaupt? Herman ist verheiratet!«

»Ich bin Nadia, die neue Krankenschwester.«

Während die runzlige alte Frau Nadia mit zusammengekniffenen Lidern musterte, nickte Verstraete anerkennend. Nadia Mendonck versuchte, sich ein entwaffnendes Lächeln abzuringen, aber die alte Frau ließ sich nicht überzeugen. Sie lachte in sich hinein und drehte das Gesicht zum Fenster.

»Eugenie? Eugenie, sind Sie böse auf uns?«

Ihr Blick war starr, als fixiere sie einen Punkt am Horizont.

Verstraete zuckte die Achseln und schnippte mit den Fingern. Doch Herman Verbists Mutter reagierte nicht.
Nadia Mendonck trat ans Fenster, aber die alte, gebeugte Frau nahm das Hindernis gar nicht wahr. Sie schien durch sie hindurchzublicken.
»Sie können sich die Mühe sparen. Mevrouw Verbist befindet sich in einem katatonischen Zustand.«
Die Ermittlerin gab ihre Versuche auf.
»Was wollten Sie eigentlich von ihr?«
»Im Grunde gar nichts. Vielmehr wollte ich Ihnen einige Fragen stellen.«
»Gut, dann gehen wir aber besser in mein Sprechzimmer, Inspecteur.«
Dieses Wort löste im Kopf von Herman Verbists Mutter offenbar einen Impuls aus.
»Inspecteur! Jean, mein Mann, hat nicht getrunken! Das habe ich Ihnen doch schon gesagt!«
Dann wandte sie das Gesicht wieder zum Fenster und schwieg. Doktor Verstraete hob sie hoch und legte sie behutsam auf das Metallbett, wo sie mit angezogenen Knien reglos liegen blieb. Die Tics, die rhythmisch über ihre Wange zuckten, waren die einzigen Lebenszeichen.
»Woran genau leidet sie?«, fragte Nadia Mendonck, nachdem die Tür hinter ihnen zugeklappt war. In dem engen, schwach beleuchteten Flur roch es nach Desinfektionsmitteln und Einsamkeit.
Der Doktor zögerte. Er rieb sich über den Ringbart, räusperte sich und wirkte für einen Moment geistesabwesend.
»Sind Sie sicher, dass es sich bei dem gesuchten Mörder um Eugenies Sohn handelt?«, fragte er dann nachdenklich.
Die Ermittlerin reagierte überrascht. »Aber das wäre

eigentlich meine Frage an Sie gewesen. Hat der Sohn seine Mutter denn nie besucht?«

Der Doktor zuckte mit den Schultern.

»Nicht, dass ich wüsste. Die Aufnahme der Patientin wurde von ihrer Mutter veranlasst, die, soweit mir bekannt ist, inzwischen verstorben ist. Von einem Sohn war nie die Rede.«

»An welcher Krankheit leidet diese Frau?«, wiederholte Nadia Mendonck ihre Frage.

Wieder zögerte der Psychiater mit seiner Antwort.

»Doktor Verstraete«, fuhr die Ermittlerin eindringlich fort und zeigte ihm nochmals ihren Ausweis, »wenn Sie wollen, kann ich Mijnheer Bosmans anrufen, den Untersuchungsrichter, der mit dem Fall …«

»Schizophrenie«, antwortete der Arzt schließlich.

Nadia Mendonck blickte ihn erwartungsvoll an.

»Sie denken vielleicht an *Psycho,* aber dabei ging es um eine gespaltene Persönlichkeit, eine seltene Erkrankung, die …«

»Doktor Verstraete«, unterbrach ihn die Ermittlerin, »vielen Dank, aber ich kann mit dem Begriff Schizophrenie durchaus etwas anfangen.«

Der Psychiater murmelte eine Entschuldigung.

Eine Frau mit Mumm in den Knochen. Und hübsch noch dazu. Nur ein bisschen mollig um die Hüften.

»Aber diese Krankheit ist nicht leicht zu diagnostizieren«, ergänzte der Arzt, der noch nicht zum Aufgeben bereit war.

»Ist Schizophrenie erblich?«

»Tja, was heißt erblich? Nicht unbedingt. Aber es besteht ein erhöhtes Risiko, wenn die Krankheit in der Familie auftritt, das schon.«

»Ist Schizophrenie heilbar?«
Wieder fuhr sich der Arzt mit den Fingern durch den Bart. Dann legte er den Kopf in den Nacken und sagte: »Ja. Nein. Vollständig heilen kann man sie nicht. Aber man kann den Zustand der Kranken verbessern. Mit der richtigen Diagnose und einer Einstellung auf die richtigen Medikamente, die täglich eingenommen werden müssen, können die Symptome, sagen wir, gelindert werden. Aber eine Heilung? Nein, unmöglich.«
»Sind schizophrene Patienten gefährlich?«
»Nicht gefährlicher als Sie und ich, Inspecteur. Sie können ab und zu gewalttätig werden, aber nicht häufiger als gesunde Menschen auch.«
»Können sie allein zurechtkommen?«, fragte die Ermittlerin mit Dringlichkeit im Blick.
»Hm. Ja. Warum nicht? Sie könnten in gefährliche Situationen geraten, aber mit ein wenig Hilfe … Ich würde sagen, ja. Inspecteur, Sie müssen wissen, dass Schizophrenie eine Krankheit ist, die in unendlich vielen Varianten auftreten kann. Daher ist es ungemein schwierig, die richtige Diagnose zu stellen. Einer von hundert Belgiern erkrankt im Laufe seines Lebens daran. Aber mit den richtigen Medikamenten …«
Der Arzt hob den Blick, und sein selbstgefälliges Lächeln löste sich in Wohlgefallen auf.
Die attraktive Blondine war verschwunden.

Dienstag, 25. November – 11 Uhr 04

Herman Verbist summte vor sich hin. »Jetzt, zwanzig Jahre später, habe ich keine Lust aufzustehen, jetzt, zwanzig Jahre später, sehe ich wieder aus dem Fenster, aber meine Mama kann ich nicht sehen, meine Mama ist schon lange tot, sie liegt schon lange drunten im ersten Schnee.«
Das Singen wurde lauter.
»Guck mal in die Luft, ja, der Himmel ist grau, und es fallen die ersten Flocken. Ich wollte, es würde so bleiben und niemals vergehen. Ich fühle mich so allein im ersten Schnee.«
Herman Verbist blickte mit glasigen Augen durch die Ritzen der Jalousien. Er drehte sich um und schlurfte zur Anrichte.
»Ich darf nicht so unvorsichtig sein. Ich muss überlegter vorgehen, besser planen. Als Vater muss man vorausschauend handeln.«
»Irgendwo im Keller steht noch der Schlitten, und Papa schiebt ihn durch den ersten Schnee.«
»Ach, Ira, dein Leben hat sich sowieso dem Ende zugeneigt.«
Herman Verbist steckte sein T-Shirt in die Jeans und nahm ein nasses Küchenhandtuch von der Anrichte. Vorsichtig wusch er Wichtchens Gesicht. Sie riss vor Schreck die Augen auf und fing aus vollem Halse zu schreien an.
Ihre Undankbarkeit schockierte ihn, doch er blieb ruhig, legte das Baby auf die Karodecke und schloss den Karton, wodurch das Schreien etwas gedämpfter klang.
Verbist ging ins Badezimmer, putzte sich die Zähne und spürte, wie er körperlich ruhiger wurde. Sein Gebiss war

rein. Nicht schneeweiß, aber rein. Er vermied es, zur Badewanne hinzusehen.

Eklige, stinkige Badewanne.

Wenn er die Augen schloss, sah er das Bild jedoch wieder vor sich. Das grausige baumelnde Bein von Sandra, der Hure mit den rot lackierten Fußnägeln. Er trat heftig gegen den Badewannenrand und kehrte in die Küche zurück.

Aus dem Küchenschrank, in dem er eben das Handtuch gefunden hatte, nahm er ein Breifläschchen, eine Schachtel NAN-H.A.-2-Babynahrung und eine Flasche stilles Wasser.

Yvette hat gesagt, nur damit dürfe man Babynahrung zubereiten.

Die Erinnerung an seine Frau ließ ihn unsicher lächeln. Gedankenverloren. Er maß Wasser in der Flasche ab, gab Pulver hinzu, schüttelte die Mischung gründlich durch und stellte die Flasche in die Mikrowelle. Dann setzte er sich aufs Sofa und sah sich die Karikaturen in der Zeitung an, über die er sich nur mäßig amüsieren konnte. Der Klingelton der Mikrowelle ertönte.

Noch ehe die heiße Flasche klappernd auf dem Boden aufschlug, hatte er schon seine verbrannten Finger in den Mund gesteckt. Die schmerzenden Stellen behandelte er mit der Wundsalbe, die er von seiner Großmutter kannte. Bei ihr war er aufgewachsen, nachdem sein Vater gestorben und seine Mutter weggelaufen war.

Herman Verbist nahm sich vor, gut für Wichtchen zu sorgen, um dereinst zu seinen Lieben in den Himmel zu kommen. Zwar brachte ihn die Vorstellung zum Lächeln, verursachte ihm aber zugleich einen Kloß im Hals.

Dort sitzt sie. Meine Großmutter. Mir gegenüber am Resopalküchentisch. Die Hände gefaltet und ein kühles Lächeln auf den faltigen Lippen. Jedes Mal, wenn ich meine Brotkruste in die Specksoße tunke, begegnen sich unsere Blicke. Ihr Blick ist salbungsvoll. Wie immer, wenn ich brav bin. Der Geruch nach Sunlicht-Seife überlagert den Duft nach gebratenem Speck. Sunlicht-Seife – ihr Allheilmittel gegen Trägheit, jene Trägheit, die aller Laster Anfang ist. Ihre geblümte Nylonschürze knistert, als sie beschwörend die Hand hebt. Sie begutachtet meine Fingernägel. Eine vage Unruhe nagt an mir, tief in meinem Inneren. Ich krümme die Finger und presse die Nägel gegen das Resopal.

Herman Verbist schüttelte den Kopf. Die Flasche war aus Plastik und deshalb heil geblieben. Mit Hilfe des feuchten Handtuchs hielt er sie unter den Wasserhahn, und nach drei Kühldurchgängen, nach denen er jedes Mal einige Tropfen Milchnahrung auf sein Handgelenk geträufelt hatte, erschien ihm die Temperatur richtig.
Vorsichtig näherte sich Verbist dem Karton, der auf- und abhüpfte. Er hob Wichtchen heraus, die inzwischen wieder markerschütternd schrie, plazierte sie auf seinem Vaterschoß und drückte den Sauger sanft gegen ihre Lippen.
Erstaunlich gierig schnappte sie zu, doch nach einigen kräftigen Schluckbewegungen fluppte der Sauger wieder aus dem Mund, und sie schrie noch heftiger als zuvor.
Die schrillen Töne vibrierten bis tief in sein Rückenmark.
Verbist musterte den Sauger, legte das Baby aufs Sofa und kehrte zur Anrichte zurück. Mit einem Küchenmesser bohrte er unbeholfen in der Öffnung des Saugers herum.
Diesmal funktionierte es. Die Flasche leerte sich mit dicken

Blubberblasen. Wenn er den Sauger aus ihrem Mund zog, zappelte Wichtchen krampfhaft mit den Beinchen. Gab er ihn ihr wieder, gluckste sie zufrieden.

Eine warme Welle der Erfüllung überlief ihn. Jetzt nahm seine Vaterschaft allmählich konkrete Formen an.

Im Nu war die Flasche leer, und er setzte sich das Kind vorsichtig aufrecht auf den Schoß für das obligatorische Bäuerchen. Das folgte schnell, wurde aber begleitet von einem Schwall halb verdauter NAN H.A. 2. Die noch lauwarme Milch schwappte über seinen Handrücken und auf seine Jeans.

Jetzt ist mein einziges sauberes Küchenhandtuch schmutzig!

Das Geschrei wurde wieder lauter.

Verbist deponierte das Baby unsanft in seinem Karton, wurde von Panik ergriffen und wühlte sich mit den Händen durchs Haar. Überall Kotze!

Nachdenken! Zähne putzen!

Mühsam versuchte sich Herman Verbist aufzurichten, aber es war zu spät. Seine Umgebung verfärbte sich rot. Funken sprangen von der Silbertapete.

Er hyperventilierte und zuckte am ganzen Körper wie von Stromstößen geschüttelt.

DIENSTAG, 25. NOVEMBER – 11 UHR 35

Auch das Gespräch mit Verbists letztem Arbeitgeber hatte Deleu nicht weitergebracht. Der Mann konnte sich kaum an Herman Verbist erinnern. Er hatte in den Personalakten nachgesehen und erklärt, Verbist sei nach

einer Herabstufung vom Berater zum Postsortierer wegen Schlamperei entlassen worden.
Als Deleu auf nähere Informationen gedrängt hatte, hatte ihn der Mann mit einer Ausrede hinauskomplimentiert. Anschließend war der Ermittler in das kleine Bauernhaus der Verbists zurückgekehrt, um es gemeinsam mit Nadia noch einmal gründlich zu durchforsten. Nadia hatte darauf bestanden, ihn zu begleiten, als Deleu Bosmans um diese letzte Durchsuchung gebeten hatte.
Deleu fragte sich, warum sie so darauf gedrängt hatte.
Als sie gemeinsam die Küche betraten, überkam ihn die Versuchung, ihre Hand zu nehmen, aber er tat es nicht. Er sah, wie sich Nadia gespannt umsah, und lächelte.
»Was ist los?«
»Ach, nichts. Schon gut.« Wieder einmal blieben ihm die Worte im Hals stecken. Worte der Liebe, der Versöhnung. Worte voller Hoffnung und einsamer Sehnsucht.
»Ich habe ihn geliebt, Dirk.«
Deleu wandte verlegen den Blick ab. Er fühlte sich von ihrem plötzlichen Geständnis überrumpelt. Es war, als könne Nadia seine Gedanken lesen.
»Frank?«, fragte Deleu und dachte an seinen ehemaligen Kollegen.
Frank Tack, der notorische Verführer. Frank Tack, Nadias Geliebter. Der von einem Politiker manipuliert worden war und gemordet hatte, weil er keinen anderen Ausweg mehr wusste. Der schließlich zum Auftragskiller geworden war. Deleu sah ihn auf dem Boden sitzen, den Rücken gegen die Wand gelehnt. Seine sterbenden Augen, ungläubig aufgerissen. Und die beiden roten Löcher in seiner Brust. Dann Nadia, die den schmauchenden Revolver mit ausge-

streckten Armen auf ihn gerichtet hatte. Deleu rieb sich die müden Augen.
»Ja. Frank. Und auch Rutger. Und dich, Dirk Deleu. Auch dich. Zwar siehst du nicht besonders gut aus, aber du bist lieb. Du kannst wahnsinnig lieb sein.«
Nadia küsste ihn flüchtig auf die Nase und ging ins Wohnzimmer. Deleu schwankte: Sollte er ihr nachlaufen oder stehen bleiben? Widerstrebend setzte er sich in Bewegung, die Hände tief in den Hosentaschen vergraben.
»Gibt es Neuigkeiten von dem entführten Baby?«, fragte Deleu.
»Nein, ich glaube nicht.«
»Wer ermittelt in dem Fall?«
»Pierre und Vanderkuylen, soweit ich weiß. Aber wir haben noch nichts. Kein Motiv. Die Frau hatte keine Feinde. Und es gibt noch keine Spur von dem Baby.«
»Wurde der Vater inzwischen gefunden?«
»Pierre hat mir erzählt, er sei schon vor der Geburt abgehauen. Die Mutter von Jenny Peulders hat ihn nie kennengelernt. Sie vermutet, dass er nicht einmal weiß, dass er Vater geworden ist und ...« Nadias Stimme zitterte. Sie räusperte sich. »Komm, wir müssen uns jetzt auf diesen Fall konzentrieren.«
Deleu murmelte etwas Unverständliches und blickte ihr über die Schulter.
»Wo hast du den USB-Stick gefunden?«
»Was?« Nadia sah ihn zerstreut an. »Oben im Schlafzimmer.«
»Aber es gab keinen Computer im Haus?«
»Nein, warum?«
»Na, warum wohl? Was fängt man mit einem Stick und

einer externen Festplatte an, wenn man keinen Computer besitzt?«
Deleu fixierte sie jetzt eindringlich, fast flehentlich.
»Dirk.« Nadia ergriff seine Hand. »Dirk, du gehörst zu Barbara. Geschieden oder nicht. Du wirst immer zu ihr gehören. Deine Seele ist mit ihrer verbunden. Verwachsen. Nicht mit meiner. Es tut mir leid.«
Deleu sah sie ratlos an, und ein unbehagliches Schweigen entstand zwischen ihnen.
»Charlotte, Dirk. Charlotte und Rob. Die Kinder.« Nadia wandte den Blick ab. »Komm. Lass uns raufgehen.«
Deleu grinste breit und, wie Nadia fand, der Situation völlig unangemessen.
Sie atmete tief aus.

Während Nadia einen Kunstdruck an der Wand betrachtete, wühlte Deleu, der inzwischen wieder hinuntergekommen war, in einem Haufen Papiere herum. Er ging noch einmal sämtliche Rechnungen durch. Plötzlich hielt er mitten in der Bewegung inne.
»Nadia!«
»Ja?«
»Komm, sieh dir das mal an!«
Er klang aufgeregt, und Nadia eilte zu ihm hinüber.
»Was ist denn?«
»Hier, sieh mal.«
Deleu hielt ihr eine auffällig gestaltete Rechnung hin. Als Nadia die Achseln zuckte, zeigte Deleu auf das Logo.
»Nadia, das ist die Rechung für einen Internetanschluss. Pandora.be, das ist ein Internetprovider!«
»Das ist nichts Neues, Dirk. Verbists ehemaliger Arbeit-

geber hat angegeben, er habe nur die Post sortiert und nichts mit Computern am Hut gehabt. Von dort können also weder die Festplatte noch der Stick stammen. Trotzdem haben wir nirgendwo einen PC gefunden. Wir sollten also zunächst intensiv danach suchen. Denn natürlich hatte dieser Freak einen Computer und infolgedessen wahrscheinlich auch einen Internetanschluss.«

Nadia ging kopfschüttelnd zu einem antiken Wandschrank in der Zimmerecke, während Deleu weiterhin wie hypnotisiert die Rechnung anstarrte.

»Nadia! Pandora, Telenet – das läuft über den Kabelanschluss!«

Nadia kehrte zu ihm zurück.

»Und wo das Kabel endet, befindet sich das Modem. Du bist schlauer als du aussiehst, Dirk Deleu.«

Sein breites Grinsen sah sie schon nicht mehr, denn sie war bereits zum Fernseher hinübergelaufen, der auf einem wackligen Tischchen an der Wand stand.

»Hier«, sagte sie, während sie sich Spinnweben vom Ärmel klopfte und aus dem Kabelsalat ein gelblich verfärbtes Kästchen herauszog. »Das ist es.«

Die beiden Ermittler blickten an die Decke, wo das Kabel in der Holzverkleidung verschwand.

»Ich gehe rauf«, sagte Deleu. »Warte du hier. Es muss irgendwo eine Abzweigung geben, denn hier unten ist kein Platz für einen Computer.«

Noch ehe Nadia etwas erwidern konnte, knarrten in der Diele schon die Treppenstufen.

Deleu rannte nach oben, mehrere Stufen auf einmal nehmend, und betrat den schmalen Flur. Rechts befand sich ein kleines Schlafzimmer, in dem eine auffällige rote Bettcouch stand.

Bis auf die Einbauschränke, die zu beiden Seiten unter der Dachschräge eingelassen waren, und einige nachlässig aufeinandergestapelte Kartons war das Zimmer leer.
Dirk Deleu musterte die Wände und die Decke. Er hustete, griff sich an die Brust und umrundete die Bettcouch. Als er das Fenster öffnete und ihm Regentropfen ins Gesicht schlugen, tippte ihm seine Kollegin auf die Schulter.
»Da!«
Sie wies nach draußen, wo an einem Strommast ein dickes schwarzes Kabel befestigt war, das die schmale Straße überspannte.
Deleu streckte den Kopf hinaus. Links von ihm verschwand das Kabel in der Wand, ungefähr einen Meter neben dem geöffneten Fenster.
»Das Kabel kommt hier rein«, sagte er und warf einen Blick auf den Einbauschrank mit hellem Kieferdekor, der sich über die ganze Wand erstreckte.
Nadia Mendonck öffnete auf gut Glück eine der Türen. Das oberste Ablagefach fiel schräg ab, die anderen drei waren mit Tisch- und Bettwäsche gefüllt. Nadia hob einen der Wäschestapel heraus und klopfte gegen die Schrankrückwand. Es klang hohl.
»Dirk?«
Deleu, der die Schranktür neben dem Fenster geöffnet hatte und zwischen Besen und anderem Putzmaterial herumwühlte, drehte sich um.
»Was ist denn?«
»Dirk, die Schrankbretter sind kaum fünfzig Zentimeter tief. Was befindet sich hinter dem Schrank?«
Deleu zuckte die Schultern.
»Eine Folterkammer?«, riet er spöttisch.

Seine Kollegin konnte nicht darüber lachen. Ihr Gesichtsausdruck war angespannt.
»Du hast ja recht. Auf dem Grundriss war erkennbar, dass das Dach viel breiter ist. Es könnte sich tatsächlich noch ein Raum dahinter befinden. Und ich kann nirgendwo die Stelle entdecken, an der das Kabel reinkommt. Sieh dir das mal an.«
Nachdem sie das Putzmaterial herausgeräumt hatten, fuhr Deleu mit den Fingerspitzen über die glatte Rückwand. Nirgendwo fühlte er eine Unebenheit.
Auf der anderen Seite hatte Nadia inzwischen zwei Kartons aus dem Schrank gehoben, die hintereinander darin gestanden hatten. Sie streckte den Arm weit in den Schrank hinein, konnte aber die Rückwand nicht berühren. Die Bretter auf dieser Seite waren mindestens einen Meter tief. Sie drehte sich um, als sie ein metallisches Klicken hörte.
Deleu fluchte leise. Er hatte einfach leicht gegen die Wand gedrückt, und das Schnappschloss einer verborgenen Tür war aufgesprungen. Als sie sich öffnete, wehte ihm starker Schweißgeruch entgegen.
Hier ist jemand eingesperrt!
Deleu wich zurück. Nadia sah es und schützte instinktiv ihren Kopf.
»Mein Gott, Dirk!«
Dirk Deleu zog seinen Kugelschreiber mit der Taschenlampe aus der Innentasche seiner Jacke und schaltete die Lampe ein.
Das erste, was im Lichtkegel erschien, war eine weiße Steckdose, an die das Kabel angeschlossen war.
»Ein Signalverstärker!«, flüsterte Nadia aufgeregt.

Deleu nickte und richtete die Taschenlampe in den schwarzen Schacht. Der Lichtstrahl wanderte über die Wände, die mit spinnwebeartigen, haarfeinen Linien bedeckt waren. Als sei jemand tage- oder sogar wochenlang mit einem feinen Kugelschreiber darübergefahren. Als er tiefer in den Tunnel eindrang, nahm er scharfen Uringeruch wahr.
»Dirk, hier ist ein Lichtschalter!« Nadia zog zuerst den Pulloverärmel über ihre Hand, bevor sie den Schalter betätigte.
Der Raum wurde in ein schwaches, gelbliches Licht getaucht. Einen halben Meter weiter versperrte eine Bretterwand den Durchgang. In das Holz und die angrenzende Mauer waren zwei Ringe eingelassen, die von einem schweren Hängeschloss zusammengehalten wurden.
»Oh, mein Gott!«, rief Nadia Mendonck.

DIENSTAG, 25. NOVEMBER – 11 UHR 44

Der Bolzenschneider knackte das Hängeschloss mühelos, obwohl es äußerst solide war. Die Tür öffnete sich mit laut quietschenden Angeln, und der verborgene Raum gab seine Geheimnisse preis.
Was Deleu zuerst auffiel, war der mit Müll übersäte Fußboden. Einwickelpapier, Essschälchen aus Pappe, Plastikbecher, Dosen und bedruckte DIN-A4-Blätter. In einigen Schälchen klebten Soßenreste.
Fritten.
Dann fiel sein Blick auf die Wände, die mit Alufolie ausgeschlagen waren. An einer Wand stand ein Tischchen mit

einem Hocker davor. Auf dem Tisch: ein gelblich verfärbter PC, ein Papierstapel und Rollen mit Haushaltspapier, die meisten noch zu je sechs Stück verpackt. Unter dem Tisch stand ein Drucker.
»Völlig paranoid«, stellte Deleu fest. Seine Worte klangen tonlos und hohl. Vorsichtig näherte er sich dem Computer.
»Nadia, bitte ruf Jos an und lass die Spurensicherung anrücken.«

Dienstag, 25. November – 12 Uhr 15

In der kleinen Wohnung an der Ziekenliedenstraat erwachte Herman Verbist zähneklappernd aus seiner katatonischen Erstarrung. An seinen Händen klebte kalter Schweiß.
Er atmete mehrmals tief ein und aus und ging zu dem PC, der in der Zimmerecke auf einem Schreibtisch stand.
Er schluckte, presste die Lippen aufeinander, nahm mit eckigen Bewegungen Platz und schaltete den Computer ein. Dann klickte er eine kleine rote Blume in der Menüleiste von ICQ an.
»Dreckige Lügnerin«, grollte er, als eine Liste mit an die fünfundzwanzig Namen erschien.
»Und ich war angeblich ihre einzige Internetbekanntschaft. Ha! Männer, Männer und nochmals Männer.«
Als ein Rascheln aus dem Karton drang, senkte er die Stimme.
»Diese verlogene Hure!«
Dreiundzwanzig der fünfundzwanzig Namen waren rot

gefärbt. Obenan standen zwei blaue, was bedeutete, dass Jeffrey und Apache online und *visible* waren.
Verbist wählte den Invisible-Modus. So konnte er sehen, wer online war, ohne dass die anderen ihn auf Anhieb wahrnahmen.
Er klickte »Apache« an und tippte holprig die erste Nachricht.

SANJANA He, alte Rothaut, wie geht's?

Kaum fünf Sekunden später erschien unten auf der Menüleiste ein kleiner gelber Umschlag.

APACHE Hi, kleine Sandra … long time no see … bist du … hmmmm … busy *very big smile*

Verbists Kiefermuskeln verkrampften sich, als er erwiderte:

SANJANA Nö. Hab nur ein bisschen im Netz gesurft.

APACHE Und ein bisschen rumgecybert, was?

SANJANA *very big smile*

APACHE Meine Frau ist nicht da und ich bin tierisch geil … Bock auf ein bisschen Spaß? LOL … Was hast du an, Sandra, Baby? … :-))

SANJANA Rat mal … smack, smack … XXX

APACHE Hol deinen Vibrator, Sandra. Ich will ihn bis

hierher brummen hören. Hast du immer noch kein Nude Pic?
* smile* :-)) :-)) Hmm … Zensiert …

Herman Verbist hatte einen grimmigen Zug um den Mund. Als hätte er in einen sauren Apfel gebissen.
Wenn dieser Idiot glaubt, er könnte mit solchen Sprüchen eine Frau rumkriegen!
Er dachte an die zarten Gedichte, die er für die billige Cyber-Hure komponiert hatte.
Ja, Sandra Janssens, seine große Internetliebe, war eine Cyber-Hure gewesen. Verbist knurrte und wischte sich weißen Schaum von der Unterlippe.

APACHE Hmm … Komm schon, kleine Sandra, ich bin hart … XXX

Herman Verbist ignorierte die Nachricht und klickte Jeffrey an.

SANJANA Hi, Jeff. Alles klar?

APACHE Hmm … ich streichle meinen Steifen … ganz langsam … berühr dich selbst, Sandra. Ich lecke deine Schenkel … deine weiche, feuchte Muschi … hmmm … XXXXXX

JEFFREY Sorry, San, hab leider keine Zeit …

APACHE Meine Lippen nähern sich deinen Schamlippen … aaaaah … so weich … hmmm …

Verbists Finger hämmerten wie von selbst auf der Tastatur herum. Irgendwo in einer verborgenen Kammer seines Gehirns leuchtete ein rotes Licht auf.

SANJANA Hey, Apache … go fuck yourself …

DIENSTAG, 25. NOVEMBER – 12 UHR 21

Während Verbist in der Ziekenliedenstraat versuchte, seine zitternden Hände unter Kontrolle zu bringen, nahm Deleu vor dem Bildschirm in dem versteckten Kabuff Platz und schaltete den PC ein. Mit Hilfe des Explorers suchte er nach JPEG- und BMP-Dateien. Nach Fotos.

Im Verzeichnis »Pics« befanden sich an die dreißig Bilder. Deleu öffnete fieberhaft eines nach dem anderen.

Bei den meisten handelte es sich um Aufnahmen von Frauen und Mädchen, überwiegend Urlaubsschnappschüsse von schlechter Qualität. Plötzlich ging sein Atem schneller. Nadia beugte sich über ihn und zeigte auf »Herman.jpg«.

Die Pose mochte gekünstelt wirken – Herman Verbist in Jeans und weißem T-Shirt, ungeschickt an eine Mauer gelehnt, eine hellblaue Kornblume zwischen den Lippen –, aber dieses Foto war gestochen scharf. Die hohe Stirn, die Verbist auf dem Hochzeitsfoto noch hatte, war nun bedeckt, und er trug sein Haar in der Mitte gescheitelt. Einige widerspenstige Strähnen hingen ihm ins Gesicht. Ansonsten schien er kaum verändert. Seine stumpfen Augen blickten traurig in die Kamera. Traurig und gehetzt – vermutlich hatte er das Foto mit Selbstauslöser aufgenommen.

Als Deleu es ausdrucken ließ, erhielt er ein einwandfreies Porträt des mutmaßlichen Mörders und Kindesentführers. »Ricardo.jpg«, das einzige andere Männerfoto, zeigte das genaue Gegenteil Herman Verbists. Ein sonnengebräunter Playboy, die schicke Sonnenbrille lässig auf die Nasenspitze geschoben, blickte mit leuchtenden Augen herausfordernd in die Kamera, das markante Kinn selbstbewusst nach vorn gereckt. Deleu fasste sich an sein eigenes Kinn und schloss die Augen.

Frauen – Mädchen – chatten – morden!

»Soraya.jpg« zeigte ein wunderschönes dunkelhäutiges Mädchen mit Rastalocken und strahlendem Lächeln. Niemandem hätte ihr Anblick einen eiskalten Schrecken in die Glieder gejagt – außer Dirk Deleu. Er öffnete den Mund, brachte aber keinen Ton heraus.

Mit weit aufgerissenen Augen starrte er das Bild ungläubig an.

»Nadia ... das ist ...« Deleu wandte sich um. Seine Kollegin hatte eine Hand vor den Mund geschlagen. Auch sie hatte sofort geschaltet.

Sie kannten dieses Mädchen. Vor wenigen Stunden hatten sie ein Foto von ihr gesehen. Es befand sich in der Akte der jungen Schwarzen, deren enthauptete Leiche vor zwei Jahren im Wasser des Mechelener Zennegats gefunden worden war.

»Das kann doch nicht wahr sein!«, ächzte Nadia. »Das ist das Mädchen, das vor zwei Jahren hier am Bahnhof von Eppegem zum letzten Mal gesehen wurde.«

Deleu hatte inzwischen das ICQ-Fenster geöffnet. In einem Raster erschienen fünf Namen. Sanjana, Soraya, Black Beauty, Hazel-eyes und Kussmündchen.

Klick.
»Soraya«.
Klick.
»Open history file«.
Dasselbe Foto und zahlreiche Textdateien. »SorChat 1« bis einschließlich »SorChat 253«.
Nadia hatte sich neben ihn gekniet, und er spürte ihren warmen Atem im Nacken.
Deleu bekam eine Gänsehaut.
»SorChat 1« enthielt ein Gedicht. Ein Liebesgedicht.

Soraya, meine Geliebte,

Wenn ich sterbe, wünsche ich mir deine Hände auf meinen Augen.
Ich will, dass die Lichtähren deiner geliebten Hände
mich noch einmal ihre Quellfrische spüren lassen:
Ich will die Sanftheit fühlen, die mein Schicksal veränderte.
Ich will, dass du lebst, solange ich schlafend auf dich warte.
Ich will, dass deine Ohren den Wind noch hören.
Ich will, dass du den Duft des Meeres, das wir beide liebten, riechst,
und dass du weiter in dem Sand läufst, in dem wir liefen.
Ich will, dass alles, was ich liebe, weiterlebt und dass du,
die ich liebte und besang mehr als alles andere, weiter blühst in voller Pracht,
damit du alles berühren kannst, was dir meine Liebe gibt,

damit mein Schatten dein Haar nicht verhüllt,
damit alle den Grund meines Liedes kennen.

Pablo Neruda

Plötzlich tauchte der Name Sanjana ganz oben auf der Liste auf, und die roten Buchstaben färbten sich blau.
Deleu sah Nadia an, die ihm mit angehaltenem Atem zunickte. Mit zitternden Fingern tippte er:

RICARDO Hallo. Wie geht es dir?

DIENSTAG, 25. NOVEMBER – 12 UHR 27

In der Ziekenliedenstraat, in der Wohnung von Sandra Janssens, blieb die Zeit stehen. Herman Verbists Gesicht wurde aschfahl, als der Name Ricardo, sein ICQ-Alias, blau aufleuchtete.
»Molok!«, stöhnte er und tastete mit verkrampften Fingern nach dem Startknopf. Kurz bevor seine Muskeln ihm den Dienst versagten, gelang es ihm, den Computer auszuschalten.
Er blickte sich ängstlich um, aber der Pappkarton war nicht mehr da.
Das Sofa auch nicht.
Der Tisch brach in Stücke.
Bits und Bytes verschmolzen zu einem irrealen Brei.
Die Welt um ihn herum zerfiel. Wirbelnde Planeten und Staubteilchen in diffusem Sonnenlicht.
Herman Verbist schlug die Hände vor das Gesicht und

blieb reglos sitzen. Starr wie eine Statue. Wie ein Neandertaler, der von einer Lawine überrascht wurde. Nur am Heben und Senken seiner Brust erkannte man, dass er noch lebte.
Stöhnend stützte er sich auf einem Ellbogen ab und blickte durch seine gespreizten Finger, stemmte sich an der Lehne des Bürostuhls hoch, schwankte und stolperte über den Papierkorb.
Wichtchen wurde von dem Lärm geweckt und fing an zu schreien.
Herman Verbist hörte es nicht. Er lag rücklings auf dem Boden, eine Hand noch immer vor die Augen gepresst. Er versuchte, sich aufzurappeln, aber seine Augen fanden keinen Fixpunkt, keinen Halt. Alles im Zimmer erschien ihm fremd und unwirklich. Ein Bild wurde mit einem Messer aus der Wand geschnitten und fiel zu Boden. Bevor es unten aufschlug, löste es sich langsam in der immensen Stille auf. Es zerfiel in der unendlichen Leere.
Eine extreme Müdigkeit überwältigte ihn und lähmte seine Muskeln. Auf den Ellbogen schleppte er sich zu Wichtchen, denn obwohl er sie nicht hörte, spürte er intuitiv, dass etwas nicht in Ordnung war.
Am Karton angekommen, stemmte er mit einer übermenschlichen Anstrengung seinen Oberkörper hoch und zog mit den Zähnen eine Klappe auf, die durch das Strampeln des Kindes zugefallen war.
Im Karton lag eine Puppe. Ein aus Eis geschnitztes Baby, das nach ihm schnappte. Der auf- und zuklappende Mund jagte einen Angstschock durch Verbists Körper. Er zitterte, als Wichtchens Gesichtszüge verschmolzen und dann zerbröckelten: die Lippen, die Nase, die Wangen, erst ein Auge

und dann das andere. Während er auf die Überreste Wichtchens hinunterblickte, dieses einst so entzückenden Babys, griffen seine Finger wie Klauen ins Leere.
Als eine salzige Träne zwischen ihre Lippen sickerte, hörte Wichtchen auf zu weinen, überrascht von dem neuen Geschmackserlebnis. Sie riss die Augen auf und hielt inne, als könne sie den Schmerz ihres Entführers schmecken.

Herman Verbist ächzte und presste die Hände auf die Schläfen. Sein Kopf wurde von Bildern überflutet. Eine visuelle Invasion. Ein psychedelisches Farbkarussell. Es gab kein Entrinnen. Licht und Dunkel und Himmel und Hölle und Licht und wieder Dunkel und Hölle und Himmel.

Nichts verändert sich, jedenfalls nicht wesentlich.
Der schnarchende Fleischklops neben mir, meine Gattin oder besser: meine Gefängniswärterin. In guten wie in schlechten Zeiten. Obwohl es glühend heiß ist im Zimmer, riecht sie immer noch nicht verdorben. Zwar säuerlich, aber nicht verdorben.
Mücken zählen oder Blumen auf den Gardinen. Stunden-, tage-, nächte-, monatelang. Ein Brennen im Schritt. Innerlich schreiend. Zuerst noch Widerstand, nach zwei Minuten dann resigniertes Sichfügen. Nichts mehr. Die ewige Leere. Fundamentale Gleichgültigkeit. Teil des Mobiliars. Ein fader Abklatsch nie gehegter Ideale. Ein Versager. Ohne jedes Talent. Tote Gedichte. Sterblichkeit. Sehnsucht nach nichts. Keine Gefühllosigkeit. Sich selbst riechen. An sich selbst vorbeireden. Suchen nach der Sinnlosigkeit. Werde ich sterben, ohne gelebt zu haben? Ich muss etwas tun, etwas Bedeutendes. Ich habe einen wahnsinnigen Plan geschmiedet.

So hatte alles angefangen.
Zwei Jahre war das her.

Ich stehe auf, gehe ins Badezimmer und putze mir die Zähne. Ich schaue in den Spiegel. Mein Vater blickt mich an. Er lacht, dass man seine gelben Zähne sieht. Ich erbreche, schleiche die Treppe hinunter und gieße mir ein Glas Whiskey ein. Ich zaudere, kratze mich im Schritt und sehe auf die Uhr. Viertel nach zehn. Noch dreißig Minuten. Der letzte Zug fährt um Viertel vor elf vom Bahnhof Eppegem ab. Trinke ich oder trinke ich nicht? Planen … Fliehen … Risiko … Entscheiden …
Wochen-, nein, monatelang habe ich an meinem Plan herumgefeilt. Aber ich komme zu keinem Ergebnis, kann mich nicht entscheiden. Sie dagegen schon. Sie kommt. Es überläuft mich kalt. Ich blicke in den Spiegel. Heute Nacht begehe ich eine Tat, eine wirklich bedeutende Tat.
Ich lebe. Ich wähle. Ich bestimme. Ich gehe hin!

Herman Verbist schnaufte durch die Nase aus.
Als er die Geschehnisse jener Nacht erneut durchlebte, drehten sich seine Augen weg, so dass nur noch das Weiße sichtbar blieb. Die alptraumhaften Bilder waren völlig real, so lebensecht, als könne er sich selbst berühren. Als er die Arme ausstreckte, flatterten seine Augenlider in einem wahnsinnigen Rhythmus.

Ich stehe auf, ziehe lautlos meine Jeans und mein Unterhemd an, nehme meine Strümpfe und Basketballschuhe und schleiche die Treppe hinunter.
In der Küche ziehe ich, ohne das Licht einzuschalten, mei-

nen Rucksack unter der Anrichte hervor. Es ist stockdunkel.
Zehn Minuten lang lausche ich mir selbst und den Geräuschen in meiner Umgebung. Herrlich. Meine Nerven sind zum Zerreißen gespannt. Das Adrenalin pulsiert durch meine Adern. Ich höre nichts mehr. Nilpferde haben einen gesunden Schlaf.
In der Küchenschublade finde ich blindlings, was ich suche. Schon das allein wäre im normalen Leben undenkbar. Ich bin ein anderer Mensch. Ich fahre mit den Fingern liebkosend über die gezackte Schneide. Das Metall blinkt im Mondlicht. Ich stecke das Messer in die Tasche meines Parkas. Schleiche durch die Hintertür hinaus.
Ich atme tief ein und aus.
Die schwüle Sommerluft lässt mich schwindeln. Lebend aus dem stinkenden Morast gekrochen.
Ich kneife mir in den Arm.
Es geschieht wirklich.
Ich lebe.
Ricardo und Soraya.
Die weite Welt winkt.
Es dauert noch an die fünf Minuten, bis sich meine verkümmerten Muskeln meiner neuen Persönlichkeit angepasst haben. Endlich! Ich atme tief ein und aus. Action!
Auf der Straße blicke ich vorsichtig von rechts nach links.
Nichts.
Niemand.
Ich spaziere zum Zennedeich und genieße das Klopfen meines Herzens. Ich folge dem dicht bewachsenen Jagdpfad und wende mich in Richtung Bahnhof.
Dort! Licht. Die Bahnsteige!

Verbists Finger verkrallten sich in das Sofakissen. Mit leeren Augen starrte er auf den verformten Teddybären, der unbeirrt freundlich lachte. Das Weinen des Babys hörte er nicht. Seine schweren Augenlider fielen zu. Er sah nur noch wirbelnde Farben.

Ich nehme Abschied von Gott und Jesus und Maria, der Mutter Gottes. Gegrüßet seist du und auf Wiederschaun.
Absolute, kompromisslose Freiheit.
Alles verzehrende Angst.
Mein Verhältnis zu Jesus: eine Mischung aus Liebe und Hass. Die Angst hat die Oberhand gewonnen. Wenn man die einmal verliert, bleibt auch keine Liebe mehr übrig. Nur noch man selbst. Das eigene, sterbliche Ich.
Jede Minute zählt.
Minutenlang geschieht nichts.
Sie kommt nicht.
So ist es gut.

Plötzlich taucht ein monumentaler Schatten auf, weit weg, aber furchtbar bedrohlich, und doch zugleich erlösend.

Ein Drache.
Eine Lokomotive.
Soraya!
Ich weiß, dass du kommst.
Soraya.
Wir werden es tun.
Ricardo ist hier, Schätzchen.
Ricardo wartet auf dich.
Ricardo ist bereit für dich.

Soraya … meine Geliebte …
Schmerzen.
Geld.
Ich habe das Geld vergessen.
Dieses Messer.
Warum habe ich das Messer mitgenommen?

Das Baby weinte und schrie herzzerreißend.
Herman Verbist schüttelte halb betäubt den Kopf. Er versuchte, sich aufzurichten, schaffte es aber nicht. Seine Muskeln versagten. Er stöhnte. Er verlor das Bewusstsein. Sein ganzer Körper erschlaffte. Ihm schwanden die Sinne. Das Kinn sank ihm auf die Brust, und die Welt färbte sich schwarz.

DIENSTAG, 25. NOVEMBER – 12 UHR 41

Während in Sandras Wohnung Herman Verbist in tiefe Bewusstlosigkeit sank, klickte Deleu verbissen den Alias »Sanjana« an, der sich rot gefärbt hatte und in ein anderes Raster gesprungen war.
»Verdammt! Ausgeloggt.«
»Kannst du Sanjanas Identität herausfinden?«
Deleu klickte hektisch einige Icons an.
»Sanjana«.
»Info«.
»Main«.
»Eine E-Mail-Adresse!«, rief Nadia, aber Deleu stieß erneut einen Fluch aus.
»Was ist denn?«

»Sanjana@hotmail.com, das ist eine Freemail-Adresse ohne Provider. Einer von diesen anonymen Briefkästen, der irgendwo in den USA verwaltet wird. Damit können wir nichts anfangen.«

»Aber wir könnten doch eine Suchanfrage ...«

»Nein, Nadia, das läuft alles anonym. Niemand weiß, wer sich hinter einer solchen Adresse verbirgt.« Er drehte sich abrupt um. Nadia sah gekränkt aus, und er bereute seine heftige Reaktion. »Entschuldige bitte. Leider werden wir die Identität niemals herausfinden, es sei denn, die Benutzerin hat ihre Daten freiwillig angegeben.«

Deleu klickte auf »View Message History« und schon erschien eine Reihe von Dialogen mit Datum und Uhrzeit.

»Wow!«, rief Nadia.

DIENSTAG, 25. NOVEMBER – 14 UHR 41

Im Blokweg, einer öden kleinen Straße in Eppegem, drängte sich eine Menschenmenge.

Der dröhnende Bulldozer hatte die ganze Nachbarschaft aus dem Winterschlaf gerissen, und immer neue Leute strömten herbei. Einer der Gaffer hatte sogar eine Thermoskanne unter den Arm geklemmt. Mit offenem Mund beobachtete er, wie die schwere Baumaschine mühelos eine zehnjährige Birke im hinteren Teil des Gartens niederwalzte.

Das Krachen des sterbenden Baumes wirkte umso brutaler, da die Grabungsarbeiten auf der Rasenfläche neben der Auffahrt mit stiller, archäologischer Akribie vonstattengingen.

»Haltet uns bloß die Leute vom Leib!«, schrie Jos Bosmans, der in höchster Anspannung Commandant Dewinne, dem örtlichen Identifikationsspezialisten, über die Schulter blickte.
Der gelbliche Stummel, den Dewinne vorsichtig aus der Erde herauslöste, war ohne jeden Zweifel ein Knochenfragment.
»Vertebra prominens«, murmelte Dewinne, eine Hand am Kinn.
»Wie bitte?«
»Vertebra prominens, der siebte Halswirbel.«
»Menschlich?«
Dewinne nickte.
Die Männer, beide erfahrene Ermittler, sahen einander zutiefst resigniert an.
»Unglaublich«, murmelte Jos Bosmans. »Ist ja wie im Horrorfilm.«
Erik Dewinne hob die Schultern, winkte einem Kollegen und erwiderte seufzend: »Ein Glück, dass er nicht von einem Kind stammt.«
»Ja, ein Glück«, echote Bosmans. In seinen Augen blitzten unterdrückte Wut und Trauer, als er zu den Absperrgittern schritt und barsche Befehle bellte.
Dann kehrte er zu den Ausgrabungen zurück. Commandant Dewinne pulte mit einem Skalpell einen Klumpen eingetrockneter Erde aus der rechten Augenhöhle eines Totenschädels.
»Von einer Frau«, murmelte er, während er mit der von einem dünnen Chirurgenhandschuh geschützten Hand über den Schädel strich. »Eine Ausländerin. Asiatin oder Afrikanerin.«

»Woher weißt du …«
»Die Form der Wangenknochen«, unterbrach ihn Dewinne.
Bosmans' lauter Fluch jagte Dewinne einen Schauder über den Rücken. Er blickte auf. Zornig schlug sich der Untersuchungsrichter mit der flachen Hand auf den Oberschenkel. Dewinne hatte den Verdacht bestätigt. Sie hatten es mit dem ungelösten Fall zu tun, der vor etwa zwei Jahren die Gemüter erregt hatte und der längst ad acta gelegt worden war. Damals war ein junges Mädchen afrikanischer Herkunft spurlos verschwunden, bis man ihre enthauptete Leiche im Wasser gefunden hatte. Dieses Ungeheuer von Verbist hatte also vermutlich das junge Ding hierhergelockt und auf grauenvolle Weise umgebracht.
Deleu hatte recht gehabt.
»Sag, dass das nicht wahr ist! Sag bitte, dass das nicht wahr ist!«
Bosmans winkte einem Kollegen von der Ortspolizei. Zögernd näherte sich der Mann. Schließlich war Bosmans berüchtigt für seine ruppige Art. *Warum ausgerechnet ich?*, fragte er sich.
»Fordern Sie Verstärkung an. Unverzüglich. Ich will, dass das Haus gegen die Medien abgeschirmt wird. Und halten Sie diese Leute fern! Ich erwarte, dass innerhalb von …«, Bosmans warf einen Blick auf seine Armbanduhr, »… zwei Stunden alles über die Bühne gegangen ist. Höchstens zwei Stunden!«
Dann wandte er sich zum Haus und ging hinein.
»Dirk! Nadia!«

Dienstag, 25. November – 14 Uhr 45

In der kleinen Wohnung in Mechelen öffnete Herman Verbist die Augen. Seine Lippen waren trocken und aufgesprungen, rauh wie Sandpapier.
Mühsam richtete er sich auf.
»Wichtchen!«
Auf allen vieren kroch er zu dem Karton. Das Baby hatte sich in den Schlaf geweint. Es atmete mühsam und unregelmäßig.
Er streckte den zitternden Zeigefinger nach dem Gesichtchen aus und streichelte über die gerötete Haut. Das Baby bewegte sich.
Herman Verbist zog den Finger wieder zurück. Sein Brustkorb hob und senkte sich heftig. Sein Atem ging schneller. Er beugte sich mit dem Oberkörper nach vorn, stützte die Stirn auf dem Teppichboden ab, rollte sich zur Seite und starrte an die Decke. Der staubige Kronleuchter ignorierte ihn. Rot, Gelb, Grün: Die Farben wirbelten um ihn herum, bis nur noch Violett übrig blieb. Erst sah er nur Schatten. Dann wurden die Bilder schärfer. Messerscharf.

Warten. Mit angehaltenem Atem, allsehenden Augen und geblähten Nasenflügeln.
Der Schatten nähert sich. Erst langsam, dann immer schneller, unabwendbar.
Nadelspitze Stiche am ganzen Körper. Tausende Glassplitter versuchen, sich aus meinem Inneren zu befreien.
Pochende Schläfen.
Der verschwommene Schatten nimmt Gestalt an, wird beängstigend schnell kleiner. Wird dann wieder größer. Ein

Mensch nähert sich. Ich bin nicht mehr allein. Werde nie wieder allein sein. Soraya, meine afrikanische Prinzessin. Sie wartet. Im schwachen Lichtschein des Fahrradunterstandes. Die Straßenlaternen färben ihr lockiges Haar blutrot.
Mein Gott, wie schön sie ist!
Ah, sie geht in Richtung Brusselsesteenweg. Sie sucht Ricardo. Ricardo und sein BMW Cabrio. Ich reibe über meine Zähne. Ich zögere. Soraya hat so schöne weiße Zähne!
Auf dem Foto war tatsächlich sie selbst gewesen.
Alles war echt.
Echt, echt, echt.
Ich kneife mir in den Arm.
Ich richte mich auf, mit knackenden Knien. Meine Brustmuskeln verkrampfen sich.
Ich folge ihr, erst unschlüssig, dann zielstrebig. Ich bestimme, was geschieht. Sie spürt meine Gegenwart. Ich spüre ihre Unsicherheit. Ich choreographiere diesen Tanz. Choreograph für eine Nacht.
Sie sieht mich.
Sie erstarrt.
Ich will meine Hand heben, halte aber mitten in der Bewegung inne, als ich ihr vor Angst verzerrtes Gesicht sehe.
Soraya, Baby, ich bin's doch, Ricardo!
Am liebsten hätte ich es laut hinausgeschrien.
Aber die Worte bleiben mir im Halse stecken.
Sie beschleunigt ihre Schritte.
Ich beschleunige meine Schritte.
Ich treibe sie zum Jagdpfad.
Sie blickt sich nicht um.
Ricardo mit seinem dichten schwarzen Schopf und den blitzenden weißen Zähnen ist nirgendwo zu sehen.

Sie blickt sich nicht um.
Sie spielt ihre Rolle.
Jeder von uns ist dazu verdammt, seine Rolle zu spielen. Nur ich nicht, ich spiele keine Rolle. Heute habe ich mich entschieden, ich selbst zu sein.

Sie wird langsamer.
Sie ist müde.
Ich werde langsamer.
Ich nähere mich.
Ihre schimmernde Haut.
Ich rieche frischen Moschus.

Verbist öffnete unwillkürlich den Mund. Er schnappte nach Luft wie ein Fisch auf dem Trockenen und leckte sich über die Lippen.

Sie streckt die Arme aus. Ihre schlanken schwarzen Hände beben. Zitternde Finger. Sie bleibt stehen. Endlich. Ich lächle zärtlich. Sie runzelt die Stirn und sieht mich an. Verzweiflung in den großen Haselnussaugen. Sie duftet nach …

»Aaaaaaahhhh …«

Moschus und Parfüm. Mein Herz klopft zum Zerspringen. Ich möchte sie umarmen. Ihre vollkommen sinnliche Weiblichkeit. Dieses Keuchen. Ich kann nichts dagegen tun. Ich wünschte, ich wäre Ricardo! Aber sie weiß es. Das sehe ich ihrem verkrampften Mund an. Sie ist verzweifelt.

»Hab keine Angst, Soraya … ich bin's, Baby … ich bin's.«

Herman Verbist wurde am ganzen Körper stocksteif. Sein Kopf kippte zur Seite, und ein Adrenalinstoß schickte ihm vor hilflosem Grauen eine Gänsehaut über den Rücken.

Ihr Schrei hallt durch die sternenlose Nacht. Ich presse beide Hände auf die Ohren. Schwitze unter den Achseln. Tränen laufen mir über die Wangen. Sie schreit wie ein abgestochenes Schwein. Ich packe sie an den Handgelenken. Umarme ihren bebenden Leib. Lege einen Arm um ihre Schulter. Sie zappelt. Ich lege eine Hand auf ihren Mund. Sie beißt mich. Scheinwerfer durchbohren die Dunkelheit. Ein Auto nähert sich auf dem Brusselsesteenweg. Ich stoße sie ins Gras. Sie zittert am ganzen Körper. Ich habe Schmerzen. Beiße mir in den Arm. Nicht schreien. Nicht jetzt!

Verbist hieb die Fäuste mit den Knöcheln aneinander und schüttelte wild den Kopf hin und her.

Sie zittert. Flehende Augen. Feste Brüste. Sehnlicher Lebenswille. Ich schließe die Augen und drücke zu. Wild, mit aller Kraft. Sie zappelt. Ganz kurz nur. Ich liebe sie. Ich knie mich auf ihre Arme und presse mein Gesicht gegen ihres. Sie erschlafft. Ich lecke über ihre salzige Wange. So ist es gut. Ein letztes Zittern überläuft sie von Kopf bis Fuß. Ich werde unverwundbar. Ich löse meinen Griff und beobachte meine Hände. Sie zittern nicht. Das Messer blitzt im Mondlicht. Ich sehe zu, wie es ruckartig, ganz von selbst, durch ihre Kehle fährt. Ich bin nicht da. Nicht mehr. Die Spitze stößt gegen einen Stein. Die Magie ist dahin.

Ich erwache.

Kniend liebkose ich ihren Kopf, das hübsche Gesichtchen meiner Liebsten. Ihre Locken in meinem Schoß. Ich vertraue ihr meine tiefsten Seelengeheimnisse an.
Ricardo ist jetzt bei dir, Baby.

Alles geht wie von selbst. Zwanzig, fünfundzwanzig Jahre Lebensgeschichte sind mit einem Schlag wie weggefegt. Ich bin der Allmächtige, der Allerhöchste.
»Ehre sei Gott, dem Vater, der mich durch seine Macht aus dem Nichts gezogen hat.«
Ich begehe eine Tat, eine unumkehrbare Tat. Ich küsse ihre erstarrten Lippen und flüstere ihr ins Ohr.
Alles wird wieder gut.
Sie nickt verständnisvoll.
Sie hört mir zu, jetzt hört sie mir zu.
Oder tut sie nur so als ob?
Undankbare Nutte!
Ich springe auf und trete gegen ihren Kopf. Ich schleife ihre Leiche zum Zenne-Deich. Es geht wie von selbst, ich bin ein Hüne. Arnold Schwarzenegger in Terminator II. *Durch meine Adern fließt kein Blut, sondern Stahlbeton. Ich hebe ihren entseelten Körper über meinen Kopf. Christopher Lambert in* Highlander II. *Sie fällt in den tintenschwarzen Schlamm. Ein Blitz im brodelnden Schwarz. Ihre Seele entfleucht dem menschlichen Dreck.*
Das stimmt mich hoffnungsvoll.
Ich beruhige mich, ziehe mich aus, werfe meine blutige Kleidung dem Leichnam hinterher und mache mich nackt und in Gedanken versunken auf den Heimweg.
Mein Orientierungssinn lässt mich auch diesmal im Stich. Nichts wird sich jemals ändern.

Beklemmende Angst. Ich komme wieder zu mir.
Ich drehe mich um und um und um …
Mir ist kalt.

Verbist stöhnte und grub die Fingernägel tief in seine Haut. Gegenwart, Vergangenheit und Zukunft. Sie flossen ineinander, unaufhaltsam.

Soraya!
Der Kopf!
Ich habe ihn vergessen!
Meine Brust brennt wie Feuer.
Ich trete wild um mich. Grasbüschel fliegen nach allen Seiten. Der Kopf rollt durch das hohe Gras.
Ein Alptraum.
Nein, das ist die Wirklichkeit.
Warum habe ich das Messer mitgenommen?
Ich werfe mich ins Gras.
Ich küsse ihre gequälten Lippen.

»Wenn seine kalten, toten Lippen zum letzten Mal meinen anbetungswürdigen Namen stammeln, barmherziger Jesus, dann erbarme dich meiner.«

Ich schmecke das süße Blut.
Diese Art euphorischer Raserei habe ich nie zuvor erlebt.
Man kennt die eigenen Grenzen nicht.

Verbist schlug sich mit den flachen Händen auf die Wangen. Zwischen seinen Lippen quoll Speichel hervor und lief ihm am Hals hinunter. Dann hörte das Schlagen abrupt auf.

Die Hände sanken schlaff hinunter, und ein flüchtiges Lächeln umspielte seine Lippen.

Gebückt schleiche ich zu unserem perfekt gebeizten Gartenhäuschen. Im Beizen bin ich richtig gut. Da gibt es kaum etwas zu kritisieren. Bei mir gibt's keine Streifen.
Ich stecke Sorayas Kopf auf eine Stange und halte ihn hoch. Vor unserem Schlafzimmerfenster.
Falls Yvette nicht schlafen kann und ein bisschen Luft schöpfen will.
Falls sie mich vermisst und suchend zum Fenster hinausschaut.
Nein, vergebliche Hoffnung, sie tut es nicht, niemals, sie schläft wie ein Stein, es ist Perlen vor die Säue werfen.
Ich hole eine Schaufel und hebe eine Grube aus, zwischen dem Rhododendron und dem Wacholder. Ohne nachzudenken, treffe ich meine Entscheidungen. Ein seliger Rausch. Jedes Mal, wenn ich Rasen mähe, werden wir ein Schwätzchen halten. Das verspreche ich hoch und heilig.
Ihr weit aufgerissenes linkes Auge starrt ins Leere, das rechte ist geschlossen. Ich ziehe das Augenlid hoch – was mich an eine Szene aus Uhrwerk Orange *erinnert – und befühle das Auge. Als ich meine Finger ablecke, schmecken sie salzig. Vielleicht mein eigener Schweiß.*
Ihre Zunge hängt jetzt aus dem Mund, dick und blau, dürstend nach Erlösung. Äußerlich ruhig, aber innerlich in höchstem Alarmzustand – ich vergesse nicht mal, anschließend die Schaufel zurückzustellen – begrabe ich den Kopf mit dem Gesicht nach oben, damit sie zu mir aufschauen kann, wenn ich mich im Garten aufhalte oder am Schlafzimmerfenster stehe.

Ich trete die Grassoden wieder ordentlich fest, schrubbe in der Waschküche Arme, Gesicht, Beine und Füße sauber und dann, dann schleiche ich nach oben. Yvette schläft. Sie schwitzt und schnarcht. Ich kann in jener Nacht nicht schlafen. Ich habe eine Tat begangen. Gott lenkt, der Mensch denkt.

Der nächste Morgen.
Die erste Enttäuschung.
Verflixt, Herman, das ganze Bett ist voller Blut. Dein Furunkel ist wieder aufgeplatzt.

In der darauffolgenden Woche lebe ich in einem hektischen Fieberwahn. Mein Kopf dreht sich wie ein hochsensibler Radarschirm. Meine Sinne sind aufs Äußerste geschärft. Nicht, dass ich Angst habe, es ist nur die Aufregung. Ich lese die Zeitung von A bis Z. Ich sehe mir die Nachrichten auf allen Sendern an. Ich kneife mir in den Arm. Zum ersten Mal bekomme ich sie alle zu Gesicht, und jeder von ihnen erscheint mir vertraut: ihre Eltern, ihr Bruder, ihre Schwester, ihre Cousins und Cousinen, ihr Friseur, ihre Freunde, ihre ruhelose Seele. Es ist eine überwältigende Erfahrung. Ich wache im Schlaf.

Nach einer weiteren Woche erlahmt meine Aufmerksamkeit. Ich wehre mich dagegen, mit aller Macht. Dieses Gefühl, dieses überwältigende Erleben, es erstirbt, ist nicht mehr greifbar. Ich kämpfe dagegen an, flöße mir selbst Angst ein. Sie werden auf die Verbindung zu mir stoßen. Die Dateien analysieren. Den Provider kontaktieren. Immer, wenn es an der Tür klingelt, erwarte ich die Polizei.

Immer wieder diese Enttäuschung. Ich halte meine Erlebnisse sorgfältig in einem Tagebuch fest.

In der dritten Woche verliere ich meine Illusionen. Alles nutzt sich irgendwann ab. Was immer ich mir auch einfallen lasse, nichts kann meine Enttäuschung lindern. Keine Meldung mehr in den Medien. Nichts über ein Motiv, nichts über den Mord. Wenn man kein Motiv hat, wird man ignoriert. So einfach ist das.
Komisch eigentlich. Und widerwärtig zugleich. Ich kann so viele töten wie ich will.
Ich wandere nachts umher, zaudernd, ziellos. Ich tue nichts. Ich grabe den Kopf aus und wieder ein. Ich beflecke den Ort des Unheils. Ich mähe häufig den Rasen und bete Soraya um Verständnis. Ich lasse in ihren Augenhöhlen schwarze Kerzen brennen, begrabe ihren Kopf nur knapp einen Millimeter unter dem Gras und mähe regelmäßig ihre Locken ab. Ich lese nur noch den Sportteil. Ich zähle die Mücken auf meiner Wange und die Blumen auf der Gardine.

Man gewöhnt sich an alles.

Herman Verbist öffnete langsam die Augen. Kalter Schweiß lief ihm zwischen den Schulterblättern hinunter, und er erschauderte. Er richtete sich auf.
Wichtchen sah ihn mit großen Augen an. Respektvoll.
»Küchenrolle!«
Verbist riss sich zusammen, ignorierte die pochende Erektion und verließ eilig seine Wohnung.
Im Treppenhaus hätte er beinahe ein junges Mädchen um-

gerannt. Sie sah ihn überrascht an, lächelte nervös und lief eilig die Treppe hinunter.
Herman Verbist blickte ihr nach. Der flatternde kurze Faltenrock zauberte den Anflug eines Lächelns auf sein Gesicht.
Er verdrängte seine schmutzigen Gedanken und versuchte, sich zu konzentrieren.
»Küchenrolle.«
Er ging ebenfalls hinunter.
Diesmal hatte er sich vorgenommen, bei dem Nachbarn unter ihm zu klingeln, einem älteren, freundlichen Mann. Sie waren sich schon einmal auf dem Flur begegnet.
Vor der Tür hielt er inne.
Er zögerte.
Auf dem Türschild stand *Juul Haezevoets*.
»Küchenrolle.«
Er drückte auf die Klingel.

DIENSTAG, 25. NOVEMBER – 14 UHR 53

Bosmans' lautes Gebrüll riss Nadia Mendonck aus ihrer Konzentration. »Deleu! Nadia! Wo bleibt ihr denn?«, schallte es durchs ganze Haus.
Die Ermittlerin eilte hinaus, den entnervten Deleu im Schlepptau.
Der harte Kern von Bosmans' Mannschaft hatte sich in der engen Dachkammer versammelt und hielt eine Krisensitzung ab. Der Untersuchungsrichter räusperte sich.
»Kollegen, Freunde.« Bosmans sah auf seine Armbanduhr. »Wir stehen unter ungeheurem Zeitdruck. Wir müssen

diesen Kerl unbedingt finden. Er ist eine tickende Zeitbombe! Im Garten lag der Schädel einer jungen Frau begraben. Aller Wahrscheinlichkeit nach hat Verbist sie ermordet. Und …« – Bosmans wischte sich mit dem Taschentuch den Hals trocken – »… ich befürchte, das ist nur die Spitze des Eisbergs. Seine Frau hat sich vermutlich seinetwegen das Leben genommen, und er hat im Mechelener Kruidtuin-Park eine junge Mutter umgebracht und ihr Baby mitgenommen.«

»Wird der Schädel auf DNA-Spuren untersucht?«, fragte ein junger Ermittler übereifrig.

Bosmans warf dem Grünschnabel lediglich einen herablassenden Blick zu. Er kratzte sich im Nacken.

»Das Wichtigste ist, dass wir den Mörder schnellstmöglich fassen! Uns bleibt keine Zeit für langwierige Voruntersuchungen. Momentan interessieren uns weder Fingerabdrücke noch Speichelproben noch DNA-Tests.« Dabei fixierte er den jungen Ermittler, dem die Schamesröte ins Gesicht stieg. »Wir brauchen jeden Einzelnen für die Fahndung!«

»Was haben wir bis jetzt?«, fragte Deleu.

»Gute Frage«, erwiderte Bosmans und stellte sich vor die rohe Rigipswand, um sie ersatzweise als Tafel zu benutzen. Nadia Mendonck machte den Anfang. »Verbists Auto wurde in Mechelen am Bahnhof gefunden«, sagte sie. Bosmans schrieb schwungvoll: »Auto – Bahnhof – Mechelen«.

»Die Angestellten am Bahnhof sind ausführlich vernommen worden«, meldete sich der schielende Pierre Vindevogel zu Wort. »Keiner von ihnen kann sich an einen Mann mit Baby erinnern, der eine Fahrkarte gekauft hat.«

»Das Baby kann er unter seinem Mantel versteckt haben«, entgegnete Nadia. Alle Augen waren jetzt auf Deleu ge-

richtet, der in der Hocke an der Wand saß und jegliches Interesse an dem Geschehen verloren zu haben schien. Bis er plötzlich flüsterte: »Er ist in Mechelen geboren und aufgewachsen.«
»Kann sein«, antwortete Bosmans. »Und ich in Berchem.«
»Und er wurde mehrmals von Zeugen in der Stadt gesehen.«
Bosmans seufzte und spielte mit seinem Krawattenknoten. »Du hast recht, Dirk. Mechelen. Wir setzen alles auf Mechelen. Fürs Erste. Wir stellen die ganze Stadt auf den Kopf.«
Er wandte sich mit einem Ruck um.
»Vindevogel, haben Sie die Fahndungsfotos verbreiten lassen?«
»Ja, aber die Qualität der Aufnahme ist unterirdisch. Verbist sieht aus wie ein verschrumpeltes Marsmännchen.«
Trotz der Spannung musste Bosmans unwillkürlich lächeln. Er schrieb »Foto – Marsmännchen« an die Wand und erntete verhaltenes Gelächter.
»Pierre, Sie setzen sich mit Hoofdcommissaris Vandenbempt in Verbindung und bitten ihn, alle zusammenzutrommeln, die entbehrlich sind. Es gilt eine vorläufige Urlaubssperre. Bitten Sie ihn außerdem, mit den umliegenden Kasernen in Verbindung zu treten. Ich will alle verfügbaren Einsatzkräfte in Mechelen! Ich regele die nötigen Formalitäten mit Staatsanwalt Duchateau. Zur Not fordern wir militärische Unterstützung an. Wir werden diesen wahnsinnigen Mörder finden! Und zwar innerhalb der nächsten vierundzwanzig Stunden.«
Bosmans griff nach seinem Handy und wählte eine gespeicherte Nummer.

»Auf, Kollegen! Action! Fangen Sie schon mal damit an, das Haus noch einmal vom Keller bis zum Dach gründlich durchzukämmen. In zwei Stunden will ich vernünftige Fahndungsfotos haben. Und dann werden wir jedem einzelnen Vermieter in und um Mechelen auf den Zahn fühlen.«

»Und damit eine Panik in der Stadt auslösen«, wandte jemand ein.

Bosmans wirkte einen Moment lang geistesabwesend.

»Vielleicht, aber wir haben keine andere Wahl. Wir sind auf jede Hilfe angewiesen, auch auf die der Bevölkerung. Wir werden eine Treibjagd veranstalten, der er nicht entkommen kann.«

Während die Ermittler nach und nach ausschwärmten und ihre genaue Vorgehensweise planten, saß Deleu noch immer in der Hocke an der Wand.

PC, dachte er. Unvermittelt öffnete er die Augen und winkte Nadia zu, die offenbar auf dieselbe Idee gekommen war wie er, denn sie zeigte auf den Wandschrank.

»Jos, wir gehen noch mal an den PC. Darin ist ein besseres Foto von Verbist gespeichert.«

Ehe Bosmans, der heftig gestikulierend telefonierte, antworten konnte, waren Nadia und Deleu bereits verschwunden.

DIENSTAG, 25. NOVEMBER – 14 UHR 55

Das Warten dauerte eine Ewigkeit.

Endlich ging die Tür auf, und auf der Schwelle erschien ein alter Mann in einem engen grauen Staubmantel mit fadenscheinigen Ärmeln.

»Kommen Sie rein«, brummte er, ohne zu zögern.
Argwöhnisch folgte Verbist seinem Nachbarn in die Küche, wo ein unbeschreibliches Chaos von Lebensmitteln und Hausrat herrschte.
»Setzen Sie sich.«
Herman Verbist schob einen Stapel alter Zeitungen beiseite und nahm auf einem verchromten Küchenstuhl aus den siebziger Jahren Platz.
»Ein Bier?«
»Ja, danke.«
»Ich bin Taubenzüchter. Und Sie?«
Ohne eine Antwort abzuwarten, ging der Alte hinüber ins Wohnzimmer.
Verbist starrte die Wand gegenüber an. Das Vorkriegsmuster der Tapete flößte ihm Angst ein, obwohl ihn die undefinierbare Farbe an das Reihenhäuschen seiner Großmutter erinnerte. Und an sie dachte er ganz ohne Furcht zurück.
Alte Leute taten Herman Verbist leid. Manchmal verspürte er das unwiderstehliche Bedürfnis, sie in Schutz zu nehmen. Manchmal auch nicht.
Ich hoffe, dass man mir später einmal mit Respekt begegnen wird, wenn ich achtzig bin, oder sagen wir sechzig, das ist realistischer.
Der Nachbar, Juul Haezevoets, öffnete umständlich eine Flasche Bier von Verbists zweitliebster Marke und stellte diese ohne Glas vor ihn hin.
»Prost«, sagte Verbist.
»Meine Juliette hat mir schon viel über Sie erzählt, stimmt's, Schatz?«, sagte Juul Haezevoets, zu dem leeren Stuhl neben sich gewandt.

Das lustige Funkeln in seinen Augen verunsicherte Verbist. Diese ewigen Hemmungen!
»Ein Bier ersetzt eine volle Mahlzeit«, murmelte Haezevoets.
»Wie geht es denn Ihren Tauben?«, fragte Verbist in dem Versuch, das Gespräch wieder in Gang zu bringen.
»Meine Juliette will nicht mehr umziehen, stimmt's, Juliette?« Haezevoets' Blick wurde grimmig. »Wollen Sie sie etwa abholen?«
»Ich wollte mir eigentlich nur eine Rolle Küchenpapier von Ihnen borgen.«
»Sie würde das nicht noch einmal ertragen, stimmt's, Juliette? Sie wird allmählich vergesslich«, fuhr Haezevoets fort und flüsterte Verbist darauf ins Ohr: »Meine Juliette ist stocktaub, machen Sie sich nichts draus. Das ist das Alter. Tja, wenn man in die Jahre kommt!«
Herman Verbist antwortete mit einem gemessenen Nicken, perplex über so viel Lebensweisheit. Aber der Alte war noch nicht fertig.
»Es wird nicht besser, wissen Sie. Sie vergisst sogar, die Tauben zu füttern. Die armen Tiere liegen tot im Schlag.«
»Schon lange?«, fragte Verbist, der versuchte, sich auf die Wellenlänge seines Gegenübers einzupendeln.
Juul Haezevoets drehte seinen plumpen Oberkörper zu dem leeren Stuhl und brüllte: »Die Tauben! Es geht um die Tauben, Juliette!«
Dieser Mann ist verrückt, völlig plemplem. Ich muss hier weg.
»Nun, Mijnheer, ich muss jetzt leider …«
Haezevoets hielt ihn mit seiner großen, von der Gicht verkrümmten Hand zurück. Sein fauliger Atem trieb Verbist

die Tränen in die Augen. Zum letzten Mal hatte er geweint, als seine Großmutter ihn allein zurückgelassen hatte. Für immer. Bei ihrer Beerdigung, und die war zehn Jahre her.

»Und im Bett ist auch nicht mehr viel los«, flüsterte Juul und zwinkerte ihm verschwörerisch zu. »Aber Sellerie will sie nicht essen. Ach, Junge, weinst du etwa deswegen? Wein doch nicht. Ich müsste weinen. Aber zum Glück geht immer noch Fünf gegen Einen.« Er knallte seine schwielige Faust auf den Tisch.

Verbist lachte peinlich berührt. Aber er saß nun einmal einem offenen, ehrlichen Menschen gegenüber, damit musste man umgehen können. Die Hilflosigkeit des Alten schlug ihm aufs Gemüt. Am liebsten hätte er ihn umarmt und »Großvater« genannt. Aber er tat es nicht. Er tat so etwas nie. Außerdem hatte er Angst. Eine Heidenangst.

Unsicher stand er auf.

Juul Haezevoets saß in sich zusammengesunken auf seinem Stuhl, die Hände im Schoß gefaltet. Das Kinn sank ihm auf die Brust. Nur seine kräftigen Daumen bewegten sich noch. Sie umkreisten einander.

»Ja, ich weiß, Liebchen«, sagte er verlegen.

Dann trat eine peinliche Stille ein.

Da er annahm, dass Juliette jetzt sprach, schwieg Verbist. Das Schweigen lastete immer schwerer auf ihm, es war fast greifbar. Juul Haezevoets rülpste vernehmlich.

»Prosit!«

»Prosit!«, erwiderte Verbist.

»Ja, Gesundheit, das ist das Wichtigste im Leben.«

Wie dieser alte, einfache Mann auf solche Weisheiten kommt! Das ist wahre dichterische Authentizität.

»Wie heißt du eigentlich?«
»Herman, Herman Verbist, Juul.«
»Ach, auch Juul.«
»Nein, Herman, Herman Verbist!«
»Devis.«
Haezevoets klopfte Verbist dermaßen kräftig auf den Rücken, dass der es bis in die Magengrube spürte. Er hustete, und seine Muskeln verkrampften sich.
»Rauchen ist nicht gut«, mahnte Haezevoets dumpf. »Zerstört alle Vitamine.«
»Dabei rauche ich doch nur Mentholzigaretten«, scherzte Verbist. Das war eines seiner verborgenen Talente, diese geistreichen Antworten im richtigen Moment. Meistens schwieg er in einer Gesprächsrunde, aber wenn sich eine Chance bot, konnte er ganz schön schlagfertig sein.
Doch Juul Haezevoets verzog keine Miene.
Er hat meinen Witz wahrscheinlich nicht verstanden. Aber trotzdem verdient er, dass ich ihn respektiere. Jedem sein Niveau.
»Chris ist ein missratenes Kind«, seufzte Haezevoets aus heiterem Himmel und starrte seine Hände an.
»Das stimmt doch, Juliette, dass Chris missraten ist?«, sagte er zu dem Stuhl. Er schüttete den Rest des Bieres in sich hinein und hielt die wässrigen Augen auf die Stuhllehne gerichtet. »Und du bist jetzt still. Du weißt genau, dass ich recht habe. Ich will nicht darüber diskutieren, Juliette, nicht jetzt, wo wir Besuch haben.«
Sein einziger verbliebener Schneidezahn schabte über die Unterlippe. Er nahm seine schlaffe Schirmmütze ab und kratzte sich am Kopf.
Herman Verbist starrte die widerspenstigen Haarbüschel

an, die dem alten Mann aus den Ohren wuchsen. Dann wandte Haezevoets sein verlebtes Gesicht wieder ihm zu.
»Das stimmt doch gar nicht, Juliette!«
Die Versuche, auf den alten Mann und seinen Geisteszustand einzugehen, machten Verbist schier verrückt.
Verrückt!
Dicke Schweißtropfen perlten auf seiner Stirn.
Was wird aus Wichtchen werden, wenn ich nicht wiederkomme? Wichtchen braucht mich. Dringend. Ohne mich kann sie nicht überleben.
Verbist sprang so heftig auf, dass er einen Stuhl umstieß.
»So, Devis, läufst du jetzt auch weg. Bist kein bisschen besser als Chris.«
»Ich heiße nicht Devis, sondern Verbist, Herman Verbist«, erwiderte er verzweifelt. »Und außerdem wollte ich Sie nur fragen, ob Sie ...«
Herman Verbist hämmerte sich verbissen mit den Fingerknöcheln gegen die Stirn. Aber es fiel ihm nicht mehr ein. Ratlos blickte er sich um.
»Hast du Kinder, Devis?«, stotterte Haezevoets.
»Ja, eine Tochter.«
»Nennen Sie sie bloß nicht Chris«, schluchzte der alte Mann. »Dann lässt sie Sie eines Tages im Stich, und Sie sehen sie nie mehr wieder!«
Die Stille lag wie ein Alpdrücken im Raum.
»Wir haben uns nur noch ein einziges Mal wiedergesehen, als sie Juliette holen kamen.«
Juul Haezevoets kratzte sich in den abstehenden Nackenhaaren, wedelte mit seiner Mütze und wischte sich die Augen damit trocken. Seine Worte schienen aus einer anderen Welt zu kommen, aus einer anderen Dimension.

»Sie spricht nicht mehr mit mir seit dem Tag, als sie sie zurückgebracht haben. Und ich finde keine von den Tauben mehr, nicht eine einzige. Schon seit Jahren nicht. Chris, ha!«
Dem Kapitel Juliette konnte Verbist wenig hinzufügen, aber er versprach dem gebrochenen alten Mann hoch und heilig, ihm eine Taube zu besorgen.
»Was meinst du, Juul, eine hübsche weiße Taube, eine Friedenstaube?«
Verbist ging zur Tür.
»Chris, du Mistkerl!«, war das Letzte, was er von Juul und Juliette hörte, für den Augenblick jedenfalls.
Er eilte nach oben, wobei ihm unterwegs einfiel, dass er vergessen hatte, nach einer Rolle Küchenpapier zu fragen. Gleich als Erstes ging er zum Karton und öffnete ihn. Wichtchen lachte.
Herman Verbist lächelte herzlich, und seine sonst so ausdruckslosen Augen leuchteten. Er drückte einen Kuss auf Wichtchens fuchtelndes Händchen und schloss den Karton wieder.
Das Baby verstand die Welt nicht mehr und fing an zu schreien. Verbist hörte es nicht. In Gedanken versunken starrte er die Anrichte an. Das verschmierte Wickelkissen.
Er sah keinen anderen Ausweg, als noch einmal zum Supermarkt zu gehen, der nur einen Steinwurf von der kleinen Wohnung entfernt lag.
Das Auto, das Yvette ein solcher Dorn im Auge war, lasse ich lieber stehen.
Kaum war ihm dieser Gedanke gekommen, da liefen ihm die Tränen über die Wangen.
Trotz ihrer Angewohnheit, ihn fortwährend zu kritisieren – »Du parkst absichtlich weit weg von den Geschäften,

wann willst du diesen Schweinestall endlich mal sauber machen, wann kaufen wir endlich ein richtiges Auto, einen Viertürer, bleib ruhig liegen, ist ja wohl zu viel verlangt, mich mal irgendwohin zu bringen, ich komme schon ohne dich zurecht, wann willst du dir mal ernsthaft Arbeit suchen …« –, trotz allem hatte er Yvette geliebt. Im Nachhinein betrachtet.

Eine Weile lang ging es uns gut, vor allem am Anfang vom Ende.

Herman Verbist und Yvette Serneels – was wie ein Märchen begonnen hatte, endete in einem Alptraum.

Anfangs empfand er Respekt vor ihr. Eine Menge Respekt. Schließlich war sie es gewesen, die ihn endlich von seiner Jungfräulichkeit erlöst hatte.

Ach, inzwischen weiß ich, dass ich sie nur aus Pflichtgefühl geheiratet habe. Schon bald hat sie mich gelangweilt. Und sie hat mich ihrerseits ignoriert. Sie hat sich geweigert, das Gute in mir zu sehen. Erst am Ende, als sie schwanger war, hat sie mich zu schätzen gelernt. Sie hat Selbstmord begangen, nachdem sie mein Computertagebuch entdeckt hatte, aber meine Gedichte hat sie nie gelesen. Soraya dagegen war begeistert von ihnen! Frauen. Die soll einer verstehen. Na, ich jedenfalls nicht.

Verbist blinzelte ein paar Mal und schluckte.

Ob ich unsere Caroline geliebt habe, weiß ich nicht mehr. Manchmal kann ich mich an nichts mehr erinnern. Gut, dass ich mir vorgenommen habe, mich nur noch auf mich zu konzentrieren. Da kann man wenigstens nicht betrogen werden.

»Der Mensch, ein kompliziertes Wesen«, murmelte er ein Zitat, das er irgendwo einmal gelesen hatte.

Dienstag, 25. November – 15 Uhr 25

Neben dem Supermarkt befand sich eine Kneipe. Herman Verbist ging langsamer, zog den Schirm seiner Baseballkappe tiefer ins Gesicht und spähte durch die beschlagene Scheibe. Er musterte sein Spiegelbild. Den Schnauzer, der einfach nicht wachsen wollte, hatte er mit Augenbrauenstift nachgemalt.

Plötzlich fiel ihm ein, dass er schon einmal in dieser Kneipe gewesen war, in der phlegmatische Büroangestellte ihre kostbare Zeit vertrödelten. Nach kurzer Überlegung verzichtete er darauf hineinzugehen, denn er hatte sich vorgenommen, von nun an nicht mehr in die Kneipe zu gehen.

Ein pflichtbewusster Vater hängt nicht in Kneipen rum. Obwohl man dort vielleicht eine potenzielle Mutter kennenlernen könnte. Nein, die trifft man nicht in einer Kneipe, eher auf Singlepartys. Aber auch da sind die mütterlichen Typen dünn gesät.

Herman Verbist grinste bei der Vorstellung, aber gleich darauf fielen ihm die Umstände seines letzten Besuchs in dem Lokal wieder ein, und ihm verging das Lachen.

Er hatte allein in einem stillen Eckchen gesessen und gedankenverloren in der Nase gebohrt, als er plötzlich bemerkte, dass so ein aalglatter Typ mit dem Anstecker einer Versicherungsgesellschaft an der Jacke ihn anstarrte. Neben ihm saß ein anderer Typ, vermutlich ein Kollege, und rührte hämisch kichernd in seiner Teetasse. Ein dritter flüsterte gerade einem mausgrauen weiblichen Wesen etwas ins Ohr und deutete in Verbists Richtung.

Anstatt die Runde mit geballter Faust zur Rede zu stellen, war er aufgestanden und schwitzend zum Ausgang gelau-

fen. Im Vorbeigehen hatte er fünf Euro auf die Theke gelegt, obwohl sein Bier nur einen Euro fünfzig gekostet hatte.
Eine Gänsehaut überlief Herman Verbist, als er sich daran erinnerte, wie er anschließend die ganze Nacht wach gelegen hatte. Krank vor Scham hatte er sich hin- und hergewälzt. Meist erhielt man keine zweite Chance, es solchen Typen mal richtig zu zeigen.
Verbist ließ die Kneipe also links liegen, konnte es sich aber nicht verkneifen, in das Schaufenster des DVD-Verleihs zu blicken. Leider waren dort niemals die Hüllen von Porno-DVDs ausgestellt, die er sich so gerne ansah. *Wilde Nächte in Tirol* und *Ilsa, die Wölfin von der SS* gehörten zu seinen absoluten Favoriten. Stundenlang hätte er die Bilder bewundern können.
Früher, wenn seine Frau bei einer Tupperparty oder bei der Avon-Beraterin gewesen war, hatte er sich ab und zu in die Dorfvideothek geschlichen und sich fest vorgenommen, einen superheißen Porno auszuleihen. Aber er hatte sich nie getraut, mehr als einen Horrorfilm mit ein paar harmlosen Sexszenen mitzunehmen. Einen echten Porno auf die Theke zu legen hatte er sich dann doch zu sehr geschämt.
Ilsa mit den dicken weißen Titten und der engen schwarzen Uniform hatte er zwei Mal unter die Jacke gesteckt, aber jedes Mal im letzten Moment wieder zurückgelegt.
Ach, meine Vergangenheit, was für ein Elend. Jetzt hilft es nur noch, in die Zukunft zu blicken.
Verbist blieb stehen.
Jetzt könnte ich es doch eigentlich tun. Schließlich bin ich allein.
Er ballte die Fäuste.

Nein! Welcher Vater guckt sich Pornovideos an, wenn seine neun Monate alte Tochter im selben Zimmer schläft? Und was bringt das eigentlich? Fünf Minuten Spaß, eine Stunde Scham und eine beschmutzte Unterhose.
Wichtchen kniff ihm in die Nase.
»Mist! Ich habe nicht mal einen DVD-Player.«

Nach einem tüchtigen Spaziergang betrat er schließlich den großen Supermarkt, in dem es beunruhigend voll war. Der kalte Schweiß brach ihm aus, genau wie damals in der Videothek mit der heißen Ilsa unter dem Mantel.
Er drückte Wichtchen, die tief verborgen unter seiner Pilotenjacke steckte, fest an sich und spähte unter den schafwollgefütterten Kragen. Der Anblick ihres Gesichtchens im Schlaf beruhigte ihn.
»Natural born killers«, flüsterte er. »Ich und du, Wichtchen. Ich kaufe uns zwei Sonnenbrillen mit roten Gläsern.«
Er unterdrückte ein Lächeln und zog den Reißverschluss seiner Jacke ein Stück weit herunter, um Wichtchen mehr Luft zu lassen. Als er an dem Fotoautomaten vorbeikam, lupfte er seine Kappe und strich sich die Haare glatt.
Der Anblick seines Spiegelbilds mit dem Baby auf dem Arm wärmte ihn von innen. Dennoch blickten seine Augen traurig, als wüsste er, dass dieser innige Zustand nicht von Dauer sein konnte. Mit dem Jackenärmel wischte er sich Spuren des Augenbrauenstifts von der Wange.
Er grinste. Auch Wichtchen, den Daumen fest im Mund, hatte einen schwarzen Strich auf der Wange. Verbist bog vorsichtig ihr Fäustchen auf und leckte ihre Fingerkuppen sauber. Danach zog er den Schirm seiner Mütze wieder tief

ins Gesicht, rieb sich über den Schnauzer, leckte an seinem Zeigefinger und wischte ihn an der Jeans ab.
Während er zwischen den Regalen hindurchging, wunderte er sich darüber, wie viele Leute ihn ansprachen. Wildfremde, die ihn sonst ignoriert hätten. Es hagelte Komplimente wie: »Ach, wie niedlich! Haben Sie ein Glück! So ein hübsches Kind! Was für schöne blaue Augen!«, unweigerlich begleitet von den Fragen: »Ein Mädchen, oder?« und »Wie alt ist denn die Kleine?«
»Ja, ein Mädchen, knapp neun Monate«, antwortete der stolze Vater jedes Mal, und da sich niemand wunderte, ging er davon aus, dass Wichtchen tatsächlich an die neun Monate alt war.
Wie alt ist sie wohl? Ich muss doch mal in einem Buch nachschlagen. Vielleicht finde ich eines, das mir dabei hilft, Wichtchens Alter zu bestimmen. Aber bis dahin ist sie für mich neun Monate alt. Ein gutes Alter für eine Wiedergeburt.
»Neun Monate, heute genau neun Monate«, sagte er, und als die aufdringliche Frau ungläubig schnaufte, zog er den Reißverschluss hastig weiter nach unten.
»Meine Güte, dafür ist sie aber groß. Und wie heißt sie?«
Soll ich Wichtchen Caroline nennen? Nein, lieber nicht. Aber nicht aus Respekt vor meinem ungeborenen Baby, sondern weil ich finde, dass jedes Kind einzigartig ist.
»Marie-Lutgardis.«
»Ah ja, so, so, wie nett«, murmelte die Frau und trat rasch den Rückzug an.
Niemand fragt nach der Mutter. Manche Leute mustern mich zwar eindringlich, fast ungläubig. Man kann ihnen ansehen, was sie denken: Der muss mit einer wunder-

schönen Frau verheiratet sein. Denn was äußerliche Schönheit angeht, habe ich ja nicht viel zu bieten. Ich sehe ziemlich normal aus, eher unattraktiv sogar. Zum Glück habe ich wenigstens keine dunklen Augen. Wenn ich je eine Mutter für Wichtchen finde, muss sie schon eine sehr hübsche Frau sein, mit kornblumenblauen Augen. Um unsere kleine Familie glaubwürdig aussehen zu lassen.

Wider Erwarten steigerte dieser öffentliche Auftritt Herman Verbists Selbstvertrauen erheblich, und er nahm sich vor, von jetzt an das Baby überallhin mitzunehmen.

Doch seine Euphorie war nur von kurzer Dauer.

Zwei Bullen in Zivil auf halb sieben. Ich rieche sie schon von weitem. Sie halten etwas in der Hand. Ein Foto. Sie suchen mich.

Blitzschnell zog er den Jackenreißverschluss zu, und während er steifbeinig zu den Kassen marschierte, spürte er tief in seinem Inneren Angst aufsteigen.

Die beiden Polizisten sahen sich lustlos um, und Verbist machte sich mit gesenktem Haupt auf den Weg in Richtung Ausgang. Unterwegs griff er in der Kosmetikabteilung nach einer Schachtel, stopfte sie ungeschickt unter seine Jacke und ging an den Kassen vorbei.

Als er plötzlich seinem Konterfei gegenüberstand, hielt er inne. Am Eingang des Supermarkts hing die Vergrößerung des Fotos, das in seinem Computer gespeichert war und mit dem er so gut wie nie Erfolg bei seinen Internetkontakten gehabt hatte.

Wenn ich doch nur wie Ricardo sein könnte!

Er sah sich die Schachtel mit der Haartönung an, die er geklaut hatte. Kastanienbraun, nicht etwa rabenschwarz wie Ricardos Schopf.

Dienstag, 25. November – 15 Uhr 46

Außer Atem betrat Verbist einen schicken Delikatessenladen, reihte sich in die Schlange vor der Theke ein und musterte die fünf Wartenden vor ihm.
Dann ließ er den Blick über die ausgestellten Fleisch- und Wurstwaren wandern, die exorbitant teuer waren. Zum ersten Mal seit seiner Entlassung durch seinen letzten Arbeitgeber fühlte er sich wie ein Arbeitsloser.
Nach alter Gewohnheit griff er in die Gesäßtasche seiner Jeans. Seine Miene verfinsterte sich, als er sich daran erinnerte, dass er sein Portemonnaie verloren hatte. Schließlich fand er nach einigem Suchen die schlampig gefalteten Geldscheine in der Innentasche seiner Jacke und atmete auf.
Gut, dass ich mein Bargeld nicht im Portemonnaie aufbewahre!
»Und was darf es für Sie sein, Mijnheer?«, fragte die Verkäuferin und riss ihn damit aus seinen Gedanken.
»Eine Rolle Küchenpapier bitte, meine Tochter hat sich schmutzig gemacht«, antwortete Verbist schüchtern.
Ich werde ihr nicht auf die Nase binden, dass Wichtchen alles vollgeschissen hat. So was sagt man nicht in so einem Edelschuppen, vor allem nicht, wenn man in Zukunft vermutlich öfter hier einkaufen muss, weil der große Supermarkt zu belebt und voller Bullen ist. Außerdem würde diese Giftspritze mich wahrscheinlich verachten, wenn sie wüsste, dass ich vorher schon in dem Billigladen war.
Gerade als er ihr erzählen wollte, dass er keine Lust hatte, sich im Supermarkt in die Schlange zu stellen, dass er unter Agoraphobie, der Angst vor Menschenmengen, litt, dass ihm in dem anderen Geschäft die Bullen auflauerten und er

dringend Küchenpapier brauchte, weil Wichtchen den ganzen Küchentisch vollgeschissen hatte, fragte die Frau: »Sonst noch was?«

»Sonst noch was«, fragt die blöde Kuh, als wäre mir meine Arbeitslosigkeit anzusehen. Als hätte ich auch nur das geringste Interesse für Schweinskopf mit Petersilienhaube oder Gebäck, von dem hier ein Stück so viel kostet wie drüben die ganze Packung!

»Nein, vielen Dank«, antwortete Verbist freundlich.

»Küchenpapier haben wir nicht.«

»Entschuldigen Sie«, murmelte er, fest entschlossen, diese Mistkuh, sicher eine abgebrochene Jurastudentin, bei der nächstbesten Gelegenheit zusammenzustauchen.

Und dieser ausgemergelte Beamte, der mir schon die ganze Zeit auf die Pelle rückt, hat nichts Besseres zu tun, als blöde zu kichern! Mistkerl!

Verbist kochte. Wenn Blicke töten könnten! Er wandte sich um, lachte nervös und eilte hinaus.

Niedergeschlagen machte er sich auf den Heimweg, derart deprimiert, dass er erwog, sich in der Kneipe zu besaufen. Gerade noch rechtzeitig besann er sich.

Erstens habe ich zu Hause genug Bier, und zwar von meiner Lieblingsmarke, und zweitens sitzen da keine Idioten rum und glotzen mich an.

In der Hoogstraat, etwa hundert Meter von seiner Wohnung entfernt, stand ein dicklicher Streifenpolizist und rollte sich eine Zigarette.

Verbist blieb stocksteif stehen. Das Herz schlug ihm bis zum Hals. Er blickte sich nicht um. Das Baby bekam nicht richtig Luft und begann zu zappeln. Verbist schlug den Kragen hoch, wechselte auf die andere Straßenseite und ging hastig weiter. Der Polizist, der mit seiner fleischigen Unterlippe das Zigarettenpapier anfeuchtete, blickte auf, als er ein Baby weinen hörte, aber Verbist war bereits um die Ecke gebogen. Seine Brust glühte von einer seltsamen Mischung aus Stolz und Erleichterung.

Man muss hin und wieder seinen Gefühlen Luft machen, sonst zerbricht man daran. Ein Ventil reicht nicht. Man muss seine Gefühle mit jemandem teilen, einem anderen sein Herz ausschütten können. Ich habe jetzt Wichtchen. Aber warum laufen mir dann die Tränen über die Wangen? Sich selbst entkommt man nicht.

Er blickte hinauf zum bewölkten Himmel.

Molok war nicht da. Er konnte sich unsichtbar machen, aber er war tatsächlich nicht da.

Verbist strahlte vor Stolz, denn seitdem er Vater geworden war, hatte Molok offenbar Angst.

In der Wohnung legte er das Kind vorsichtig in sein Kartonbettchen.

»Wichtchen, du bist das ideale Baby«, flüsterte er. »Es würde mich wundern, wenn es süßere gäbe.«

Er ging zum Kühlschrank, öffnete eine Flasche Bier und stellte das Milchfläschchen in die Mikrowelle. Er beobachtete das rote Lämpchen und pulte sich gedankenverloren in der Nase.

Nachdem er das Kind unter großer Anstrengung gefüttert hatte, ließ er sich erschöpft aufs Sofa fallen und starrte Sandras PC an. Er zwang sich, den Blick abzuwenden.

Als er sich ein wenig ausgeruhter fühlte, ging er zum Karton, wo ihm ein scharfer Uringeruch eine Gänsehaut verursachte.

»Dann müssen wir eben mal in die Badewanne«, murmelte

Verbist tapfer und lächelte. »Alles wird gut. Alles wird irgendwann wieder gut.«
In der Wanne hielt er das Baby auf dem linken Oberschenkel und zuckte mit dem rechten beiseite, als kochend heißes Wasser darüberlief. Während er heftig an der Mischbatterie drehte, krähte Wichtchen laut und planschte lustig drauflos. Sie war eine richtige Wasserratte.
Verbist rieb sich über den blutroten Fleck auf seinem Bein, verbiss sich die Schmerzen und hielt vorsichtig die Hand unter den Wasserstrahl, der sich endlich lauwarm anfühlte. Lächelnd betrachtete er die Plastiktiere, die in der Wanne schwammen. Er hatte sie schon vor Wichtchens Ankunft im Supermarkt gekauft. Lauter gelbe Plastikenten.
Im Sommer gehen wir schwimmen, das steht fest.
Nachdem die letzte Ente über den Badewannenrand geflogen war, machte sich Wichtchen auf die Suche nach einem neuen Spielzeug.
Soll ich eine Badehose tragen oder nicht? Ich weiß es wirklich nicht.
Das Dilemma ließ ihn erröten.
Erlauben oder verbieten? Das musst du ganz allein entscheiden, Herman. In der Erziehung muss man Grenzen setzen, und ich will unbedingt das Richtige tun.
Baden echte Papas, die doch auch mit ihren Kindern in die Wanne gehen, mit oder ohne Badehose? Das ist die Frage.
Schließlich streifte Herman Verbist einen Waschhandschuh über sein Geschlecht. Das fand das Baby noch lustiger. Nervös zog Verbist den Stopfen aus der Wanne und kletterte mit dem glitschigen Kind in den Armen über den Wannenrand. Dann legte er Wichtchen auf die Wickelunterlage und trocknete sie sorgfältig ab.

Im Spiegel sah Verbist sein erbärmliches Ebenbild. Selbst Wichtchen hatte mehr Haare auf dem Kopf als er.
In einer Wolke von Talkumpuder zog er ihr einen der einteiligen Schlafanzüge über, die er vorsorglich gekauft hatte. Da er noch nicht gewusst hatte, ob er einen Jungen oder ein Mädchen bekommen würde, hatte er ein Zweier-Set mit blauen Enten und eines mit rosa Elefanten erstanden.
Anschließend legte er sein Kind ins Waschbecken. Er ignorierte das zappelnde Baby, dessen Beinchen über den Rand baumelten, und kniete sich vor die Badewanne. Er befeuchtete seine Haare und spritzte sich, ohne vorher die Gebrauchsanweisung zu lesen, die braune Tönungsflüssigkeit aus der Plastikflasche über den Kopf.
Als er Wichtchen in einen neuen Karton legte, den er vorher mit einem frischen Laken ausgekleidet hatte, waren seine Fingerspitzen noch immer rostbraun verfärbt. Er blickte in den Spiegel. Die Streifen am Hals hatten sich gottlob abwaschen lassen.
Er dachte über sein weiteres Leben mit Wichtchen nach und setzte sich an den Computer von Sandra, der Hure. Das Geschrei des hungrigen Babys hörte er nicht, denn er wurde von Todesangst erfasst, als er sich an das Gespräch mit Ricardo, also mit sich selbst, erinnerte.
Molok hat das Silberpapier durchdrungen.
Zitternd starrte er die Wand an und versuchte, ruhiger zu atmen.

Dienstag, 25. November – 16 Uhr 14

In Belgien beträgt die Bearbeitungszeit für eine Ehescheidung in gegenseitigem Einvernehmen mindestens sechs Monate. Vorausgesetzt, dass sich die Eheleute in allen Punkten einig sind: Unterhalt, das Sorgerecht für die Kinder und die Aufteilung des gemeinsamen Besitzes. Und leider hatte es beim letzten Punkt Probleme gegeben.

Obwohl Deleu sich bereit erklärt hatte, zweihundertfünfzig Euro Unterhalt im Monat zusätzlich zu zahlen – schließlich sollte es den Kindern an nichts fehlen –, hatte Roger Wittewrongel, sein Schwiegervater, Schwierigkeiten gemacht, als es um die Aufteilung der gemeinsamen Besitztümer ging. Laut Gesetz standen sie jedem Partner zu gleichen Teilen zu, egal ob Kinder da waren oder nicht, und dennoch hatte Wittewrongel Einspruch erhoben.

Deleu erinnerte sich an die Szene, als sei es gestern gewesen.

Barbara, die sowieso dasaß wie ein Häuflein Elend, war während der wütenden Tirade ihres Vaters hinausgelaufen.

Deleu kratzte sich am Hals und sah auf seine Armbanduhr, von einer Welle der Trauer erfasst.

Schon Viertel nach vier. Der Angestellte mit dem schütteren Haar war bereits vor über zehn Minuten weggegangen, angeblich, um seinen Vorgesetzten zu holen. War wohl eine typische Beamtenausrede.

Und wahrscheinlich macht der Laden hier um vier Uhr zu.

Deleu saß mit gebeugtem Rücken da, die Hände schlaff in den Schoß gelegt, und sah verlebt aus.

Dank Papa Roger dauert das Verfahren jetzt schon acht Monate.

Der Ermittler ignorierte das Rauchverbotsschild und zündete sich eine Zigarette an. Er faltete ein Boot aus einem DIN-A4-Blatt, drückte den Mast ein und tippte die Asche von seinem Glimmstengel. Er inhalierte tief und blies den Rauch ungeniert in Richtung des Verbotsschildes.

Aber jetzt ist es soweit.

Deleu lief es kalt den Rücken hinunter.

Morgen, nein, übermorgen wird die Scheidung rechtskräftig.

Der Ermittler blickte auf seine zitternden Hände, die sich trotz der Zigarette nicht beruhigten. Er rollte die Schultern, als könne er dadurch seine Sorgen abschütteln.

Nochmals sah er auf die Uhr und spürte ein merkwürdiges Gefühl der Erleichterung. Er war froh, dass er für eine Weile rausgekommen war. Das Polizeipräsidium Mechelen glich einem Hexenkessel. Wenn es nach Bosmans gegangen wäre, hätten sie sogar militärische Unterstützung angefordert. Deleu lächelte ansatzweise. Doch dann verhärteten sich seine Züge wieder, als bereue er seine Heiterkeit.

Mein Gott. Das Baby. Ob es noch lebt? Wo steckt der Mistkerl? Was würde ich an seiner Stelle tun?

Die Rückkehr des Angestellten mit der Halbglatze, der sich sichtlich erleichtert an den Metallschreibtischen vorbeidrängte, riss Deleu aus seinen Grübeleien. Dem Angestellten folgte ein korpulenter Mann um die fünfzig mit aufgekrempelten Hemdsärmeln und breiten Handgelenken. Der Mann stemmte die Hände in die Hüften, und als er mit dem Beschluss von Untersuchungsrichter Bosmans wedelte, bemerkte Deleu seinen säuerlichen Achselgeruch.

»Völlig ausgeschlossen, Inspecteur.«

»Befehl von Untersuchungsrichter Bosmans«, betonte der

Ermittler ungerührt. »Wir brauchen diese Information noch heute, Mijnheer, äh …«
»Nicolay Fons«, seufzte der oberste Mechelener Steuerprüfer, während er sich hinter dem Ohr kratzte. »Hören Sie, Inspecteur, wir werden unser Bestes tun, aber wir können Ihnen nicht versprechen, dass wir diese Information noch heute …«
»Ich warte gerne so lange«, unterbrach Deleu sein Gegenüber munter und blies eine Rauchwolke in seine Richtung. Der Mann ignorierte Deleus schlechtes Benehmen. Er blickte auf die Uhr und trat ein paar Schritte zurück. Plötzlich besann er sich und wandte sich an seinen Untergebenen.
»Verschaeren?«
»Ja, Mijnheer Nicolay?«
»Sorgen Sie dafür, dass Inspecteur Deleu die Information noch heute erhält.«
»Aber …«
»Verschaeren?«
»Ja, Mijnheer Nicolay?«
»Haben Sie Kinder?«
»Ja. Zwei.«
»Dann tun Sie Ihr Möglichstes. Rufen Sie Toeback von der IT-Abteilung an und bitten Sie ihn, dass seine Leute die Namen aller Vermieter in Mechelen aus unseren Datenbanken holen. Heute noch.«
»Und ich soll warten, bis …?«
»Verlangen Sie Toeback und sorgen Sie dafür, dass der Inspecteur seine Liste erhält. In Ordnung?«
Deleu übersah den giftigen Blick des Angestellten, der wutentbrannt an den Schreibtischen entlangeilte. Er wollte

dem Prüfer danken, der das Herz auf dem rechten Fleck hatte, doch dieser war bereits verschwunden.
Deleu dachte daran, wie er vor zwei Tagen mit Barbara im »Kleine Keizer« gesessen hatte. An seinen missglückten Versöhnungsversuch. Er sah sich vor der Tür seiner Schwiegereltern stehen, eine Rose mit dem Kärtchen *Besser spät als nie* verlegen hinter dem Rücken versteckt.
Nach langem Drängen hatte seine Schwiegermutter endlich Barbara gerufen. Sie hatte zwar überrascht reagiert, war aber schließlich einverstanden gewesen, mit ihm etwas trinken zu gehen. Deleu schloss die Augen und schluckte. Es fühlte sich an, als würde ein zusammengeknülltes Stück Schmirgelpapier seinen Hals hinunterrutschen.

DIENSTAG, 25. NOVEMBER – 16 UHR 35

Herman Verbist beschloss, Wichtchen zum Zoofachgeschäft mitzunehmen, um sie ein bisschen aufzumuntern. Er wollte ihr einen Weidenkorb kaufen, da sein Vorrat an Pappkartons aufgebraucht war.
Er nahm das warm eingepackte Wichtchen auf den Arm, schlug seinen Mantel um sie und knuddelte sie ausgiebig. Sie gurrte vor Freude. Verbist setzte ihr das niedliche Mützchen auf, das er für ein Heidengeld in einer Kinderboutique gekauft hatte, und verließ lächelnd die Wohnung.
Zu zweit einkaufen gehen, das macht Spaß. Schade, dass ich keinen Kinderwagen habe. Den bekommt man ja meistens von den Paten geschenkt, und die haben wir nun mal nicht. Wichtchens Kinderwagen habe ich im Park zurücklassen müssen, denn er wäre zu sehr aufgefallen, und außerdem

hätte ich nicht gewusst, wie man das Untergestell zusammenklappt. In so etwas bin ich ziemlich ungeschickt. Meine Frau hat mich immer »Schussel« genannt. In technischen Dingen bin ich nicht sehr bewandert, ich bin mehr der philosophische Typ. Nein, ich trage meine Tochter, das verstärkt unsere Bindung.

Auf dem Weg zum Zoogeschäft fühlte sich Verbist ganz als glücklicher Vater. Wichtchen hatte einen Heidenspaß. Sie war sehr aufmerksam und interessierte sich für jedes Geräusch. Sie drehte den Kopf von rechts nach links und lachte alle Passanten an. Verbist strahlte.

Vor einem Zeitungskiosk blieb er schnaufend stehen. Wichtchen griff nach ihrem Spiegelbild in der Scheibe.

Verbist kaufte eine Zeitung und einen Schokoriegel. Er brauchte zusätzliche Energie, denn Wichtchen schien immer schwerer zu werden. Man konnte ihr förmlich beim Wachsen zusehen.

Ich wünschte, sie bliebe klein, klein, lieb und unschuldig.

Verbist blätterte ein wenig in einer Wochenzeitschrift herum, spähte aber aus den Augenwinkeln heraus nach dem *Playboy.* Er kaufte sich jedoch keinen, denn zum einen hätte er es unanständig gefunden mit Wichtchen in den Armen, und außerdem traute er sich nicht.

Ihm brach der Schweiß aus, als er an den schrecklichen Tag zurückdachte. Jenen Tag, an dem Herman Verbist einen *Playboy* gekauft hatte.

Unentschlossen eilt er von Zeitungskiosk zu Zeitungskiosk, tritt ein und schlüpft hastig wieder hinaus. Erfüllt von panischer Angst. Angst vor den abfälligen Blicken der Zeitungs-

verkäuferinnen. Im sechsten Geschäft gewinnt seine Not die Oberhand. Er lungert eine Zeitlang herum, wartet geduldig, bis alle anderen Kunden den Kiosk verlassen haben, greift blitzschnell nach einer Zeitung, versteckt den Playboy *darunter, legt alles auf die Theke und tritt verlegen von einem Fuß auf den anderen.*
Die dumme Kuh an der Kasse lässt sich alle Zeit der Welt. Sie trödelt absichtlich.
Er wirft einen nervösen Blick über die Schulter. Jetzt gibt es kein Zurück mehr, denn nicht nur ein oder zwei, nein, ganze Scharen von Kunden kommen herein.
Die Verkäuferin klappt träge die Zeitung auseinander, legt mit zusammengekniffenen Augen den Playboy *darauf und blickt erst das Sexblättchen und dann ihn an.*
Er spürt, wie ihm die Schamesröte ins Gesicht steigt, und stammelt: »Damit wollen wir einem Freund einen Streich spielen.«
Die boshafte Hexe räuspert sich und sagt in lautem und herablassendem Ton: »Ein Euro für die Zeitung und sechs für den Playboy, *macht zusammen sieben Euro.«*
Er gibt ihr einen Fünf-Euro-Schein und wühlt in seiner Hosentasche, findet aber nur einen Euro. Ratlos sucht er in seinem Portemonnaie, lässt es fallen, hebt es wieder auf und gibt der Frau fünfzig Euro.
»Haben Sie's nicht kleiner?«, motzt die Verkäuferin. »Ach was, schon gut.«
Anschließend flüchtet er nach draußen, hoffnungslos durcheinander. Die Regentropfen bringen ihn wieder einigermaßen zu sich. Eine Stunde panischer Angst für fünf Minuten Vergnügen. Seit diesem Tag bewahrt er sein Geld in seiner Brusttasche auf.

Auch diesmal verließ Herman Verbist reichlich überstürzt den Kiosk.
Kurz darauf betrat er das Zoofachgeschäft und sagte zu dem jungen Mann an der Theke: »Eine weiße Taube, bitte.«
Der Verkäufer mit den widerspenstigen blonden Haaren holte tief Luft, verkniff sich jedoch das Lachen, als er den verbissenen Zug um den Mund des späten Kunden bemerkte.
Dennoch konnte er der Versuchung nicht widerstehen und fragte: »Tiefgefroren oder aus Plastik? Wir haben auch welche aus Ton, aber die sind grau.«
Herman Verbist beobachtete voll Grausen, wie die Akne im Gesicht des blonden Jungen zum Leben erwachte. Die roten Pickel wurden zu gefährlich spitzen Stacheln.
Instinktiv wich er einen Schritt zurück und schnappte vor Entsetzen nach Luft, als sich die großen Schneidezähne aus dem Oberkiefer seines Gegenübers lösten und glitzernd das Kinn hinunterrutschten.
»Tut mir leid, ich habe mich wohl geirrt, ich dachte, das hier sei ein Zoofachgeschäft. Bitte entschuldigen Sie.«
»Ein Fachgeschäft für Tiernahrung«, verbesserte der junge Mann grinsend.
»Für Tiernahrung«, echote Verbist. Dann fiel ihm etwas ein. »Haben Sie vielleicht Schlafkörbe?«
Der Verkäufer platzte fast vor unterdrücktem Lachen. »Für einen Hund, eine Katze oder eine Riesentaube?«, fragte er augenzwinkernd.
»Für einen mittelgroßen Hund«, antwortete Verbist tonlos.
»Bitte folgen Sie mir.«
Als er die eiserne Wendeltreppe hinaufstieg, hielt der junge Verkäufer auf halbem Weg plötzlich inne und blickte sich

um. Der komische Kauz betrat unsicher die ersten Stufen. Aus seinem Jackenkragen ragte der Kopf eines schreienden Babys.
Der Verkäufer bückte sich und suchte in einem Stapel Weidenkörbe herum. Mit einem komischen Gefühl in der Magengegend drehte er sich um.
Der hinabsausende Besenstiel traf ihn genau an der linken Schläfe.
Herman Verbist rannte aus dem Geschäft und überquerte. ohne nach links oder rechts zu sehen, die Straße. Der Fahrer eines Audis riss im letzten Moment das Steuer herum und verfehlte den verwirrten Mann mit dem Weidenkorb in der Hand und dem schreienden Baby auf dem Arm nur um Haaresbreite. Aschfahl im Gesicht rumpelte er mit den Vorderreifen über den Bordstein.
Verbist sah sich nicht einmal um. Er rannte um die Ecke, riss die Tür von Sandras Golf auf, deponierte das strampelnde Baby auf dem Beifahrersitz und verstaute den Korb auf der Rückbank.
Wichtchen schrie ununterbrochen, und Verbist schaltete den Kassettenrecorder ein. Doch nicht einmal Laura Pausini mit ihrer großartigen Stimme, die ihn jedes Mal wieder zu Tränen rührte, vermochte es, die Kleine zu beruhigen. Verbist drehte die Lautstärke auf, bis die Boxen markerschütternd schepperten und die Pausini versoffen wie Joe Cocker klang, aber Wichtchen übertönte sie dennoch.
Verbist drehte die Musik wieder leiser und fuhr rechts ran. Er nahm das zappelnde Baby zwischen die Beine, und das Geschrei ebbte ab.
Zwischen meinen Beinen ist sie brav. Ich will lieber nicht weiter darüber nachdenken.

Wichtchen drehte am Lenkrad und schnatterte wie ein italienisches Fischweib.

Mein Kind will mit seinem Vater kommunizieren!

Verbist beugte sich nach vorn und küsste sie auf die runden Bäckchen.

Mit dem Kind zwischen die Beine geklemmt fuhr Verbist weiter. Er strahlte vor Glück.

Ein Streifenwagen fuhr quälend langsam vor ihm her. In der Stadt wimmelte es von Polizeifahrzeugen. Im ersten Augenblick erwog er zu beschleunigen, doch er beherrschte sich.

Vor dem Zoofachgeschäft waren zwei Parkplätze hintereinander frei. Verbist manövrierte den Wagen mit Leichtigkeit in die große Lücke und betrat mit Wichtchen in den Armen das Geschäft.

Diesmal wurde er mit einem freundlichen Nicken begrüßt. Verbist fasste sofort Vertrauen zu dem Ladenbesitzer, einem freundlichen älteren Herrn mit ungleichmäßigem Backenbart. »Womit kann ich Ihnen helfen?«, fragte er.

Herman Verbist kaufte eine weiße Taube.

Obwohl er den Golf absichtlich in der Mitte der beiden Parkplätze abgestellt hatte, klebte ihm ein Wagen an der vorderen und einer an der hinteren Stoßstange. Verbist wurde wütend und musste sich beherrschen, um nicht beiden Autos gegen die Kotflügel zu treten. Stattdessen kniff er Wichtchen fest in den Arm, die sofort wieder laut zu weinen anfing.

Durch ihr Geschrei kam er zu sich. Ratlos betrachtete er das kleine Mädchen, und ihm wurde klar, dass auch sie ihm nicht helfen konnte. Er wusste nicht ein noch aus.

Er wickelte Wichtchen in die Decke, die im Auto bereitlag,

legte sie vorsichtig auf den Beifahrersitz und begann mit seiner Herkulesaufgabe. Der Schweiß rann ihm in Strömen über die Stirn. Wichtchen protestierte lauthals, weil er sie so ohne Federlesens abgelegt hatte. Ihr Gesicht lief vor Anstrengung rot an.
Verbist ballte die Fäuste und biss die Zähne zusammen.
Bestimmt ist die Taube todtraurig. Das Tierchen tut mir so leid! Mit welchem Recht habe ich seine Familie auseinandergerissen? Vielleicht hinterlässt sie Junge. Junge, die jetzt mit aufgerissenen Schnäbeln um Regenwürmer betteln, und dann stopft ihnen der Tierverkäufer stattdessen fades Taubenfutter in den Schlund, das ihnen im Halse stecken bleibt, weil die Mutter es nicht vorgekaut hat.
Dieser Gedanke beruhigte ihn wieder.
Uns geht es doch im Grunde genommen gar nicht so schlecht.
Endlich hatte er sich aus seiner heiklen Lage befreit und fuhr ruckend an. Ohne sich umzusehen, gab er Vollgas und erwischte prompt mit dem Kotflügel ein vorbeisausendes Mountainbike. Als das Rad wegrutschte und der Pechvogel stürzte, machte Verbist eine Vollbremsung, wodurch Wichtchen vom Sitz rollte.
Zu viele Reize.
In zu kurzer Zeit.
Verbist biss sich vor Schreck auf die Zunge. Ihm stockte der Atem. Mit übermenschlicher Anstrengung gelang es ihm, aus dem Wagen zu steigen, und mit dem leblosen Baby im Arm rannte er steifbeinig und grimmig davon.
Eine schicke Dame mit knalligem Lippenstift im faltigen Gesicht lief arrogant mitten auf dem Bürgersteig und wollte nicht ausweichen. Verbist rammte sie mit der Schulter

und trat nach den Streichholzbeinchen ihres wütend auf und ab hüpfenden Schoßhündchens.
Die Frau geriet ins Stolpern, blieb mit einem Pfennigabsatz hängen, fuchtelte hilflos mit den Armen und stürzte.
Keuchend blickte Verbist über die Schulter zurück. Woran er sich später noch erinnern sollte, waren ihre unrasierten, strampelnden Fußballerbeine.
Nachdem er um eine Ecke gebogen war, blieb er stehen. Heftig atmend lehnte er sich an einen Baumstamm. Ihm zitterten die Knie.
Auf Wichtchens Stirn bildete sich eine blaue Beule.
Er streichelte ihr flaumiges Haar und kniff ihr in die Wange. Erst vorsichtig, dann heftig und unbeherrscht.
Sie regte sich nicht.
Herman Verbist sank zu Boden.
Niedergeschmettert.
Verzweifelt scheuerte er mit dem Rücken über den Baumstamm, steckte Wichtchen unter seine Jacke, legte vorsichtig die Hand auf ihre Brust und schloss die Augen.
Nichts geschah.
Unendlich traurig streichelte er mit den Fingerspitzen über ihren Bauch, ihre Wangen, ihre Beinchen.
Als er endlich das leblose Kind vorsichtig zwischen seine Beine legte und die geschwollenen Augen öffnete, um Abschied von ihr zu nehmen, fing Wichtchen an zu schreien.
Auf dem Weg zurück zum Auto weinte er wieder, aber diesmal vor Glück.
Der Golf stand mitten auf der Straße.
Verbist blieb abrupt stehen.
Er sah einen Polizisten und einen heftig gestikulierenden

Mann, der ein Mountainbike mit einem verbogenen Vorderrad festhielt. Der Polizist zuckte müde die Achseln, während er das Kennzeichen von Sandras Golf notierte. Er blickte durch das Fenster in das Auto, öffnete die Fahrertür und zog den Schlüssel aus dem Zündschloss.

In jenem Moment überfiel Verbist die Erinnerung an den Unfall, sein Körper wurde stocksteif, und er war nicht in der Lage, sich auch nur einen Zentimeter vom Fleck zu rühren. Das zappelnde Baby spürte seine Nervosität und versuchte, sich aus seiner Umklammerung zu befreien. Als Wichtchen in die starren Augen ihres Vaters blickte, fing sie noch lauter an zu schreien.

Der Polizist sah sich flüchtig um, fuhr dann aber mit seiner Arbeit fort. Er schloss den Wagen ab und sagte etwas zu dem Radfahrer, der sich mit schmerzverzerrtem Gesicht über den Rücken rieb und den Beamten zu seinem Fahrzeug begleitete, das um die Ecke geparkt war.

Als der Kombi mit Fahrrad und Verunfalltem losfuhr, kam auch wieder Leben in Verbist. Er blickte Wichtchen verzweifelt in die verweinten blauen Augen.

Dein Körbchen!

Die Heckscheibe des Golfs zersplitterte, als Verbist den Pflasterstein hineinrammte. Mit einigen kräftigen Ellbogenstößen vergrößerte er die Öffnung. Er nahm die Pappschachtel mit dem Vogel von der Hutablage, zog den Weidenkorb vom Rücksitz und rannte vor den Augen eines sprachlosen Passanten davon.

Die Wohnung lag kaum fünfhundert Meter vom Unfallort entfernt. Das strampelnde Wichtchen reagierte begeistert, griff nach Papas Brust und genoss den holprigen Lauf. Sie presste ihre Wange an seinen Hals, und ihr Atem streichelte seine Haut. Verbist lächelte.

Sie kann einiges vertragen, mein kleines Mädchen.

Zu Hause knuddelte er sie ausgiebig und achtete dabei darauf, nicht die Beule zu berühren. Doch sie hatte das schlimme Erlebnis schon vergessen und krähte: »Tatata!«

Manchmal bilde ich mir ein, dass sie »Papa« sagt.

Verbist legte den Weidenkorb mit der Decke aus, bettete das Baby darauf und ruhte sich auf dem Sofa aus. Wichtchen zeigte sich jedoch alles andere als dankbar und kreischte zum Steinerweichen.

Verbist ging unsicher zum Korb und versuchte, sie zu beruhigen, indem er ihr erklärte, dass er einen schweren Tag als Vater hinter sich habe und ihr alles gegeben habe, was in seinen beschränkten Möglichkeiten lag. Außerdem habe er sie gebadet, gefüttert, gewickelt und geknuddelt und sei sogar noch bereit, ihr in ihrem Körbchen ein paar liebe Worte zuzuflüstern, damit sie einschlafen könne. Doch das Baby reagierte nicht auf ihn.

Verbist fuhr sich mit allen zehn Fingern durch die unregelmäßig gefärbten Haare. Er wurde von einer bleiernen Müdigkeit erfasst, die ihn daran hinderte, klar zu denken.

Ob sie Zähnchen bekommt?

Ziemlich grob zog er ihre Unterlippe hinunter und betastete ihr Zahnfleisch. Nein, nur Zahnfleisch, sonst nichts.

Ob Wichtchen krank ist?

Verbist legte ihr die feuchte Hand auf die Stirn, doch sie fühlte sich weder heiß noch klamm an.

Mit seinem Latein am Ende, nahm er Wichtchen auf den Arm, und das Weinen verstummte sofort. Er runzelte die

Stirn und sah sie vorwurfsvoll an. Als sie lachte, drückte er sie gerührt an sich und wiegte sie sanft hin und her.

Er schlurfte zum Computer, wo er mit zitternden Fingern den Startknopf drückte. Wichtchen, die intuitiv seine Anspannung spürte, fing erneut an zu weinen.

Verbist holte eine Packung Butterkekse von der Anrichte in der Küche und riss sie nervös auf. Er drückte dem Baby die Packung in die grapschenden Hände, nahm am Computer Platz und setzte das Baby zwischen seine Beine.

Er wagte nicht, das ICQ-Icon anzuklicken.

Dann eben die Liebesbriefe von Soraya noch einmal lesen.

Oder in einem anonymen Chat-Room Gesellschaft suchen.

Sein Anflug von Melancholie verwandelte sich in eine heftige Angstattacke, und er warf einen gehetzten Blick über die Schulter.

Ob Molok durch den Computer eindringen kann?

Der Riss im Silberpapier war noch immer mit braunem Klebeband verschlossen. Er atmete auf, doch als er sich erleichtert wieder umwandte, stellte er zu seinem Entsetzen fest, dass Wichtchen munter auf der Tastatur herumpatschte.

Sorayas letzter Brief, in dem sie ihre Ankunft in Eppegem ankündigte, war fast gänzlich überschrieben.

Verbist blinzelte heftig, und sein Atem ging schneller. Er zog Wichtchens Hände von der Tastatur und überblickte den Schaden, den die kleine Knuspermaus angerichtet hatte.

Er holte tief Luft, blies die Krümel von der Tastatur und schüttelte resigniert den Kopf. Er betätigte mehrmals die Taste für »Befehl rückgängig machen«, überlegte es sich dann aber anders und speicherte die Datei.

&&éé"y!éyeohehiz:
FFI
oooooooooooooooo.CLDQ
,ic,omiafcf
péoaxr;^
;=====================

Wichtchens erste Wörter.

Er nannte die Datei »Wichtchen1«, schaltete den Computer aus und ging mit dem Kind auf dem Arm zum Kühlschrank, wo er eine Flasche Bier öffnete.

Dann schaltete er den Fernseher ein, regelte die Lautstärke, setzte sich mit der Fernbedienung auf das Sofa und legte das Baby auf seinen Bauch.

Er sah so gut wie nie fern, denn es war sehr anstrengend für ihn. Die Bilder folgten einander viel zu schnell.

Wichtchen stieß entzückte Schreie aus, als er ihr über den nackten Bauch kitzelte.

»Killekillekille …«

Bei der Pannenshow gefror Verbist das Lachen im Gesicht. Ihm tat die alte Frau leid, die mit dem Fahrrad stürzte und dabei all die Lebensmittel verlor, die sie von ihrer kargen Rente erstanden hatte. Er fragte sich, ob man ihm in dreißig Jahren aufhelfen würde.

Auf einem anderen Sender ahmte eine dicke Frau mit großer Eulenbrille und einem viel zu engen Cocktailkleid Nana Mouskouri nach.

Wichtchen kicherte.

Verbist musterte sie, nahm sie auf den Arm und hob sie schwungvoll hoch in die Luft. Er drehte sich im Kreis und rief: *»Superwoman! Superwoman flies again!«*

Er ließ das juchzende Baby knapp über das Sofa sausen. Hoch und runter, hoch und runter. Als er grunzend an ihrem Hals knabberte, entlockte ihr das weitere vergnügte Schreie. Doch als er ermüdete und das Kind hinlegen wollte, sträubte es sich, indem es stur die Beine durchstreckte.
Mein Gott, Wichtchen kann schon stehen!
Stolz sah ihm das Baby genau in die Augen, als wolle es direkt in seinen Kopf blicken.
Herman Verbist fühlte sich überaus unbehaglich.
Wichtchen sank in sich zusammen.
Gerade noch rechtzeitig gelang es ihm, sie aufzufangen, und ihm lief es kalt den Rücken hinunter, als er sie in die Arme schloss und fest an sich drückte. Wichtchen legte einen Arm um seinen Hals und lutschte heftig am Daumen. Verbist ließ sich auf das Sofa fallen, setzte sie auf seinen Schoß und sagte: »Pfui, du sollst nicht am Daumen lutschen, das ist nicht gut für dich, bah!«
Das Baby lachte hellauf begeistert.
Mein Gott, so ein Traum von einem Kind. Ob alle Kinder so süß sind, oder finde ich sie nur deshalb so goldig, weil sie mein Kind ist?
Er schob ihr den neuen Schnuller in den Mund, aber sie spuckte ihn sofort aus und riss grob an einer seiner Haarsträhnen. Verbist konnte nur mit größter Mühe die Haare aus ihrem Fäustchen lösen, ohne ihr weh zu tun. Erneut steckte er ihr den Schnuller in den Mund, doch sie spuckte ihn aus und lutschte wieder am Daumen.
»Na schön, wenn du später unbedingt ein krummes Däumchen und Hasenzähne haben willst! Selber schuld. Papa, nein, Vati hat jedenfalls sein Bestes getan.«
Vati gefällt mir besser als Papi, das klingt irgendwie so hart,

kalt und distanziert. Langsam entsteht ein Band zwischen uns. Ja, ich will ihr Vati sein. Vati, der sie vor dem Waisenhaus gerettet hat. Jedenfalls gefällt es ihr bei mir. Glaube ich. Sie ist kein Mamakind, so viel ist sicher. Verdammt, mein Auto! Ich habe kein Auto mehr!
Verbist fing an zu zittern und setzte Wichtchen mit einem Seufzer, als wöge sie eine Tonne, zwischen seine Beine. Nana Mouskouri schien ihr zu gefallen, denn sie starrte fasziniert auf den Bildschirm. Bei dem nächsten Kandidaten, einem Schnulzensänger, war es jedoch vorbei, und sie begann, herzzerreißend zu weinen.
Hunger kann sie nicht haben.
Verbist zappte durch die Programme, doch weder Wissenschaftssendungen noch Krimis konnten Wichtchen fesseln. Der Verzweiflung nahe schaltete er um auf MTV, und das Weinen verstummte abrupt.
Skeptisch lehnte sich Verbist nach vorn. Wichtchen klebte förmlich am Bildschirm.
Fünf Minuten, zehn Minuten …
Die schrillen Farben und Überblendungen ließen Verbist schwindeln, und er wechselte zu einem anderen Sender. Wichtchen strampelte und kreischte wie am Spieß.
Verbist schaltete also wieder auf den Musiksender, und sie betrachtete ruhig und fasziniert die Clips. Er traute seinen Augen nicht, aber nachdem er es fünf Mal überprüft hatte, musste er sich eingestehen, dass Wichtchen ganz heiß auf MTV war.
Wie sie wohl übermorgen reagieren wird, wenn Belgien gegen Tschechien spielt? Ein wichtiges Match für uns. Obwohl ich bezweifle, dass sie das interessiert. Ach, wir werden sehen.

Während er über alles Mögliche nachdachte – das Aufziehen eines Kindes, das Drama im Heysel-Stadion, die Entscheidung zwischen einem Plastikbaum und einer echten Tanne für das nahe Weihnachtsfest, die Mannschaftsaufstellung bei Manchester United und so weiter –, betrachtete er sein kleines Kind, das unterdessen eingeschlafen war. Tränen der Rührung liefen ihm über die Wangen.
Er schaltete das Licht aus, stieß sein Bier um, stellte fest, dass er immer noch kein Küchenpapier im Haus hatte – im Auto vergessen –, und ging ins Badezimmer, wo er sich mit Wichtchen auf dem Arm umständlich die Zähne putzte.
Klatschnass gespritzt fiel er ins Bett.
Leise brummelnd schmiegte sich Wichtchen an ihn. Verbist schlief mit nacktem Oberkörper. Seine Jeans behielt er an. Dafür gab es keinen besonderen Grund. Es war einfach so.
November.
Es war kalt in dem Schlafzimmer, in dem es keinen Heizkörper gab, und obendrein stand das Fenster sperrangelweit offen.
Babys brauchen frische Luft. Man muss an alles denken.
Ihr Kopf lag auf seiner Brust. Ihre Nase fühlte sich kalt an, aber ihre regelmäßige Atmung beruhigte ihn. Obwohl sie ab und zu hustete. Aber ach, das war sicher nicht so schlimm.
Sie lebt. Wir leben zusammen. Die erste Nacht. Nein, die zweite. Ich habe fünf Kissen unter ihre Füßchen geschoben, damit sie mir nicht unter die Decke rutscht und erstickt.
Er nahm sich vor, den Karton wegzuwerfen.
Kein Karton, kein Korb, keine Wiege. Nachts schläft sie bei mir im Bett, und tagsüber kann sie auf meinem Schoß sitzen oder bei mir auf dem Sofa. Ab und zu kommt sie zum Füt-

tern in den Hochstuhl. Aber nicht zu oft. Es kann keine Bindung entstehen, wenn man das Kind zu oft sich selbst überlässt.
Wann wird sie nach ihrer Mutter fragen?
Und, wichtiger noch, was werde ich ihr dann erzählen?

Verbist steckte den chemischen Insektenschutz in die Steckdose und legte sich neben sein Baby, wo er, hin- und hergerissen zwischen Hoffnung und Zukunftsangst, schließlich einschlief.

DIENSTAG, 25. NOVEMBER – 21 UHR 10

In Bosmans' Büro wurde heftig diskutiert. Die Spezialisten der EDV-Einheit waren sich nicht einig. Sogar Bosmans persönlich hatte sich widerstrebend zu ihnen gesellt. Bei einem noch nie da gewesenen Großeinsatz hatte man inzwischen praktisch allen Vermietern im Großraum Mechelen auf den Zahn gefühlt, sämtliche Hotels und Pensionen abgeklappert sowie alle Notunterkünfte, Heime und andere öffentlichen Unterbringungsmöglichkeiten vom Keller bis zum Dach durchsucht. Ergebnislos. Niemand hatte Herman Verbist auf dem Fahndungsfoto wiedererkannt.
Mit seinem Latein am Ende hatte Bosmans beschlossen, sich die Arbeit der Computerspezialisten einmal näher anzusehen.
Auch Deleu und Nadia Mendonck hatten sich in die Computerspur verbissen und hörten aufmerksam zu.
»Es handelt sich weder um einen Terroristen, der über das

Internet operiert, noch um eine andere Art von Internetkriminellem«, sagte Bert Versnick, ein auf Computerkriminalität spezialisierter Ermittler, zu seinem Kollegen Guido Saboo, dem EDV-Guru aus der Kriminaltechnik.

»Nein, und er ist auch kein Hacker«, pflichtete dieser ihm bei. »Denn die hinterlassen charakteristische Spuren, aber wir haben keine gefunden.« Dabei zupfte er an seinem modischen Spitzbärtchen, durch das sein längliches Gesicht noch länger wirkte.

Versnick legte die Handflächen aneinander, klemmte die Nase dazwischen und schloss die Augen. »Stimmt, Guido, dieser Mann ist kein Hacker. Nein, ich tippe darauf, dass er ein ganz normaler User ist.«

»Er benutzt ICQ, ein Chat-Tool«, prahlte Deleu mit seinen Internetkenntnissen und sah dabei stolz Nadia Mendonck an, die beim Anblick von Saboos abfällig wedelnder Hand beinahe laut losgelacht hätte.

Deleu schnaufte und sah hilfesuchend zu Bosmans, der gelangweilt an seinem Daumennagel pulte.

»ICQ war das Missing Link im Internet, die Technologie, mit deren Hilfe die Internetuser endlich einfach und ohne Umwege online miteinander kommunizieren konnten. Die Firma Mirabilis, die inzwischen von AOL aufgekauft wurde, hat auf diesem Gebiet Pionierarbeit geleistet und eine ganz neue Industrie etabliert«, erklärte Versnick und streute schließlich noch Salz in die Wunde. »Aber das bringt uns jetzt auch nicht weiter.«

»Aber könnten wir uns denn nicht an seinen Provider wenden? Bei Telenet müsste man uns doch sagen können …«

»Nein. Die Informationen in den Datenbanken der Provider werden permanent aktualisiert, und außerdem gibt es inzwischen Hunderte Millionen simultaner Online-User. AOL, die Firma, die das System verwaltet, sitzt in den USA. Sie ist von ihrer Bedeutung her mit Microsoft oder Yahoo vergleichbar.«

»Na schön«, brummte ein sichtlich angeödeter Jos Bosmans. »Und was soll ich jetzt machen, ein Rechtshilfeersuchen an eine amerikanische Firma schicken? Was soll das alles hier eigentlich?«

Die beiden Computerfreaks sahen ihn empört an, erwiderten aber nichts, denn im Grunde hatte der Untersuchungsrichter recht. Sie konnten mit diesen Informationen nichts anfangen.

»Vielleicht gibt es noch eine andere Methode«, schlug Nadia vor, und alle Augen waren plötzlich auf sie gerichtet.

MITTWOCH, 26. NOVEMBER – 9 UHR 05

Wichtchen saugte schmatzend an Vatis harter Brustwarze.

Verbist flüchtete mit ihr ins Wohnzimmer, wo er sie zwischen einen Kissenstapel setzte, und während er den Vorfall zu verdrängen versuchte, bereitete er ihr ein Fläschchen zu. Er zündete sich eine Zigarette an, blies den Rauch in die andere Richtung und fütterte sie. Herman Verbist war schlechter Laune, ohne dass es einen konkreten Grund dafür gab. Er betastete seine rechte Achsel, unter der sich ein Furunkel bildete, was seine Stimmung nicht gerade verbesserte. Er aß hastig ein dick mit Nutella bestrichenes Brot und trank ein Glas Buttermilch dazu. Für ihn schmeckte sowieso alles nach Buttermilch.

Was man auch isst oder trinkt, alles ist verdorben. Und tot. Außer Austern. Die sterben erst im Magen.

Eine Gänsehaut überlief ihn, doch anstatt sich zu erhängen, wonach ihm gewesen wäre, küsste er Wichtchen mitten auf die leicht geöffneten Lippen. Sie quietschte vor Vergnügen und schleckte an seiner Nase.

»Der zweite, nein, der dritte Tag, und schon hat sie mich liebgewonnen.« Er starrte den Fleck an der Wand an und legte den Zeigefinger auf die Lippen. »Bilde dir bloß nichts darauf ein, Herman. So ein Kind hängt sein Herz an jeden, Hauptsache, man scherzt ein bisschen mit ihm. Doch schon nach einem Tag hat es dich wieder vergessen. Nicht mal an die eigene Mutter erinnert es sich. Nicht mal das Stillen, die natürlichste Sache der Welt, schafft eine dauerhafte Bindung.«

Auch Wichtchen mochte Buttermilch. Sie war ganz wild darauf. Verbist, geplagt von einer sentimentalen Gefühlswallung, empfand Mitleid mit Wichtchens leiblicher Mutter. Umso mehr, weil die Frau sie ja sehen konnte. Vom Himmel aus.

Plötzlich klopfte es draußen.

Verbist reagierte mit einem kurzen Kopfnicken, als erwache er aus dem Schlaf. Er setzte Wichtchen in ihren Hochstuhl, und als er die Haustür öffnete, stand ein hübsches junges Mädchen vor ihm.

Er schluckte und spürte, wie sich seine Wangenmuskeln verkrampften.

»Hallo, kommen Sie doch rein«, stotterte er.

Das Mädchen zögerte, trat dann aber etwas verlegen ein und gurrte: »Ich suche meinen Opa, er wohnt ein Stockwerk höher. Ich habe geklingelt, aber es hat niemand aufgemacht. Da habe ich mich gefragt, ob Sie vielleicht …«

Verbist drehte sich um. »Hier über mir?«
»Nein, Entschuldigung, ich meinte unter Ihnen.«
Verbist schluckte, und das Mädchen wirkte verunsichert.
»Ach, ich habe überhaupt keinen Orientierungssinn! Ich gehe ja niemals weiter rauf als bis ins Erdgeschoss«, erklärte sie lachend. »Morgens …«
»Ist Juul Ihr Opa?«, fragte Verbist.
»Äh, ja, Juul, kennen Sie ihn?«
Ihr mädchenhaftes Verhalten, ihre geröteten Wangen – das alles berührte ihn. Tief in seinem Inneren.
»Jaja, natürlich.«
Sie war eine Zierde für seine Wohnung, wie sie dort stand und mit großen Augen die silbrige Tapete anstarrte.
»Bitte treten Sie doch näher.«
Verbist warf einen nervösen Blick in den Flur, schloss die Tür und ging gehemmt auf das Sofa zu.
»Tut mir leid, dass hier nicht aufgeräumt ist«, stotterte er.
»Macht doch nichts. Oh, was für ein süßes Baby!«
Sie streichelte Wichtchen und drückte ihr einen dicken Kuss auf die Nase. Verbist fing an zu schwitzen.
Jetzt wird sie mir gleich Fragen stellen: Wie alt ist sie? Es ist doch ein Mädchen? Und so weiter.
Doch das junge Mädchen sagte kein Wort. Sie hob Wichtchen aus ihrem Stuhl, hielt sie hoch in die Luft und sagte: »Jetzt gehörst du mir. Papa kriegt dich nie mehr wieder!«
Mit dem Baby im Arm ging sie aus der Wohnung hinaus und kam wieder herein. Verbist folgte ihr, und als er den flatternden Faltenrock sah, war es, als habe er ein Déjà-vu. Der Anblick kam ihm seltsam bekannt vor.
Das Mädchen auf der Treppe.
Wichtchen erwies sich wieder einmal als idealer Eisbrecher.

Herman Verbist errötete. Er war verliebt, verliebt in alle beide.
»Bist du geschieden?«, fragte das Mädchen, das nur noch Augen für Wichtchen hatte.
»Nein, verwitwet.«
»Das ist besser.«
»Besser?«
»Besser für das Kind. Wie heißt sie denn?«
»Wi... Wilhelmina«, log er.
Sie spürt intuitiv, dass sie ein Mädchen ist. Gut so.
»Hm ... schöner Name, nur ein bisschen lang.«
Sie ließ Wichtchen hoch- und runterfliegen wie ein Segelflugzeug. Runter, Nasen aneinander, hoch und wieder runter. Sie hatten beide wunderschöne Augen. Himmelblau.
»Superwoman flies again«, murmelte Verbist.
Das Mädchen musterte ihn.
»Was hast du gesagt?«
»Äh, *Superwoman flies again*, das spielen wir immer.«
Das Mädchen setzte sich aufs Sofa und nahm Wichtchen auf ihren jungen Mutterschoß.
»Was hat sie denn da?«
»Sie ... sie ist gefallen. Es ist nicht schlimm.«
»Kann sie denn schon laufen?« Das Mädchen runzelte die Stirn.
»Nein. Sie ist einfach gefallen. Hat sich aber nicht richtig weh getan.«
»Wohnst du schon lange hier?«
»Nein, erst seit zwei Tagen«, murmelte Verbist von der Türschwelle her.
»Willst du nicht auch wieder reinkommen?«
»Doch ... natürlich.«

Er schloss die Tür, schlich zum Sofa und setzte sich neben sie. Jetzt saßen sie zu dritt auf dem Sofa, als sei es schon immer so gewesen.
»Möchtest du etwas trinken?«, fragte Verbist, während ihm der Schweiß ausbrach.
»Whiskey-Cola mit einem Scheibchen Zitrone«, antwortete sie, ohne mit der Wimper zu zucken.
Während Verbist verunsichert in Richtung Küche blickte, flüsterte sie: »Tee mit Milch, kein Zucker, keine Zitrone. Ich trinke keinen Alkohol, und du?«
»Nur ganz wenig, ab und zu ein Bier.«
»Bier ist out, genau wie Zigaretten«, erwiderte sie spitz.
Zutiefst verwirrt ging Verbist in die Küche und suchte Teebeutel, zwei Tassen, Löffel, Zucker, Milch und alles andere, was man so brauchte.
Wunderbarerweise gelang ihm die komplizierte Operation. *Das muss mein Glückstag sein! Eine Mutter für Wichtchen! Hübsch, jung, mit blauen Augen und Sinn für Humor, ohne falsche Bescheidenheit. Ich darf nur nicht gleich zu sehr rangehen, ihr falsche Hoffnungen machen oder zu hohe Erwartungen wecken. Pflücke den Tag! Soll ich ein Plätzchen dazulegen? Nein, zu kleinbürgerlich, dafür ist sie zu jung. Und nicht sofort nach ihrem Freund fragen. Ruhig abwarten, mitspielen, geduldig zuhören, vielleicht eines von meinen Gedichten rezitieren und nicht vergessen, mich noch einmal mit ihr zu verabreden. Wichtchen als Lockvogel benutzen.*
Er atmete mehrmals tief ein und aus, fasste in Gedanken seine guten Vorsätze noch einmal zusammen, ging ins Wohnzimmer, stellte den Tee auf den Couchtisch und wollte dann die Stereoanlage einschalten.

»Nein, lieber nicht, Willeke schläft.«
Verbist strahlte vor Glück.
Sie denkt mit, noch etwas, was ich dringend gebrauchen könnte. Wie alt mag sie sein? Siebzehn? Und ich bin schon siebenunddreißig!
Er reichte ihr die Tasse Tee.
»Vielen Dank«, sagte sie artig und nippte an dem heißen Getränk.
Sie hat einen Kussmund, genau wie Wichtchen. Ich habe ganz schmale Lippen, mein Mund ist wie ein Strich. Ich liebe volle Lippen, schön ausgeprägt, aber nicht zu dick.
»Willeke«, murmelte Verbist fast sittsam. »Ein hübscher Name.«
»Danke«, antwortete sie schlürfend.
»Soll ich mal nachsehen, ob ich Juul ...«
»Nein danke. Der schläft wahrscheinlich seinen Rausch aus. Lass ihn nur. Seitdem Oma gestorben ist, ist er einfach nicht mehr derselbe.«
»Ist Chris dein Vater?«
»Woher weißt du das?«
»Juul hat mir von ihm erzählt. Eine Enkelin hat er allerdings nicht erwähnt.«
»Ich heiße auch Chris.«
»Ach, wirklich?«
»Ja, nicht sehr einfallsreich von meinen Eltern. Aber ich werde Chrissie genannt.«
»Chris und Chrissie«, murmelte Verbist.
»Chris ist wirklich mein Alter, ich kann es auch nicht ändern.«
Das Thema schien für sie abgeschlossen, also kam Verbist nicht mehr darauf zurück. Er nahm sich vor, sich möglichst

verständnisvoll zu geben, denn schließlich wollte er um jeden Preis eine Mutter für Wichtchen gewinnen.

Chris trug einen kurzen schwarzen Faltenrock, schwarze Kniestrümpfe und Basketball-Turnschuhe. Sie sah ihn an, und er wandte verlegen den Blick ab.

»Du darfst ruhig hinschauen«, sagte sie kess.

»Entschuldige, ich wollte dich nicht anstarren«, antwortete Verbist und schluckte dabei zwei Mal.

»Ich kann das schon ab, oder was meinst du, warum ich mich so anziehe?«

Sie lachte. Ein herzliches, einladendes Lachen.

Verstohlen betrachtete Verbist ihre Brüste, eine gute Handvoll. Ihm wurde warm im Schritt.

Jetzt muss ich aufpassen, dass mir meine Hormone keinen Streich spielen. Schließlich ist das letzte Mal lange her.

Das Gespräch verlief im Sande. Alles, nur das nicht! Und zu allem Überfluss war Wichtchen eingeschlafen. Verbist wippte ein wenig auf dem Sofa auf und ab, aber sie rührte sich nicht.

Er griff das Baby unter den Achseln.

»Sie muss jetzt ihr Fläschchen trinken.«

»Ach was, sie wird schon von allein wach, Kinder brauchen ihren Schlaf.«

Das Mädchen nahm ihn am Arm und blickte ihm tief in die Augen.

»Ich schlafe so gut wie nie«, sagte sie dann in die Stille hinein. »Wie alt bist du?«

»Sechsundzwanzig«, log er.

»Ich bin zwanzig«, log sie ihrerseits. »Ich wohne allein, in einem Studio in der Innenstadt.«

»Gehst du denn schon arbeiten?«

»Nein, ich bin arbeitslos, und du?«
»Ich, tja, ich war Sachbearbeiter, aber ich habe meinen Job gekündigt, um Dichter zu werden und von meinem Werk zu leben.«
Anstatt sich nach Art und Inhalt seiner Arbeit zu erkundigen, fragte sie unumwunden: »Also bist du auch arbeitslos, Herman?«
Verbist wusste nicht, was er antworten sollte.
»Woher weißt du denn, wie ich heiße?«
»Steht an der Klingel.«
»Aber ich habe noch gar kein Namensschild.«
»Dann habe ich wohl richtig geraten, oder?«
Mein Gott, sie kennt meinen Namen. Diese junge, blauäugige Venus kennt MEINEN Namen!
»Kann ich es haben?«
»Was?«
»Das Baby, kann ich es haben? Ich kann besser für es sorgen als du.«
Verbist war perplex, zündete sich eine Zigarette an, paffte dicke Rauchwolken und versuchte, sein Gesicht dahinter zu verbergen.
»Aber hast du nicht gesagt, du seist auch arbeitslos?«, erwiderte er.
»Mein Großvater steckt mir regelmäßig etwas zu.«
»Und deine Mutter?«
»Die kann mich mal. Meine Mutter ist eine Luxusnutte, ein Callgirl. Ich kenne alle ihre Tricks. Ich habe ihr durchs Schlüsselloch zugesehen.«
Verbists Brust brannte. Ihm war, als schwebe er. Aber er siebenunddreißig und sie höchstens siebzehn? Ob das gutgehen konnte?

Er bezweifelte es. Sie schien seine Gedanken lesen zu können.
»Ich wohne allein. Und wenn ich sage, allein, meine ich es auch. Ich will keine pickligen Teenager, die mich befummeln und nach fünf Minuten kommen. Und dabei vielleicht auch noch meine neuen Strümpfe bekleckern. Nein, richtige Männer findet man nicht an jeder Straßenecke. Aber was erzähle ich dir da? Ich bringe dich nur in Verlegenheit. Am Ende bildest du dir noch was ein.«
Den letzten Satz hatte Verbist nicht gehört. Wieder starrte er ihre Marzipan-Mädchenbrüste an.
»Stehst du auf harmonische Pärchen?«
»Ja, Harmonie ist etwas, nach dem wir alle streben sollten. Ich bin leider nicht besonders gut darin. Ich falle immer auf die Falschen herein. Das ist mein Schicksal. Ich …«
»Nein, ich rede von meinen Titten, stehst du auf meine Titten?«, unterbrach sie seine philosophischen Betrachtungen.
Ich bums dich bis zur Bewusstlosigkeit, dachte er, stotterte aber stattdessen: »Ich weiß nicht. Ich habe sie ja noch nie gesehen.«
»Willst du sie sehen?«
»Nein, jetzt nicht.«
»Warum nicht? Ich habe hellbraune Warzenhöfe und hübsch geformte Nippel, ganz fest und hoch angesetzt. Mein Vater ist ganz verrückt nach ihnen.«
Verbist, der vor Geilheit fast geplatzt wäre, musste schlucken.
»Entschuldige«, sagte sie verlegen, »ich gehe zu weit.« Sie schwieg und strich sich routiniert die Haare glatt. »Ich bin gar nicht so abgebrüht, wie ich tue.«
Sie schnaufte.

»Weißt du, ich habe nur noch meinen Großvater, aber er ist nicht da, und ich mache mir Sorgen.«
Verbist schluckte erneut und nahm sie tröstend in die Arme. Sie biss ihn ins Ohrläppchen, küsste ihn auf die Wange – die er am Abend nicht waschen würde – küsste Wichtchen auf die Stirn und stand auf.
»Ich bin dann mal weg.«
»Und was ist mit deinem Tee?«, fragte Verbist verzweifelt.
»Ich trinke normalerweise keinen Tee, nur bei Leuten, die ich gut kenne.«
»Aber du kennst mich doch gar nicht?«, erwiderte Verbist gespielt gleichgültig.
»Vielleicht will ich dich ja kennenlernen.«
Sie stand auf und ging hinaus.
Du hast vergessen, dich mit ihr zu verabreden!
Verbist sprang auf, aber noch bevor er die Tür erreicht hatte, ging sie schon wieder auf. Chris lachte, und Verbist hielt mitten in der Bewegung inne. Starr stand er da, wie die Skulptur eines griechischen Diskuswerfers, nur weniger athletisch gebaut.
»Hier«, sagte sie, »ehe ich es vergesse.«
Sie winkte mit seinem Portemonnaie, und während er es schweigend annahm, sah Chris ihn eindringlich an.
»Wo hast du es gefunden?«
»Im Treppenhaus.«
»Danke, ich habe gar nicht bemerkt, dass ich es verloren hatte.«
Sie blieb stehen, und Verbist zögerte.
»Jetzt guck schon nach, ob alles noch drin ist«, sagte Chris schließlich aufmunternd. »Du brauchst dich nicht zu schämen.«

Unsicher öffnete er sein Portemonnaie.
»Es war kein Geld drin«, sagte sie gelassen.
»Nein, nur ein bisschen Kleingeld, ich stecke mein Geld nie ins Portemonnaie.«
Mit einer raschen Bewegung zauberte Chris einen Hunderterschein hervor. Sie hielt ihn mit dem Ärmelstoff ihres weiten Pullovers fest. Dann wedelte sie mit dem Schein in der Luft herum, spürte Verbists Vorbehalte und sagte: »Nimm's ruhig.«
Verbist stand vor einem Dilemma.
Außer den Kassenobligationen seiner Großmutter – seinem Vermögen – besaß er keinen roten Heller. Momentan lebte er von dem Bargeld, das er noch rasch aus dem Bankautomaten geholt hatte, ehe es zu spät war.
Chris versuchte, ihm den Geldschein in die Hand zu drücken, aber er ballte stur die Faust zusammen.
»Komm schon, Herman, für Willeke. Ich habe eben zweihundert Euro von meinem Großvater bekommen.«
»Ich dachte, er ist nicht zu Hause?«
»Nein, aber gestern war er da«, antwortete sie ironisch. »Ich brauche nur die Hand auszustrecken, schon ist sie voller Geld. Nimm's ruhig.«
Schließlich nahm er den Geldschein an, doch sie zupfte ihn wieder aus seinen Fingern.
»Zu spät!«
Während sie sich kokett umdrehte und in Richtung Treppe ging, blickte ihr Verbist noch eine ganze Weile nach.
Herman.
Wie kommt sie bloß auf meinen Namen?
Hastig klappte er das Portemonnaie auf, in dem auf den ersten Blick nichts fehlte. Alles da, das Kleingeld, sein Per-

sonalausweis und eine Ansammlung abgegriffener Quittungen und Visitenkarten.

Der Ausweis, natürlich, daher wusste sie, wie ich heiße. Aber es steht noch meine alte Adresse darauf. Das Foto, genau! Sie hat überall geklingelt, bis sie mich gefunden hatte. Aber warum hat sie sich so viel Mühe gegeben? Vielleicht steht sie auf mich.

Er musterte das vergilbte und veraltete Foto. Seine Augen standen etwas zu weit auseinander, und seine Haut war von Schuppenflechte gezeichnet, damals schon. Außerdem sah seine Nase auf dem Bild noch spitzer aus, als sie von Natur aus ohnehin war.

Er riss die Tür auf.

»Wann sehe ich dich wieder?«

»Bald!«, hallte ihre Antwort durchs Treppenhaus.

Sein Herz setzte ein paar Schläge aus.

Inzwischen stellte Wichtchen seine Fähigkeiten als frischgebackener Vater auf die Probe, denn sie hatte laut zu schreien angefangen. Er schloss die Tür und machte ihr eilig ein Fläschchen, ließ ein paar Tropfen auf sein Handgelenk fallen, brachte die Milch unter dem Wasserhahn auf die richtige Temperatur und steckte den Sauger zwischen ihre hungrigen Lippen. Sie seufzte zufrieden und trank in tiefen Zügen. Das Leben lachte ihrem strahlenden Vati zu. Nun musste er nur noch einige praktische Problemchen lösen, und dann …

»Vati hat für Wichtchen eine Mama gefunden«, erklärte er ihr feierlich. »Vati und Mama sind nicht im gleichen Alter, aber das macht nichts. Mamas sind früher reif als Vatis, das weiß jeder. Und jeder weiß auch, dass Kinder viel glücklicher aufwachsen, wenn sie eine Mama und einen

Vati haben. Über das Geld müssen wir uns ein wenig Gedanken machen, aber wenn Vatis Gedichtsammlung demnächst fertig ist, werden wir mehr als genug haben. Dann kaufen wir für Juul, unseren angeheirateten Großvater, eine weiße Taube, eine Friedenstaube. Vati kümmert sich um alles.«

»Vati« – das Wort erhielt eine neue Dimension, einen volleren Klang.

»Wie findest du übrigens deine neue Mami?«

Wichtchen spuckte. Er klopfte ihr auf den Rücken, murmelte tröstende Worte und legte sie in den Korb, wo sie einschlummerte.

»Was für ein Prachtstück von einem Baby«, schmunzelte Verbist und wollte zur Toilette eilen.

Plötzlich blieb er wie angewurzelt stehen.

»Juul!«, hallte es in seinem Kopf wider. »Juul!«

Er eilte zur Fensterbank und klappte mit zitternden Fingern den kleinen Pappkarton auf.

Die Friedenstaube lag auf dem Rücken, die schwarzen Äuglein aufgerissen und kalt.

Herman Verbist fühlte einen Stich im Herzen. Ratlos blickte er von rechts nach links und schlug die Hände vor das Gesicht. Er rieb sich mit den Handballen die Augen trocken, und als er zwischen den gespreizten Fingern hindurchspähte, sah er, dass der Schnabel der Taube auf- und zuklappte. Er stolperte in die Küche, ließ das erste Glas fallen, füllte ein zweites mit Wasser und eilte zurück ins Wohnzimmer.

Mit dem Zeigefinger hob er vorsichtig das schlaff herunterhängende Köpfchen an. Er tauchte einen Finger in das Glas und ließ die Flüssigkeit in den Schnabel tropfen. Als der

Vogel die Flügel bewegte und schwach piepste, spürte Verbist einen Kloß im Hals.
Er zitterte am ganzen Körper.
Fünf Minuten später saß er, geistesabwesend ins Leere starrend, auf der Toilette. Reglos, als stelle er seine Stacheln auf, so dass ihn niemand berühren konnte.
Bilder aus seiner Vergangenheit tauchten auf und verschwanden wieder.
Ungreifbar.
Er zog seine Hose hoch, mit einem Seufzer, als sei sie aus Blei, und kehrte ins Wohnzimmer zurück, wo er die Tassen abräumte und in die Küche trug.
Als er Chrissies Tasse ausleeren wollte, besann er sich, steckte die Zunge in die Pfütze lauwarmen Tee, beschnüffelte den Tassenrand, leckte an den Lippenstiftspuren und griff nach der harten Ausbeulung in seiner Hose.
Während er schmatzend den Tee austrank, befriedigte er sich wild und heftig, bis sein Kopf hämmerte und er statt Lust nur noch Schmerzen verspürte.

MITTWOCH, 26. NOVEMBER – 10 UHR 45

Im Präsidium von Mechelen liefen die Beamten hektisch hierhin und dorthin, emsig wie ein summender Bienenschwarm.
Während sich François Morret das schmerzende Knie rieb, blieben seine unruhigen dunklen Augen an dem Fahndungsplakat hängen, das an der Wand hing. Der unglückliche Radfahrer kniff die Augen zu Schlitzen zusammen und atmete tief ein.

»Das ist er!«, rief der Mann mit den kurzen Locken und wurde aschfahl.
»Häh?«, machte der Polizist, der gerade verzweifelt das »A« auf der Tastatur suchte.
»Das ist er!« Morrets Unterlippe zitterte vor Wut.
Der Polizeibeamte folgte dem ausgestreckten Zeigefinger, der auf das Fahndungsfoto von Herman Verbist wies, dem flüchtigen Mörder und Entführer, der momentan ganz Mechelen und halb Belgien in Atem hielt.
O nein, nicht schon wieder! Hoffentlich ist dieser alte Nörgler nicht der Hundertste, der Herman Verbist heute gesehen hat!
Er blickte mutlos die verhasste Tastatur an und fragte: »Was wollen Sie damit sagen?«
»Das ist der Mistkerl, der mich angefahren hat!«, schimpfte der Radfahrer im Brustton der Überzeugung.
Der Polizist schloss die Augen und blickte auf seine Armbanduhr, warf einen entnervten Blick auf die unbearbeiteten Anzeigen und murmelte einen verhaltenen Fluch.
Gerade eben war eine weitere wichtige Zeugenaussage hereingekommen. Ein DVD-Verleiher aus einem Vorort von Mechelen behauptete, Verbist habe zwei Jahre lang ein Abonnement bei ihm gehabt und sich stets brutale Actionfilme ausgeliehen, manchmal vier, fünf pro Woche. Der Mann konnte jeden Moment eintreffen, mit einem Ausdruck von Verbists Kundenkartei inklusive der ausgeliehenen Titel.
Der Polizist wählte die Nummer der Kriminaltechnik. Besetzt.
»Und, wie sieht's aus? Wollen Sie meine Anzeige aufnehmen oder nicht?«, brummte Morret. »Oder soll ich den Typen vielleicht auf eigene Faust suchen?«

Der Polizist wedelte nervös mit einer Hand.
»Hallo?«
Er hielt die Hand vor den Hörer, und die Adern an seinen Schläfen schwollen an.
»Noch einen Augenblick Geduld, Mijnheer Morret.«
»Geduld, Geduld! Ich sitze jetzt schon seit zwei Stunden in diesem Affenstall! Sie haben ja meine Adresse, rufen Sie mich an, wenn Sie etwas von mir wollen.«
»Hallo?«
»Jaja, ich warte!«
»Ja, aber ich habe schließlich auch nur zwei Hände!«
»Verdammt noch mal! Saustall!«

MITTWOCH, 26. NOVEMBER – 14 UHR 45

In der muffigen Dachkammer, in der Ricardo alias Herman Verbist seine Pläne geschmiedet hatte, standen Nadia Mendonck und Dirk Deleu vor dem summenden PC. Sie waren fest entschlossen, online einen von Ricardos Freunden oder Freundinnen aus der Reserve zu locken. Sämtliche Kontaktpersonen und Internetfreunde von Verbist waren überprüft worden, aber auch das hatte bisher keine brauchbaren Informationen erbracht. Die meisten dieser Kontakte bedienten sich nämlich einer anonymen Mail-Adresse, über die persönliche Daten nicht zu recherchieren waren. Spezialisten der EDV-Sondereinheit hatten die Festplatte kopiert. Sie hatten Hunderte von Dateien in diversen Verzeichnissen durchforstet – E-Mails, Gedichte, pornographisches Material, Gesprächsaufzeichnungen. Ungeordnete Daten. Das Einzige, was sie herausgefunden

hatten, waren Informationen über die Persönlichkeit, die sich Verbist als Alias konstruiert hatte. Ricardo war Italiener, Single, attraktiv, aber unglücklich, und Ricardo war auf der Suche nach der wahren Jakobäa, egal wo. Nach der einzig Wahren, seiner Seelenverwandten. Es war der reinste Wahnsinn, wie viele Frauen auf diesen Trick hereingefallen waren. Ricardo war *hot stuff* im Netz.
Nadia Mendonck, alias »Ricardo«, versetzte ihrem Kollegen einen kleinen Schubs, nahm am Computer Platz und klickte das ICQ-Icon an.

Der Name »Sensuela« leuchtete blau, was bedeutete, dass der User online war. Nadia hielt den Atem an, als sie ihre erste Nachricht verschickte.

RICARDO Hi, Sensuela, wie geht's, wie steht's? ☺

Keine Antwort.

RICARDO Hi, Sensuela, was treibst du so? ☺ Lust zu chatten? Über ...;-)

SENSUELA Sorry, Ricardo ... heute keine Gedichte ... bin gerade SEEEEHR beschäftigt :-) Heiß, heißer ... ich dachte, dich gäb's gar nicht mehr ... bye ... auf ein andermal ...

Nadia Mendonck klickte auf »view userprofile«. Nur zwei Felder waren ausgefüllt.
»Wohnort:« Oostende/»Tel.:« wie witzig! ☺
Nadia zuckte die Achseln. Inzwischen war ein zweiter

Name blau eingefärbt. Sie klickte auf »Kussmündchen« und sendete die gleiche Nachricht noch einmal.

RICARDO Hi, Kussmündchen, was treibst du so? ☺ Lust zu chatten? Über …;-)

Zwei Minuten lang geschah nichts. Gerade, als Nadia Mendonck eine zweite Nachricht losschicken wollte, blinkte am unteren Bildschirmrand ein kleiner gelber Briefumschlag.

KUSSMÜNDCHEN Ricardo … ti amo … solo tu … xxxxx

RICARDO ☺ xxxxx Wie geht's dir, Schatz?

KUSSMÜNDCHEN Hihihi … dachte schon, du wärst von der Bildfläche verschwunden.

RICARDO Lust zu chatten?

KUSSMÜNDCHEN Och, schade, bin leider gerade sehr beschäftigt … Und in einer Viertelstunde muss ich die Kinder abholen … ☹☹;-)

RICARDO Beschäftigt? Mit wem denn????

KUSSMÜNDCHEN Hihihi … mit Apache, einem Freund von dir … hab ihm von uns erzählt ;-) hmmm … *hotttt stuffff* … Bis ganz … xxxxxxxxxxxx bald ☺

RICARDO Wo wohnt er denn??

KUSSMÜNDCHEN Mechelen glaub ich ... sieht phantastisch aus ... hahaha ... Ich mag deine Freunde, Ricky ... sorry, bin weg. Die Kinder ... Bis bald xxxxx

Prompt färbte sich der Name »Kussmündchen« rot.
Nadia Mendonck fluchte und strich sich nervös durch die Haare. Sie öffnete Kussmündchens Profil. Es war leer, bis auf ein einziges Feld. Unter »Hobbys« stand »Cybersex«.
»Völliger Blödsinn«, kommentierte Bosmans, als er sich über ihre Fortschritte informierte. »Absolut wertlos.«
Nadia ignorierte seine Bemerkung. Blitzschnell legte sie selbst ein Profil an und gab sich den Namen »Blondie«. In ihrem Profil füllte sie ebenfalls nur ein Feld aus – bei Hobbys schrieb sie »Cybersex«.
Deleu grinste, und Bosmans schüttelte ungläubig den Kopf. Nadia suchte die Daten von Apache in der ICQ-Datenbank und sendete einen *request for authorization.*

Hi ... stud... wanna (cyber)chat ☺☺?

Die Antwort ließ nicht lange auf sich warten:

☺☺☺☺☺☺☺ hmmmm ... busy, but ... ☺

Die Verbindung war hergestellt. Nadia fasste Deleu am Handgelenk, grub ihre Fingernägel tief in seine Haut und zitterte fast vor Anspannung.

APACHE Hiya, goodlooking!

BLONDIE Sprich Flämisch – du Hengst!

APACHE Mit wem habe ich die Ehre und das Vergnügen?

BLONDIE Mit mir ☺☺;-)

APACHE Ach so, und wer ist »mir«?

BLONDIE Eine … hmmm … Bekannte von Ricardo und hmmmm … Kussmündchen … *grins*

APACHE Huch … wie unartig! Mit ihr mache ich gerade … du weißt schon ☺

BLONDIE Ich weiß ;-) ;-) ;-) Tja, wenn du nur eine schaffst … ok … ☺☺ Tschüüüs!

APACHE Haalt – ich schaffe mindestens zehn! ☺

BLONDIE Hast du in letzter Zeit etwas von Ricardo gehört?

APACHE Wieso, hast du was mit ihm?

BLONDIE Wie man's nimmt ;-)

APACHE Better try me, Schnucki …☺☺☺

BLONDIE Hast du ein Bild von dir?

APACHE Na klar ... Woher hast du eigentlich meine ICQ-Nummer, Süße?

BLONDIE ICQ-Verzeichnis und Anzeige auf Dating-Site.

APACHE Welcher?

Nadia biss sich auf den Daumennagel und sah Deleu an, der ebenfalls ein ratloses Gesicht machte.

BLONDIE Weiß ich nicht mehr. Aber wir haben beide dieselben (unkonventionellen) Interessen. ROTFLMAO

»Was ist ROTFLMAO?«, flüsterte Deleu, als könne der Mann ihn hören.
»Rolling over the floor laughing my ass off«, antwortete Nadia grinsend.
»Ich dachte, du würdest nicht mehr chatten?«, fragte Deleu.

»File request«

»Was ist das?«, brummte Bosmans.
»Er schickt ein Foto«, antwortete Nadia mit vor Spannung glänzenden Augen.
Sie öffnete die JPEG-Datei, und auf dem Bildschirm erschien ein athletisch gebauter Mann mit halblangen Haaren und einer großen, etwas schief stehenden Nase.

APACHE Und? Kann ich jetzt eins von dir haben?

BLONDIE Siehst ganz gut aus. Aber ich verschicke keine Bilder an Fremde. Lass uns ein Blind Date ausmachen.

APACHE Wow! Wie viel wiegst du, Blondie?

»Pf, Männer, immer dasselbe«, fauchte Nadia.
Bosmans schnaufte, und sein Blick wurde traurig. *So einfach geht das heutzutage.* Seine Tochter Eva hatte seit der Trennung von ihrem Mann zehn Kilo abgenommen.
Deleu sah den Blick seines Chefs und nickte ihm aufmunternd zu, schwieg aber. Er schaute auf die Uhr. Kurz vor drei. Um sechs war er mit seinem Sohn im »Cirque« am Fischmarkt verabredet.

BLONDIE 55 – netto ☺

APACHE Hmm … klingt appetitlich … wann und wo?

BLONDIE Mal überlegen …

APACHE Bist du verheiratet?

BLONDIE Offiziell schon *smile* Und du????

APACHE Klar … Ruf mich an: 0486–85 06 31 (tagsüber natürlich ;-) ☺☺

»Ha!«, rief Deleu. »Der Handyanbieter – Orange!«

»Woher weißt du das?«, fragte Bosmans atemlos und rieb sich mit dem Taschentuch die Stirn trocken.
»Die ersten vier Zahlen!«, antwortete Deleu vor Aufregung stotternd, während er bereits die Nummer des Orange-Kundenservices wählte.

BLONDIE Jetzt gleich?

APACHE Wie wär's mit heute Nachmittag, 16.00 Uhr – allein und geil ... ☺

BLONDIE ☺☺

Nadia Mendock sah Bosmans fragend an, während sie die Emoticons eingab.
»Wir holen ihn aus seinem Nest«, murmelte Bosmans in Gedanken versunken. »Heute noch.«
»Also soll ich was ausmachen?«
»Ja, aber so spät, dass uns genügend Zeit bleibt.«

BLONDIE O.K. – heute, aber um 19.00 Uhr ... sei pünktlich! De Gouden Vis, Mechelen ☺☺

Bosmans nickte.
»Handy registriert auf Peter Vercammen, Nowélei 956, Vilvoorde«, sagte Deleu heiser.

APACHE Hey, warte – siehst du gut aus?

Nadia loggte sich aus.
»Mechelen, ha!«, giftete Bosmans. »Da könnt ihr mal

sehen, alles erstunken und erlogen! Los, kommt, wir schnappen ihn uns!«
»Aber ich wollte mich mit meinem Sohn treffen, heute Abend um …«
Bosmans seufzte.
»Schon gut, Dirk. Dann mach dich mal auf den Weg. Und sage ihm, er soll Barbara von mir grüßen.«
Bosmans drehte sich um und ging, gefolgt von einer selbstzufriedenen Nadia Mendonck, zur Tür.

MITTWOCH, 26. NOVEMBER – 14 UHR 59

Mit dem zappelnden Baby auf dem Arm und der Pappschachtel in der Hand schellte Verbist bei seinem Nachbarn im Erdgeschoss. Er musste fünf Minuten warten, bevor die Tür geöffnet wurde.
»Chris ist nicht zu Hause«, lallte Juul Haezevoets mit schwerer Zunge. »Versuch es so in drei Wochen noch mal.«
Langsam drehte sich der alte Mann um.
»Eigentlich wollte ich zu Ihnen.«
Haezevoets warf einen Blick über die Schulter zurück.
»Zu mir?«
»Ja, ich habe etwas für Sie.«
»Für mich?« Die wässrigen blauen Augen des alten Mannes leuchteten auf. »Komm rein.«
Im Wohnzimmer saß ein zweiter alter Herr, dessen Kleidung so vor Schmutz starrte, dass sie an ihm zu kleben schien. Er nippte an seinem Glas und würdigte den Besuch keines Blickes.

»Darf ich vorstellen: Marcel«, sagte Juul, »war früher bei der Stadt.«
»Ich war nicht nur da, ich habe da auch gearbeitet!« Der Alte lachte, dass man sein ruiniertes Gebiss sah.
Keiner der Männer beachtete Wichtchen, die doch trotz ihrer Beule an der Stirn ein so wunderhübsches Baby war.
Verbist fühlte sich unbehaglich. Die beiden alten Herrn kommunizierten ohne Worte. Ab und zu ein »hmmm« oder ein »grhhh« genügte ihnen. Dennoch schienen sie sich gut zu verstehen, ja, es herrschte ein perfektes Einvernehmen zwischen den beiden. So etwas hatte Verbist nie gekannt, einen wahren Freund, ein enges Band.
»Das ist ein Freund von unserem Chris«, erklärte Juul.
Marcel hörte auf, Geräusche von sich zu geben, und bohrte ausgiebig in der Nase. Träge hob er den Kopf, betrachtete Verbist und das Baby von schräg unten und bemerkte: »Aha, ein Freund von Chris, und schon einen strammen Sohn.«
»Eine Tochter«, verbesserte Verbist, dessen Augenlider jetzt rhythmisch zuckten.
Marcel schneuzte sich lautstark und rieb sich mit dem schmuddeligen Taschentuch über die Stirn. Anschließend räusperte er sich und spuckte in den Stoff. Dann faltete er das Taschentuch zusammen und winkte damit Wichtchen zu, die prompt danach grapschte.
Verbist zog die Hände seiner Tochter weg. Marcel gab auf und trank einen tiefen Zug von seinem Jenever.
»Du bist also ein Bekannter von Chris?«, fragte er.
»Nicht direkt, aber ich kenne Chrissie, seine …«
»Chris, Juuls Sohn, ist Anästhesist im Krankenhaus, gute Stellung«, unterbrach der Alte Verbist. »Und was machen Sie beruflich?«

»Ich arbeite bei einer Bank.«
»Auch eine gute Arbeit.«
»Ich kenne Juuls Enkelin Chris«, sagte Verbist hastig, aber Marcel, der die ganze Zeit nur die Pappschachtel anstarrte, schien gar nicht richtig hinzuhören.
»Er hat keine Enkelin und auch keinen Enkel. Juul ist ganz allein, er hat nur seine Freunde, stimmt's?«
Sein erwartungsvoller, stumpfsinniger Blick verursachte Verbist eine Gänsehaut.
»Willst du noch einen, Juul?« Marcel hob die Flasche und schielte nach Verbist, der neben ihm saß wie ein Kommunionkind. »Was ist denn in der Schachtel drin?«
»Sterben müssen wir alle«, murmelte Juul.
Marcel füllte die Gläser.
»Noch was?«
»Nein, ich habe schon genug intus.«
»Du musst es wissen.«
Marcel rollte sich eine Zigarette, dick wie ein Ofenrohr. *Hoffentlich bläst er den Rauch nicht in unsere Richtung. Soll ich ihm sagen, dass ich das nicht möchte?*
»Also, Juul, Prost, und auf dass wir noch lange so weitermachen. Das nächste Mal bei mir.«
»Suffkopp«, murmelte Juul.
»Weißt du noch, Juul, wie meine bessere Hälfte meine Flasche immer unter dem Spülbecken versteckt hat, neben dem Essig? Und wie du damals im Tran die Flasche Essig fast leer getrunken hast? Kannst du dich noch daran erinnern?«
Juul antwortete nicht. Juul konnte sich an nichts mehr erinnern.
Verbist tat der alte Mann leid. *Alte Leute. Entweder sie sind*

hilflos oder ewig voll bis zum Stehkragen oder ganz verhutzelt von Krankheit und Not, aber ach, so rührend, so lieb, fast wie kleine Kinder. Verbists Miene wurde weicher, und er unterdrückte die aufsteigenden Tränen. *Einen Großvater wie Juul oder meinetwegen sogar Marcel habe ich nie gekannt. Schlimmer noch: Auch Wichtchen wird nie so einen Großvater haben.*

»Weißt du noch, Juul, wie meine bessere Hälfte …« Marcel riss seinen Saufkumpan mit den sinnlosen Wiederholungen aus dessen melancholischer Grübelei.

»Was für eine Hälfte?«, brabbelte Juul.

»Na, meine bessere Hälfte.«

»Was soll das denn heißen?«

»Na, meine Freundin, die Trees.«

»Tees?«, lallte Juul, der Probleme hatte, das »r« auszusprechen.

»Ja, die Trees, die mit dem dicken Hintern, weißt du nicht mehr?«

»Nein«, erwiderte Juul mürrisch, »das weiß ich nicht mehr.«

»Aha, Mijnheer ist kurz angebunden. Mijnheer ist wohl eingeschnappt. Mijnheer ist wohl eifersüchtig, weil ich zwei Weiber im Bett gehabt habe und er nur eine.«

»Zwei hast du gehabt, aber keine konntest du halten«, erwiderte Juul überraschend helle. »Alter Dummkopf.«

»Was soll das heißen, alter Dummkopf?«

»Wie ich gesagt habe! Du hast wohl schon vergessen, wer dir die Stelle bei der Stadt verschafft hat, nachdem man dich fünf Mal hintereinander auf die Straße gesetzt hatte.«

»Juul ist ein bisschen betrunken, hören Sie nicht auf ihn«, mischte sich Verbist ein, in dem Versuch, den Streit zu schlichten.

Die beiden alten Männer wandten sich jetzt wütend dem neuen Quell des Ärgernisses zu.
»Halt du bloß die Klappe, Rotznase, das geht dich gar nichts an!«, polterte Marcel.
»Marcel hat recht, wenn du Streit suchst, fliegst du raus!«
Verbist wurde mulmig, und er stellte die Schachtel auf den Tisch.
»Hier, ein Geschenk für Sie.«
Juul schaute in die Schachtel, ballte die Faust und holte weit aus. Die Federn stoben in alle Richtungen.
»Ich lasse mich nicht bestechen, ich habe von keinem Bauern im Krieg Gemüse angenommen, von keinem!«
Drohend stand er auf.
Verbist eilte zur Tür, Verwirrung und panische Angst in den Augen.
Eine schallende Lachsalve war das Letzte, was er hörte. Er zitterte und musste sich am Treppengeländer festhalten. Wichtchen zappelte und weinte. Verbist blickte das Baby an, schien es aber nicht zu sehen. Sein Blick war unendlich traurig.
Die arme Taube. Es ist meine Schuld. Das Tierchen hat keinem etwas zuleide getan, und jetzt liegt es tot in dieser dreckigen Wohnung.
Herman Verbist griff sich mit schmerzverzerrtem Gesicht in den Nacken.
Nackenkrämpfe, ein schlechtes Zeichen. Bin in letzter Zeit ziemlich nervös. Sehe überall Gefahren, an jeder Straßenecke, jedem Zeitungskiosk, im Supermarkt, überall. Ich habe keine Freunde. Bin nervös.
Zurück in seiner Wohnung versuchte er, den Vorfall zu verdrängen. Er schaltete den Fernseher ein und starrte auf den

flimmernden Bildschirm. Wichtchen kreischte wie am Spieß, und ihr Ersatzpapa sank vor Kummer in sich zusammen.

»Eine Mama. Die brauchen wir, mein Schatz. Eine liebe Mama, die weiß, wo das Küchenpapier liegt.«

Verbists Lachen wirkte offenbar ansteckend, denn das Baby hörte auf zu weinen und sah ihn mit großen Augen an.

»Chris zum Beispiel.«

Wichtchen lutschte am Daumen.

»Ach, nein, die werden wir wohl nie wiedersehen. Welches junge Mädchen hat schon in irgendeiner Form Interesse an einem alten Sack mit Kind, selbst wenn sich der alte Sack ganz gut gehalten hat und das Kind wunderhübsch ist, mit blauen, verweinten Augen, runden, roten Bäckchen und einer süßen Locke im Haar?«

Er streichelte die Locke.

»Du bist zum Stehlen hübsch. Ich muss dafür sorgen, dass dich später mal niemand mitnimmt. Ich meine, du bist so schön, fast schon sinnlich. So ein Kind wie du, das lockt man mit einer Süßigkeit an. Jeder x-beliebige perverse Lustmörder kann so eine Kleine mit einem billigen Trick reinlegen. Und auf dich werden sie scharf sein. Unter Hunderttausenden potenzieller Opfer werden sie ihre perversen Blicke ausgerechnet auf mein Wichtchen werfen. Ja, das wird dir passieren. Ich darf gar nicht daran denken! Sobald du laufen kannst, muss ich dir ans Herz legen, dass du mit niemandem mitgehen darfst. Nicht einmal mit einer Frau. Ja, sobald du laufen kannst, Wichtchen, müssen wir ernsthaft mit deiner Erziehung beginnen«, sagte Verbist und schob damit wie gewöhnlich die Probleme vor sich her.

Er fasste Wichtchen unter den Achseln, hob sie hoch und hielt sie horizontal. Sie machte sich steif wie ein Brett.
Was für eine Körperbeherrschung!
Verbist ließ das Baby auf- und niederschweben und rief: *»Superwoman, here comes superwoman! Superwoman, here she comes again!«*
Hoch und runter, hoch und runter.
Sobald ihre Füße den Boden berührten, streckte sie die Beine und lachte aus vollem Hals. Kerzengerade stand sie da und glühte förmlich vor Stolz.
Verbist strahlte.
Wichtchen kann stehen. Sie kann alleine stehen! Es dauert nicht mehr lange, und sie fängt an zu laufen. Nein, sie darf noch nicht laufen, sie würde mir davonlaufen. Das will ich nicht. Jetzt noch nicht.
Verbist lutschte am Daumen und legte das Baby auf den Bauch. Es strampelte und weinte.
»Was für eine Stimme in dem winzigen Körperchen! Stehen ist okay, Bauchlage ist unbeliebt, Rückenlage auch. Hmmm …«
Hunger!
Verbist hob den Zeigefinger, setzte Wichtchen in ihren Hochstuhl, schob diesen an den Tisch und suchte sich in der Küche etwas zu essen zusammen.
Wichtchen trommelte wild mit beiden Fäusten auf die Tischplatte.
Während er versuchte, der Kleinen begreiflich zu machen, dass Vati essen musste, weil er sonst sterben würde und Wichtchen dann ganz allein wäre, bestrich er ein Brot mit Margarine und Schokocreme.
Sie versteht es nicht, oder vielleicht ist es ihr egal, genau wie

diesen braven Bürgern, denen es gleichgültig ist, ob mein Kindchen und ich verkümmern!
Er nahm sie auf den Schoß, und schon war sie ruhig. Das funktionierte immer, diesmal genau sechs Sekunden lang. Er biss in sein Brot, doch noch bevor er zu kauen anfangen konnte, hatte Wichtchen auch schon seine Tasse Kakao umgeworfen.
Die braune Flüssigkeit troff von seiner Hose und ihrem Schlafanzug. Sie lachte begeistert.
Ist das süß! Gott, ich danke dir.
Verbist zog lustige Grimassen, was bei seinem länglichen Gesicht nicht schwer war. Wichtchen sah ihn schelmisch an. Immer, wenn er sich zu ihr beugte, kicherte sie hellauf und planschte mit den Händchen im Kakao herum. Er machte es ihr nach, legte den Kopf schief und biss ihr in den Hals.
Der spitzbübische Blick in ihren Augen schlug um in Erstaunen, aber als sie spürte, dass er es scherzhaft meinte, kehrten die Grübchen in ihren Wangen zurück. Sie spitzte die Lippen und stieß schrille Schreie aus.
Verbist ahmte ein Motorengeräusch nach – genauer: eine Kettensäge – und tat wieder so, als wolle er sie beißen. Sie quietschte vor Vergnügen, und jedes Mal, wenn er sich ihr näherte, spürte er, wie sie erstarrte. Sie zitterte vor Aufregung. Ekstatisch. Kinderglück.
In Zukunft spende ich regelmäßig für arme Kinder. Kinderglück ist das Schönste auf der Welt. Echtes, selbstloses Lachen, das ist nur Kindern gegeben.
Herman Verbist ertappte sich dabei, dass er religiöse Gedanken hegte. Das war schon lange nicht mehr vorgekommen.

Heute, an diesem schönen Tag, danke ich dir, Gott, dass ich das erleben darf. Dabei möchte ich dich auch gleich um Verzeihung bitten, dass ich dich so lange geleugnet habe. Ab heute glaube ich wieder an dich. Ich verzeihe dir, und ich hoffe, du verzeihst auch mir.

Nach fünf Minuten hatte Wichtchen keine Lust mehr und schlug kreischend um sich. Ehe ihr Vati begriff, was geschah, hatten sich ihre Fingerchen in seinen Haaren verkrallt. Sie ließ nicht los, so dass ihm schon die Tränen in die Augen traten, aber er ertrug die Schmerzen mannhaft, weil er Angst hatte, ihr die Finger zu brechen, wenn er sie löste. Als die Folter endlich vorbei war, winkte sie lachend mit einem Haarbüschel.

Meine Haare! Ach, Läuterung kann unser Band nur verstärken.

Während sich Verbist mit einer Hand die schmerzende Stelle rieb und mit der anderen zu verhindern versuchte, dass Wichtchen herunterfiel, steckte sie blitzschnell – wie Sharon Stone in *Schneller als der Tod* – das Haarbüschel in den Mund.

Was nun?

Herman Verbist zwängte ihr die Finger zwischen die fest zusammengepressten Lippen, fühlte aber nichts, jedenfalls nichts, was sich wie menschliche Haare anfühlte.

Als er ihr Zäpfchen berührte, erbrach sie sich und rang verzweifelt nach Luft. Verbist sprang auf, drehte eine Pirouette und glitt in dem Erbrochenen aus, konnte sich jedoch gerade noch an einer Tischecke festhalten. Er zog die Tischdecke mit allem, was darauf war, in seinem Fall mit sich, rappelte sich auf und rannte mit dem Baby im Arm aus der Wohnung.

Wichtchen lachte aus vollem Hals – wieder ein neues Spiel –, öffnete die andere Hand und zeigte stolz das Haarbüschel.
Wichtchen ist eine kleine Hexe.
Verbist versetzte ihr einige spielerische Klapse auf den Po, ging wieder hinein, hob sein Butterbrot vom dreckigen Boden auf und setzte sich Wichtchen zwischen die Beine. Doch noch bevor er den ersten Bissen gegessen hatte, fuchtelte ihm Wichtchen auf einmal mit dem großen Brotmesser gefährlich vor dem Gesicht herum. Er verschluckte sich, hustete, sah nur noch verschwommen und griff angsterfüllt zu. Die scharfe Klinge fuhr durch seine Handfläche. Dicke Blutstropfen fielen rhythmisch auf die verschossene Tischdecke, wo sie bräunliche Flecken bildeten. Wichtchen sah fasziniert zu. Verbist ebenfalls. Er rührte sich nicht, klapperte nur mit den Zähnen.
Es war eine Szene wie aus einem Horrorfilm: Wichtchens Schlafanzug, die alte Tischdecke, das Brot, sein T-Shirt, alles war voller Blut!
Mein Blut. Ich habe mein Blut für mein Kind vergossen. Gleich muss ich wieder weinen. Siehst du jetzt, dass ich nicht schlecht bin? Siehst du es jetzt? Du musst nicht alle meine Taten gutheißen, wahrhaftig nicht. Aber gute Geister sehen doch sowieso nur gute Dinge. Jahrelang, Oma, jahrelang habe ich um ein Zeichen gefleht. Jeden Morgen, wenn ich mit dem Zug nach Brüssel gependelt bin, habe ich in der vorbeihuschenden Landschaft nach einem Zeichen Ausschau gehalten. Sogar in den Schaufenstern der Nutten zwischen Schaarbeek und Nordbahnhof habe ich nach einem Zeichen gesucht, egal was für einem.
Von seinen Gefühlen überwältigt brach Verbist in Tränen

aus. Erst kürzlich war das Grab seiner Großmutter geräumt worden.
Ich würde viel für ein Andenken geben, und wenn es nur ein Fingerknöchel wäre. Ich frage mich immer wieder, wo deine Knochen geblieben sind. Knochen verwesen doch nicht so schnell. Die heben die Gruben mit Bulldozern aus und werfen alles auf einen Haufen.
Ein grauenvoller Gedanke!
»Die guten Menschen werden mit den schlechten vermischt. Nicht einmal das Foto auf ihrem Grabstein, das ich jahrelang betrachtet habe, konnte ich wiederfinden. Ich bin zu spät gekommen. Es war nicht mehr da. Nichts war mehr da. Kein Grabstein, kein Fingerknöchel, keine Seele, nichts, nur eine tiefe Grube.«
Wichtchen war bei seinem Monolog verstummt, und Verbist sah sie hilflos an.
Diese unkontrollierten Weinkrämpfe muss ich mir langsam abgewöhnen. Richtige Väter dürfen nicht weinen, jedenfalls nicht im Beisein ihrer kleinen Kinder. Heulende Väter bieten keinen Halt.
Er setzte Wichtchen wieder in ihren Stuhl, wickelte ein Küchenhandtuch um seine Hand und räumte den Dreck weg. Wichtchen protestierte lauthals.
Verbist wusste nicht mehr, was er mit ihr machen sollte, und gab ihr schließlich eine Brotkruste.
Mit ihrer typischen Behendigkeit zog sie ihm die Kruste aus den Fingern und steckte sie in den Mund.
O Gott! Was habe ich nun schon wieder angestellt? Gleich wird sie brechen, keine Luft mehr bekommen und sterben. Ich muss ihr auf den Rücken klopfen. Unten, nicht oben. Wenn man oben klopft, macht man alles noch schlimmer.

Habe ich in einem Merkblatt vom Roten Kreuz über Erste Hilfe bei Unfällen gelesen.

Das Herz klopfte ihm vor Aufregung bis zum Hals, aber es geschah nichts. Wichtchen lutschte an der Kruste herum, stieß erfreute Schreie aus und schluckte das Brot schmatzend herunter. Sie griff in die Luft, sah ihn empört an und krähte: »Aaah, aah, aka!«

Nein, ich kann beim besten Willen nicht behaupten, dass das wie »Vati« klingt. Trotzdem muss ich ihre verbalen Äußerungen ernst nehmen. Ich darf nicht einfach darüber hinweggehen.

Verbist hob seine Tochter aus dem Stuhl und versprach ihr, dass sie niemals Angst zu haben brauche, denn er sei immer für sie da. Dankbar brabbelte sie zufrieden vor sich hin.

Er legte sie auf das Sofa, und sie kämpfte gegen den Schlaf. Wie jedes Mal war es ein harter Kampf. Sie rieb sich die müden Äuglein, weigerte sich aber einzuschlafen. Doch nachdem sie einmal ihren Daumen gefunden hatte, nickte sie ein.

Herman Verbist holte einen Aschenbecher und ein Pils und setzte sich vor den PC, fest entschlossen, sich bis in sein tiefstes Inneres zu ergründen und seine Erkenntnisse so poetisch wie möglich seinen Lesern nahezubringen.

MITTWOCH, 26. NOVEMBER – 17 UHR 45

Der Mann mittleren Alters entblößte seine Zähne und polierte sie mit dem Zeigefinger. Er schnalzte mit der Zunge und sah auf die Uhr.

Viertel vor sechs.

Vergnügt rieb er die Hände und atmete ein paar Mal tief ein und aus.
»Pe...terrr!«, ertönte es von unten an der Treppe.
»Ja, Schatz?«
»Was machst du denn da?«
»Nichts, ich habe gebadet, warum?«
Er eilte zum Treppenabsatz, wo ihn seine Frau Mia erstaunt ansah.
»Mitten in der Woche?«
Der muskulöse Familienvater mit den halblangen, glatten Haaren hauchte seiner Ehefrau einen Kuss auf die Wange.
»Du riechst so gut.«
»Bis gleich!«
»Wo willst du denn hin?«, fragte Mia misstrauisch und drückte das zappelnde Baby an die Brust.
»Ich wollte mit Omer einen trinken gehen. Du brauchst heute Abend nicht auf mich zu warten. Omer hat sich bei Telenet beworben, und ich möchte ihn darüber ausfragen. Ich will mich da auch irgendwann mal ...«
»Kommt nicht in Frage. Unser kleiner Bram ist krank, und ich muss zum Arzt. Du denkst auch an gar nichts, nur an dich selbst.«
Die dicke Frau schüttelte den Kopf, und ihr Mann wurde weiß um die Nasenflügel. Er warf seine nach Zitrone duftenden Haare in den Nacken.
»Aber ...«
»Kein Aber. Muss ich hier wieder mal mit allem allein zurechtkommen? Du hast noch nichts gegessen, und die Kinder auch nicht. Ganz zu schweigen von mir.«
»Jetzt gib doch endlich Ruhe! Wer arbeitet hier nur noch halbtags?«

Mürrisch lief der Mann die Treppe hinunter und rempelte dabei seine Frau grob an.
»Peter!«
Seine Augen blitzten vor Wut, als er sich umdrehte.
»Ruf Omer an und sag ihm, dass du später kommst.«
»Das geht nicht.«
Er zögerte und log dann ungeschickt: »Er ist schon unterwegs und hat kein Handy dabei.«
»Dann ruf in der Kneipe an.«
»Ruf du doch beim Arzt an!«, grollte der Mann wütend.
Die Frau wich erschrocken zurück, fasste sich aber schnell wieder.
»Sag mal, was ist denn heute mit dir los? Hast du wieder mal schlechte Laune? Ich habe dir doch gesagt, dass Bram schwer krank ist. Oder ist dir das etwa noch nicht aufgefallen? Immer überlässt du alles mir …«
Das Schrillen der Türklingel bedeutete das vorzeitige Aus für ihren soundsovielten Ehekrach.
Beide blickten zur Tür. Der Mann ging hin und öffnete seufzend.
Er erschrak, als ihm die attraktive Blondine, die draußen stand, einen Polizeiausweis vor die Nase hielt.
»Polizei. Sind Sie Peter Vercammen?«

MITTWOCH, 26. NOVEMBER – 18 UHR 12

In der Taverne »De Cirque« am Mechelener Fischmarkt sah Deleu mit leerem Blick durch die beschlagenen Fensterscheiben. Er versuchte, die Ereignisse der vergangenen Tage zu rekonstruieren.

Bosmans hatte praktisch ganz Mechelen auf den Kopf gestellt. Bisher ohne Ergebnis. Dabei hatten sie etwa neunzig Prozent aller Vermieter auf den Zahn gefühlt.
Deleu ließ den Fall noch einmal Revue passieren. Seine Gedanken überschlugen sich. Ihre Ermittlungen waren ein Wettlauf gegen die Zeit – ein Wettlauf, den sie kaum gewinnen konnten.
Er dachte an die Vernehmung des Verkäufers am gestrigen Tag. Der junge Mann hatte behauptet, von Verbist in dem Zoofachgeschäft, in dem er arbeitete, niedergeschlagen worden zu sein. Anschließend habe sich Verbist mit einem Weidenkorb davongemacht. Doch auf der angeblichen Tatwaffe, einem hölzernen Besenstiel, waren keine brauchbaren Fingerabdrücke gefunden worden. Ständig behauptete irgendjemand, Herman Verbist irgendwo in Mechelen gesehen zu haben. Deleu schloss die Augen.
Was würde ich tun, wenn ich ein Baby entführt hätte und auf der Flucht wäre? Mit unserer Charlotte? Mein Gott. Ich würde das nicht schaffen. Aber Herman Verbist ist schlau. Er hat alles sorgfältig geplant. Er hat vermutlich die Babyausstattung von zu Hause mitgenommen. Aber wo steckt er nur?
Deleu öffnete die Augen, hustete röchelnd und rieb sich über die hämmernden Schläfen. Der Regen fiel inzwischen wie aus Eimern vom tintenschwarzen Himmel.
Alain, der Wirt des »Cirque«, der sich zu ihm gesellt hatte, rieb sich vergnügt die Hände.
»Gut, dass wir hier drin im Trockenen sitzen.«
Deleu lächelte matt und bewunderte ein Plakat mit einem stilisierten Saxophon.
»Warst du an unseren Jazzabenden schon mal hier?«, fragte Alain. »Die Musik ist wirklich klasse.«

»Nein, leider nicht, keine Zeit.«
»Du siehst ganz schön müde und fertig aus. Bist krank, oder? Woran arbeitest du denn zur Zeit?«
Deleu seufzte, antwortete aber nicht.
»Noch ein Weißbier aufs Haus?«
»Auf dich oder aufs Geschäft?«, fragte Deleu zurück.
Alain grinste, und Deleu zeigte auf das Plakat an der Wand.
»Habt ihr denn dadurch mehr Zulauf?«, fragte er und verlieh dem Gespräch damit eine andere Wendung.
Der Kneipenwirt runzelte die Stirn.
»Durch die Jazzabende, meine ich.«
»Nein, kann man nicht sagen. Das zusätzliche Publikum kommt nur wegen der Musik, die meisten sind Kenner. Allerdings ist die Musik auch wirklich erstklassig.«
»Aber du hast nichts davon. Nein, diesmal bezahle ich, und schenk du dir auch etwas ein.«
Als Alain mit zwei Gläsern Bier und einem Teller großzügig mit Selleriesalz bestreuter Käsewürfel zurückkehrte, kam Rob zur Tür herein.
Deleus neunzehnjähriger Sohn schüttelte sich wie ein Hund die Regentropfen von der Jacke und ging rasch auf seinen Vater zu.
»Hallo, Papa. Und, was gibt's Neues?«
Rob begrüßte seinen Vater mit einem kräftigen Händedruck.
»Ach, nichts Besonderes. Ich wollte dich nur mal wieder sehen. Das letzte Mal ist ja schon eine Weile her.«
»Oje, du siehst aber gar nicht gut aus!«
Deleu zog ein Taschentuch hervor und schneuzte sich lautstark die Nase. Er befühlte seine Stirn. Sie glühte.
»Wir haben uns wirklich lange nicht gesehen.«

Rob zog bedächtig einen Stuhl heran. Wenn sein Vater so anfing, stimmte meistens irgendetwas nicht.
Alain, der ideale Wirt, ließ die beiden diskret allein und setzte sich an die Bar.
»Wie geht es Mama?«
Da haben wir den Salat.
»Mir geht es gut, danke.«
Deleu blickte ihn erstaunt an. »Entschuldige bitte. Aber du weißt doch hoffentlich, was übermorgen ansteht?«
»Ja, Papa. Das weiß ich.«
Voller Unbehagen blickte Deleu zu dem Tisch rechts von ihm, wo ein junges Liebespaar ungeniert knutschte. Er fühlte sich genau so, wie er aussah: alt und verlebt.
»Wie geht's in der Schule, mein Junge?«
»In der Schule?«
»O nein! Tut mir leid. An der Uni, meine ich natürlich. Bist du schon ›getauft‹ worden?«
»Um mich zu taufen, müssen die schon früher aufstehen. Nein, es geht wirklich ganz gut. Nur der Psychologie-Prof ist ein komischer Vogel. Henk, mein bisexueller Kommilitone, hat mir erzählt, dass er sich manchmal ganz verrückte Sachen ausdenkt. Vor allem während der Examenszeit. Einmal muss er oben auf dem Schrank gesessen haben, und als ein Student vorbeikam, hat er verlangt: ›Beweise, dass ich nicht auf meinem Stuhl sitze‹.«
Rob lachte schallend. Deleu dagegen konnte es nicht lassen nachzuhaken: »Ein Bisexueller. Warum treibst du dich mit Bisexuellen rum? Du willst wohl richtig Highlife machen?«
Rob verzog empört das Gesicht, und Deleu dachte amüsiert an seine eigene Studentenzeit zurück. Er lächelte.

»Ausgerechnet Kriminologie! Du hättest es doch besser wissen müssen, bei so einem Vater wie mir.«

Rob lächelte achselzuckend und erwiderte: »Ich will später keine Familie haben. Damit hat man doch nichts als Ärger.« Doch sein Gesichtsausdruck sagte etwas anderes.

Die Retourkutsche geschah ihm recht. An Deleu nagten die Schuldgefühle. Sie schwiegen. Nur der prasselnde Regen war zu hören.

»Was halten Oma und Opa von der ganzen Sache?«

Rob dachte nach, bevor er antwortete. Schließlich konnte man nie wissen, worauf ein gewiefter Ermittler wie sein Vater hinauswollte.

»Ich finde es schrecklich. Und Mama auch.« Rob hatte einen Kloß im Hals. »Aber bei mir geht es ja noch. Ich glaube, am schlimmsten ist es für Charlotte.« Rob hob die Schultern. »Sie wird nie erleben, was ich ...«

»Bin ich dir ein guter Vater gewesen?«, fiel Deleu ihm ins Wort und blickte sich flüchtig um. Sein Sohn presste die Lippen aufeinander und schluckte.

»Ich möchte dich gern um einen Gefallen bitten, Rob. Ich weiß, es klingt ungewöhnlich ... Aber könntest du nicht noch einmal mit deiner Mutter reden? Ich würde ...«

Das Handy klingelte, und der ohnehin schon stotternde Dirk Deleu verlor vollständig den Faden. Er zögerte einen Augenblick, nahm dann aber den Anruf an. Er sagte »Hallo«, legte die Hand über das Mikrophon und flüsterte mit einem vielsagenden Blick in den Augen: »Kriminologie!«

MITTWOCH, 26. NOVEMBER – 18 UHR 50

Als Deleu keuchend, fast am Ende seiner Kräfte, in das Präsidium Mechelen stolperte, war die Vernehmung von Peter Vercammen alias Apache bereits vorbei.

Vercammen hing schlaff auf einem Stuhl, und es war den bleichen Gesichtern von Bosmans und Nadia Mendonck anzusehen, dass auch dieser Versuch erfolglos geblieben war.

»Und?«

Nadia Mendonck warf einen verächtlichen Blick auf den Internetcasanova.

»Als sein Computer samt Zubehör beschlagnahmt wurde, hat Mijnheer einen Anwalt verlangt. Seine Frau hat fast einen Herzinfarkt erlitten, als sie von seinen Eskapaden erfahren hat.«

»Und, ist etwas dabei herausgekommen?«, fragte Deleu, jedes Wort einzeln betonend.

»Sanjana ist eine junge Frau, die in Wirklichkeit Sandra heißt«, brummte Nadia. »Ihren Familiennamen weiß er nicht. Sandra, dreiundzwanzig Jahre alt. Ein Foto von ihr hat er auch nicht.«

»Das war ja wohl ein Schuss in den Ofen«, murmelte Bosmans und verließ übereilt das Zimmer.

»Ein Haftbefehl, verdammt noch mal …«, glaubte Deleu noch zu verstehen, bevor die Tür zuschlug.

»Was ist denn mit dem los?«

Nadia Mendonck überging die Bemerkung. »Und Ricardo kennt er gar nicht. Das ist natürlich gelogen. Im Eifer des Gefechts. Ihm sind alle Mittel recht.«

»Um Blondie zu verführen«, ergänzte Deleu grinsend, wäh-

rend er den Stapel von Protokollen durchblätterte, die sich einen halben Meter hoch auf dem Schreibtisch türmten. Sie alle enthielten Zeugenaussagen von Bürgern, die Verbist erkannt hatten. Oder glaubten, ihn erkannt zu haben.
Trotz Bosmans' dringender Mahnung, alle Hinweise binnen vierundzwanzig Stunden zu bearbeiten, lagen noch etwa zehn Protokolle vom vorangegangenen Tag darunter.
»Es gleicht der Suche nach der Stecknadel im Heuhaufen«, bemerkte Deleu schlecht gelaunt, knallte die Papiere wieder oben auf den Stapel und blätterte in einem grauen Büroordner mit dem Datum 26.11. auf dem Rücken, den ein übermüdeter Kollege vergessen hatte, in den Schrank zu stellen.
Plötzlich verstummte das Geraschel. Deleu fuhr mit dem Finger in den Ordner und warf einen Blick auf den Rücken.
Fahrerflucht stand mit dickem schwarzem Stift daraufgekritzelt.
Was hatte der zwischen den Protokollen zu suchen?
Deleu schlug ihn auf und begann, flüchtig zu lesen.
»Nadia, komm mal her.«
Nadia Mendonck, die zerstreut ihre Hüften befühlte, was sie in letzter Zeit öfter tat, gesellte sich zu ihm und folgte mit den Augen Deleus Finger, mit dem er über das Protokoll fuhr.

Die Tat ereignete sich am 25. November dieses Jahres und wurde in keinem früheren Protokoll aufgenommen.

Fahrerflucht

Mechelen, 25. November 2001

Ich, Adjunct-Commissaris Paul Vandeuren, Mitglied der Polizei Mechelen, erhielt heute von Hulpagent Maurits Pauwels folgenden Bericht:
»Heute, am 25. November 2001 um 17 Uhr 25, erhielt ich den Auftrag, mich in die Drabstraat zu begeben, wo ein Unfall mit Fahrerflucht stattgefunden haben sollte. Am Unfallort wartete Mijnheer François MORRET, geboren in Mechelen am 23. 04. 33, wohnhaft Acaciadreef 26, 2800 Mechelen. Mijnheer Morret erklärte, während der Fahrt auf seinem Mountainbike von einem VW Golf, Baujahr unbekannt, Kennzeichen ECV025, angefahren worden zu sein. Das Unfallfahrzeug wurde abgeschleppt und sichergestellt. Im Wagen wurden weder Hinweise auf die Identität des Fahrers noch Fahrzeugpapiere gefunden, lediglich eine Reparaturrechnung auf den Namen Sandra Janssens, ohne Adresse. Mijnheer Morret zog sich eine Knieverletzung zu und …«

Bei dem Namen *Sandra Janssens* hielt Deleu inne.
»Sandra Janssens? Wer soll das sein?«
Mit gerunzelter Stirn blätterte Deleu um. Nadia Mendonck zog an seiner Schulter.
»Komm, Dirk, lass uns gehen. Wir haben Wichtigeres zu tun.«
»Was denn?«
»Wir sind mit Evelyne Pardieu verabredet, die ein Täterprofil erstellt hat. Weißt du nicht mehr? Wo ist eigentlich Bosmans hin? Der hockt momentan auch öfter zu Hause, als dass er bei der Arbeit …«

»Familiäre Probleme«, unterbrach Deleu ihre Gardinenpredigt.
Nadia drehte sich um, und ihr Blick wurde weicher. Sie nickte.
»Du weißt davon?«
Wieder nickte Nadia. Auf dem Parkplatz überholte Deleu sie und öffnete ihr galant die Tür des Clios, mit gestrecktem Arm und gesenktem Kopf. Dabei fiel sein Blick auf einen grauen VW Golf mit einer gelben Radklemme.
Bevor ihn Nadia mit einem kräftigen Ruck in den Wagen zog, bemerkte er noch die zersplitterte Heckscheibe und die ersten Buchstaben des Kennzeichens. ECV …

Mittwoch, 26. November – 19 Uhr 15

Herman Verbist schloss die Augen, atmete tief ein und wünschte sich nur zwei Dinge: die Hilfe Gottes und Chris.
Er schielte auf den Computerbildschirm. Nichts geschah. Er blieb im Invisible-Modus wie eine Zecke, die geduldig auf ihre Opfer wartet.
Plötzlich wurde laut an die Tür geklopft. Er sah auf seine Armbanduhr. Viertel nach sieben. Verbist starrte auf den blauen Computerbildschirm, der eine magische Anziehungskraft besaß.
Das Klopfen wurde zu einem Hämmern.
Chris!, schoss es ihm durch den Kopf, und ein Schauer lief ihm über den ganzen Körper. Er ging zur Tür, strich sich unterwegs die Haare glatt und öffnete.
CHRIS, meine Traumprinzessin!

»Ah, Chrissie, hallo, was gibt's Neues?«
Gekünstelt nonchalant, mit dem Nagel des kleinen Fingers in den Zähnen pulend, lehnte Verbist am Türrahmen. Er bat sie absichtlich nicht herein. Er genoss seine Darbietung derart, dass er sogar den Rücken straffte.
»Tag, Herman«, sagte sie mit einer Stimme, die zwischen verführerisch und freundschaftlich schwankte. »Ich komme nur vorbei, weil ich mich von dir verabschieden wollte.«
»Verabschieden?«
»Ja, ich ziehe übermorgen nach Holland, das wollte ich dir nur sagen.«
»Ach, nach Holland?«, sagte Verbist und versuchte dabei, seiner Stimme ein animalisches Timbre zu verleihen. Doch seine Unsicherheit konnte er damit nicht überspielen.
Warum ergreift sie nicht die Initiative? Warum stürzt sie sich nicht verzweifelt auf mich, um mich zu einer heißen, sinnlichen Nacht zu verführen?
»Schön für dich. Du ganz allein?«
Letzteres ließ er fallen wie nebenbei, als sei es ihm egal, ob sie einen Freund hatte oder nicht. Oder auch eine Freundin, was machte das schon?
Es kribbelte ihm im Hals.
Warum kann ich nicht einfach meinen Gefühlen nachgeben, ihr um den Hals fallen und sie vom kleinen Zeh bis zur feuchten Muschi und dann bis zu ihrem liebreizenden Scheitel küssen? Warum falle ich nicht in Ekstase auf die Knie? Warum reiße ich keinen sexuell gefärbten Witz? Warum erwarte ich, dass sie meine geheimsten Wünsche errät? Warum kann ich nicht einfach ich selbst sein? Warum?
»Ja. Und ich wollte nicht weg, ohne mich vorher zu verabschieden.«

»Von mir oder von Willeke?«
»Von Willeke, aber auch von dir.«
»Abschied, das klingt so definitiv, so unwiderruflich.«
»Das stimmt auch. Ich gehe weg. Für immer.«
Verbist hätte am liebsten laut aufgeschrien.
Ach, was soll's. Vielleicht ist es besser so. Ich habe jetzt ein Kind, und sie, sie ist zu jung, versuchte er sich zu beruhigen.
»Ach, das tut mir leid. Na dann, hoffentlich bis bald.«
»Gibst du Willeke einen dicken Kuss von mir?«
»Ja ... Jaja ... Aber was stehen wir denn hier vor der Tür, komm doch rein!«
»Okay, aber nur ganz kurz.«
Chris trat ein, küsste Wichtchen und fragte: »Schläft sie?«
»Nein, sie tut nur so.«
Sein Versuch zu scherzen entlockte ihr den Anflug eines Lächelns.
»Whiskey-Cola mit einer Scheibe Zitrone?«
»Du hast es nicht vergessen.«
Zufrieden ging Verbist in die Küche, wo er Tee zubereitete, mit Milch, ohne Zucker und ohne Zitrone.
Er setzte ihr die Tasse vor und murmelte: »Mit Milch, ohne Zucker, ohne Zitrone.«
»Als wären wir schon zwanzig Jahre verheiratet«, bemerkte Chrissie, und ihre Hand zitterte, als sie die Tasse zum Mund führte. Sie hatte kleine rote Punkte am Handgelenk.
Masern? Windpocken? Ist sie noch so jung?
Verbist fühlte sich leer und wertlos, und das Herz rutschte ihm in die Hose.
Junge Mädchen können sich gar nicht vorstellen, zwanzig Jahre verheiratet zu sein. Erst wollen sie ihre Barbie-Puppen, dann werden sie renitent. Sie wollen frei sein. Wie war

ihre Kindheit? Wann hat sich ihr Busen gerundet? Mit zwölf? Mit zwölf habe ich Schmetterlinge gesammelt. Ein Serienmörder mit Garnelennetz. Das Netz war meine Tarnung. Wie viele von den elfenhaften kleinen Wesen, wie viele dieser wunderbaren Geschöpfe habe ich nicht mit einem Fingerschnippen getötet? Wie leid mir das heute tut! Manchmal schrecke ich nachts in Schweiß gebadet hoch, weil ich von ihren knackenden Köpfchen und zitternden Leibern träume.

Herman Verbist schwitzte.

Aber ihre Hand zittert. Was hat das zu bedeuten? Sie trägt noch immer diesen geilen schwarzen Rock. Ihr linker Kniestrumpf ist runtergerutscht, nicht zu viel, nicht zu wenig, genau richtig. Sie hat außergewöhnliche Knie. Die meisten Frauen trauen sich nicht, einen Minirock zu tragen, weil sie knubbelige Knie haben. Aber Chris, meine Chrissie, hat zarte Knie und schmale, zierliche Knöchel. Gelenke, die man mit einem Fingerschnippen brechen könnte. Sie sieht so zerbrechlich aus, dass ich am ganzen Körper zittere.

Chris blickte noch immer sittsam vor sich hin und sagte nichts.

Das ist nicht die Chris, die ich gestern kennengelernt habe. Will sie mir gefallen? Will sie ihren Mutterinstinkt beweisen? Begreift sie vielleicht, dass Männer wie ich, dass solche Männer ihr keine Stabilität bieten können? Sucht sie überhaupt Stabilität?

»Bist du krank?«

»Nein, warum?«

»Du bist so still.«

»Ich glaube, ich habe jetzt schon Heimweh.«

Nach mir?

Die Frage brannte ihm auf den Lippen, aber er beherrschte sich.
Verliebtheit ist ein Gefühl, das stärker ist als jedes andere, also auch als jede Vernunft. Ebenso wie das Schicksal stärker ist als die Weisheit.
»Was willst du in Holland?«
»Ich ziehe in eine Kommune.«
»Warum?«
»Weil ich Ärger mit meinen Eltern, meinen Lehrern, meinem Freund und sogar mit meinem Opa habe.«
»Wie alt bist du wirklich?«, fragte Verbist leise.
»Siebzehn, und du?«
»Siebenunddreißig«, seufzte er.
»Ein Mann muss älter sein als seine Frau, wesentlich älter sogar. Männer werden viel später erwachsen, manche sogar nie.«
»Bist du erwachsen?«
»Ich hoffe nicht.«
»Gut, du hast es also verstanden.«
Sie küsste ihn mitten auf den Mund, und ihr Frontalangriff ließ ihn erstarren. Ihr glatte Zunge glitt zwischen seine Lippen.
Herman Verbist leistete keinen Widerstand. Er schmeckte die Süße der Siebzehnjährigen, und die Hormone pulsierten durch seinen Körper. Er erwiderte ihren Kuss. Unbeherrscht und geil. Er begrapschte sie auf gut Glück überall, wo er sie zu fassen bekam. Ihr heftiges Knutschen wurde plötzlich von einem schrillen Kreischen unterbrochen.
Wichtchen gab lauthals zu verstehen, dass sie auch noch da war, doch der wild gewordene Verbist ignorierte das Schreien und wand seine Hand in Chrissies Slip.

Die feuchte Wärme betörte seine Sinne, und er stöhnte.
Brüsk wehrte sie ihn ab.
Seine Augen verdrehten sich, und der Raum färbte sich rot.
Das Mädchen rückte von ihm fort.
Verbist griff in ihre Schamhaare.
Sie fluchte, schubste ihn energisch weg, richtete ihre Kleidung, nahm Wichtchen auf den Arm und redete ihr beruhigend zu.
»Sie hat Hunger. Ich mache ihr ein Fläschchen.«
Während Herman Verbist, noch immer keuchend, mit aufgesperrtem Mund ins Leere starrte, saß Wichtchen aufrecht in ihrem Korb, und Chris wirtschaftete eifrig in der Küche herum.
Verbist blickte sein Kind an und dachte an das geflügelte Wort seiner Großmutter: »Hinter den Bergen scheint die Sonne.« Dann überlegte er, wie oft er schon versucht hatte hinaufzuklettern und immer auf halber Strecke versagt hatte.
Sein sechster Sinn sagte ihm, dass Wichtchen spürte, was er empfand. Das Baby sah ihn weinerlich an.
Steif stand er auf, knuddelte sie ausgiebig und kniff sich anschließend in die Hand.
Ich träume nicht. Der Gipfel ist endlich in Sicht. Oder ragt da erst der erste Berg auf?
Chris nahm Wichtchen auf den Schoß und fütterte sie. Das Baby trank gierig.
Chrissie sah phantastisch aus.
Meine Chrissie, dachte Verbist und summte in Gedanken ein Liebeslied auf sie. *Sie hat was, aber was? Ich bin verrückt nach ihr. Nestwärme, das ist es. Chrissie strahlt Nestwärme aus.*

»Wohin in Holland ziehst du?«
»Wahrscheinlich nach Amsterdam.«
»Du weißt es noch nicht genau?«
»Nein.«
»Und was ist mit deiner Wohnung?«
»Ich habe keine Wohnung.«
»Aber ich dachte, du …«
»Ich wohne bei meinem Freund, oder besser: Ich habe bei ihm gewohnt.«
Ein scharfer Schmerz fuhr Verbist ins Herz. Sein hämmernder Kopf schien zu implodieren.
Ein Freund!
»Aber es ist aus mit ihm. Für immer.«
»Willst du deswegen nach Holland gehen?«
Chris blickte schweigend auf ihre gefalteten Hände.
Verbist wollte sie schon fragen, wie oft sie mit dieser Filzlaus geschlafen hatte, aber er beherrschte sich. Allein die Vorstellung, dass sie heute Morgen gemeinsam gefrühstückt hatten, versetzte ihm einen Stich der Eifersucht.
»Wenn er mich findet, schlägt er mich tot.«
»Was hast du gesagt?«, fragte Verbist entsetzt.
»Dass er mich totschlägt!« Chrissie lief rot an.
»Warum?«
»Weil ich ihm noch tausend Euro für die Einrichtung des Apartments schulde.«
»Also für tausend Euro, für so einen Pappenstiel, würde der Mistkerl jemanden totschlagen? Jemanden wie dich?«
Chris sah ihn hoffnungsvoll an, sagte aber nichts.
»Ich leihe dir die tausend Euro, kein Problem.«
Die Worte waren heraus, ehe er sich versah. Ruckartig drehte er den Kopf von rechts nach links.

Idiot! Einer Wildfremden tausend Euro geben!
Verbist wandte sich abrupt um und ging in die Küche, sich ein Bier holen. Er setzte die Flasche an den Mund, steckte beide Hände in die Taschen, beugte sich hintenüber und trank gluckernd.
Wichtchen saß auf Chrissies Schoß. Der rührende Anblick erfüllte Verbist mit Wehmut und Zweifeln. Er setzte sich zu ihnen und vervollständigte die Familienszene.
»Warum willst du unbedingt nach Holland?«
Chris streichelte Wichtchen lange durch die zarten Haare und flüsterte: »Er würde mich sonst überall finden.«
»Und hier?«
»Was?«
»Warum bleibst du nicht hier?«
»Bei dir?«
»Ja, bei mir und Willeke.«
Das junge Mädchen schloss die Augen und wirkte völlig in sich gekehrt. Sie atmete schwer und zog nervös an den Fingern.
Verbist kam wieder zu sich und sagte: »War nur ein Scherz.«
Chris öffnete die Augen und starrte mit leerem Blick vor sich hin. Als sie Anstalten machte aufzustehen, schmiss Verbist die Bierflasche an die Decke und knallte die Stirn auf den Wohnzimmertisch.
Chris blieb reglos sitzen, Wichtchen lachte lauthals.
Ganz langsam verzog sich auch der Mund des jungen Mädchens zu einem Lächeln. Dann konnte sie nicht mehr an sich halten, und kurz darauf lachten alle drei, bis ihnen der Bauch weh tat.
»Ich möchte, dass du bei mir wohnen bleibst«, keuchte Verbist und sah auf die Uhr.

Acht Uhr. Ein historischer Moment. Eine Mutter für Wichtchen. Eine Frau für mich. Das Leben beginnt mit siebenunddreißig.

»Das geht leider nicht«, erwiderte Chris traurig.

»Warum denn nicht?«

»Er würde mich finden.«

»Glaubst du vielleicht, ich sei nicht Manns genug, ihm eins in die Fresse zu hauen?«

Ihm eins in die Fresse hauen, habe ich gesagt. In die Fresse hauen. Ich spiele mich auf wie ein Amsterdamer Zuhälter, obwohl ich in Wirklichkeit ein feiger Angsthase bin. So feige, dass ich das Tageslicht scheue. So feige, dass ich aus purem Selbstmitleid in Tränen ausbreche, wenn mich auch nur jemand schief anguckt.

Chris saß in sich zusammengesunken auf dem Sofa und trank zittrig von ihrem Tee.

»Das ist nicht der einzige Grund.«

Alle drei schwiegen jetzt, sogar Wichtchen, und die Stille wurde allmählich drückend.

»Ich muss Frank die tausend Euro geben, ich kann nicht mit der Vorstellung leben, Schulden zu haben.«

»Ach, hier kannst du es nicht, aber in Holland könntest du?«

»Lass mich in Ruhe!«, schrie Chrissie nervös.

Während Verbist verzweifelt nach einer plausiblen Entschuldigung für seine ungeschickte Bemerkung suchte, legte Chris Wichtchen unsanft auf das Sofa, stand auf und ging zur Tür.

Unser erster Streit.

Verbist folgte ihr und versperrte ihr mit ausgebreiteten Armen den Weg. Sie boxte ihm mit aller Kraft in die Magengrube. Nach Luft schnappend ging er in die Knie.

Chris schlug die Hände vor das Gesicht und sah ihr Opfer durch die gespreizten Finger entsetzt an. Sie half ihm auf und entschuldigte sich.
Ihr Kichern ging in einen erneuten Lachanfall über. Wichtchen wedelte fröhlich mit den Händchen. Verbist zog Chris zu Boden, und sie küssten sich leidenschaftlich. Sie roch nach Schweiß, was ihn maßlos erregte. Sie keuchte und wand sich unter seinen gierigen Fingern.
»Nein, nicht jetzt. Nicht hier. Willeke sieht uns.«

MITTWOCH, 26. NOVEMBER – 20 UHR 12

Evelyne Pardieu wirkte noch ernster als sonst, als Deleu und Nadia Mendonck den ruhigen kleinen Konferenzraum im Mechelener Polizeipräsidium betraten. Evelyne stellte ihre Teetasse auf dem Porzellanuntersetzer ab und drehte sie, bis der feuerrote Lippenstiftabdruck auf die Ermittler zeigte.
»Guten Abend, Evelyne.«
»Guten Abend, Dirk, hallo, Nadia.«
Evelyne Pardieu, Gerichtspsychologin und in Quantico, USA, geschulte Spezialistin für Täterprofile, schob ihre schwarze Hornbrille hoch und sah Deleu fast mitleidig an.
»Ist es so schlimm?«, fragte Nadia Mendonck.
Die Gerichtspsychologin zog ein Spitzentaschentuch aus dem Ärmel und tupfte sich die Lippen ab. Sie räusperte sich und zupfte an ihrem knielangen Tweedrock.
»Schlimmer, als ihr euch vorstellen könnt. Nach meinen Informationen und dem jetzigen Stand der Ermittlungen muss ich tatsächlich befürchten, dass es zur Katastrophe

kommt. Der Täter ist schizophren und dadurch kaum in der Lage, für sich selbst zu sorgen.«

»Wie schwer schizophren?«, fragte Deleu händeringend.

Evelyne Pardieu hüstelte kokett, setzte ihre Brille ab und tippte mit dem Zeigefinger ihre gezupfte und mit Kholstift nachgezogene Augenbraue an.

»Ich habe mich mit Doktor Verstraete und mit der Mutter von Herman Verbist unterhalten, die in einer geschlossenen Anstalt lebt, dem Damiaancentrum in Tremelo.«

»Das habe ich auch getan«, sagte Nadia mit einem besorgten Zug um den Mund.

»Ist er ein Psychopath?«, fragte Deleu.

»Ich will euch offen und ehrlich meine Meinung sagen«, antwortete Evelyne Pardieu, während sie mit dem Taschentuch ihre Brille putzte.

»Tu das.«

»Es gibt sehr viele unterschiedliche Formen von Schizophrenie, und die Erkrankung durchläuft verschiedene Stadien. Doch wenn Herman Verbist dasselbe Krankheitsbild aufweist wie seine Mutter und nie auf entsprechende Medikamente eingestellt wurde, ist er lebensgefährlich, weil vollkommen unberechenbar. Sogar für sich selbst. Und ich darf gar nicht daran denken, dass er dabei auch noch ein Baby versorgen will. Dazu ist er keinesfalls in der Lage.«

»Wird er das Kind töten?«, fragte Nadia Mendonck, und ihr Gesicht wurde aschfahl.

Deleu sah sie überrascht an.

»Nicht unbedingt. Obwohl man es bei seiner Vorgeschichte nicht genau sagen kann. Ich habe mir die Akte angesehen.«

Evelyne Pardieu, die kinderlos und mit ihrem Beruf verheiratet war, tippte sich gedankenverloren an die Lippen.
»Schon bei der geringsten Stresseinwirkung kann der Mann katatonisch werden, das heißt, dass seine gesamte Muskulatur nicht mehr reagiert und er vollkommen bewegungsunfähig ist. Und genau das könnte dem kleinen Kind zum Verhängnis werden, versteht ihr?«
Deleu und Nadia Mendonck nickten gottergeben. Niedergeschlagen.
»Es könnte auch noch schlimmer kommen. Er könnte völlig den Verstand verlieren und aufs Geratewohl …«
»Anfangen zu morden«, ergänzte Deleu tonlos. »Kannst du uns etwas über seinen Modus Operandi sagen?«
»Modus Operandi«, wiederholte die Gerichtspsychologin ironisch und blickte Deleu mit halbgeschlossenen Augen an. Der zuckte die Achseln. Evelyne Pardieu nahm erneut die Brille ab und massierte sich die Augen.
»Er ist kein Serienmörder, Deleu. Es gibt keinen Modus operandi. Keinen erkennbaren jedenfalls. Dieser Mann mordet weder nach einem bestimmten Schema noch vollkommen willkürlich. Man könnte fast behaupten, das Motiv sei Selbstschutz. Er mordet nur, wenn er keinen anderen Ausweg mehr sieht. Bisher jedenfalls.«
»Bisher«, krächzte Nadia heiser.
»Jede Minute zählt, Kollegen.«
»Jede Minute«, echote Deleu.
»Hat er wirklich nie seine Mutter besucht, Evelyne?«, fragte Nadia Mendonck, einen Funken Hoffnung in den Augen.
»Nein, nie. Er wurde von seiner Großmutter großgezogen, und die hat ihre Tochter totgeschwiegen.«

»Stimmt«, sagte Nadia.
Deleu blickte sie fragend an.
»Im Anschluss an meinen Besuch bei Doktor Verstraete habe ich mich in der Nachbarschaft der Großmutter bei einigen Leuten erkundigt«, erklärte Nadia. »In der Gegend wohnen einfache Leute, die alles über ihre Nachbarn wissen, und einige aus der Generation der Großmutter konnten sich an sie erinnern. Aber sogar die Nachbarin von gegenüber, die mit Verbists Großmutter eng befreundet war, wusste nichts über das Schicksal von Herman Verbists Mutter. Die Großmutter hatte ihr weisgemacht, dass die Tochter nach dem Tod ihres Mannes ihre Trauer nicht habe verwinden können und in zweiter Ehe einen Amerikaner geheiratet habe.«
Deleu sah sie voller Bewunderung und Erstaunen an.
»Und mit dieser Geschichte ist Herman Verbist aufgewachsen. Sie hat ihn übrigens sehr streng erzogen. Streng, aber gerecht, wie die alte Nachbarin behauptet hat.«
»Wahrscheinlich hat sie sich für die Schwäche ihrer Tochter geschämt und wollte dem Jungen das gleiche Schicksal ersparen, indem sie ihn abhärtete«, vermutete Evelyne Pardieu.
»Einen Jungen, mit dessen geistiger Gesundheit es ohne Therapie und Medikamente stetig bergab ging«, ergänzte Deleu.

MITTWOCH, 26. NOVEMBER – 20 UHR 21

Macht nichts«, keuchte Verbist und fuhr mit einer Hand unter ihren BH, »sie versteht das doch noch gar nicht.«

»Doch, das versteht sie schon!«
Chris riss sich los und zog heftig ihren Minirock zurecht.
»Entschuldige, du hast recht«, stammelte Verbist, »lass uns ins Schlafzi…«
»Nein, ich muss gehen. Er weiß, dass ich hier bin.«
»Woher denn?«, fragte Verbist verzweifelt. Erst jetzt erkannte er den Ernst der Lage und bekam es mit der Angst zu tun.
Angenommen, dieser Wüstling tritt einfach die Tür ein und schlägt meine Möbel kurz und klein? Was, wenn er Wichtchens Hochstuhl zu Kleinholz verarbeitet und meine ICQ-Dateien löscht? Oder sogar Wichtchen … Nein, alles, nur das nicht, nur über meine Leiche.
»Ich habe ihm vorgelogen, ich ginge erst zu meinem Großvater und dann zu meinem Freund.«
»Deinem Freund?«
»Ja, meinem neuen Freund, zu dir.«
Chrissie hatte sich hingesetzt, auf ihrem Schoß schlief Wichtchen. Chris küsste sie auf die Lippen, und das Baby seufzte.
Ich habe Dutzende Lesben-Heftchen, voller Lesben in lesbischen Liebesstellungen. Habe ich im Wald gefunden. Mädchen mit karmesinroten Schamlippen. Die Farben ganz realistisch. Ich mag ausgeprägte Schamlippen, schön voll, keine Klapptüren. Ich habe lange mit den Mädchen geschmust, bevor ich zur Tat geschritten bin. Ich glaube nicht, dass sie es wirklich genossen haben. Aber sie haben auch nicht gelitten. Still und leise sind sie vergangen. Wir sind gemeinsam vergangen, aber sie hatten das Glück, früh zu sterben. Verwesen können sie nicht, meine lesbischen Mädchen, denn sie sind in Plastik verpackt. Am elften Novem-

ber lege ich Blumen auf ihr Grab. Sie ruhen in unserem Garten, aber nicht in Frieden, denn dort wird jetzt gegraben. Einmal habe ich mich sieben Mal selbst befriedigt, mein absoluter Rekord. Aber ich weiß es nicht mehr. Ich weiß es nicht mehr, und ich will auch nichts wissen. Ich wünschte, ich hätte nie gelebt. Ich wünschte, alles wäre vorbei, alles. Zum Glück bin ich nicht aus Plastik.

»Was lachst du so doof?«

Verbist sah sein Kind an, das auf Chrissies Schoß unruhig zappelte. Er lief feuerrot an.

»Wenn ich ihm tausend Euro gebe, lässt er mich fürs Erste in Ruhe.«

»Was soll das denn heißen, ich dachte, du würdest ...?«

»Er hat Spielschulden. Entweder ich gebe ihm sofort die tausend, oder ich steige in den Zug.«

Vorsichtig bettete sie Wichtchen in die Kissen und machte Anstalten aufzustehen.

Das Baby hustete. Der Husten war in den letzten Stunden immer schlimmer geworden.

»Warte.«

Verbist ging zum Schrank, zog eine Schublade auf, nahm zweihundert Euro aus einem Strumpf und gab Chris das Geld.

»Hier, den Rest bekommst du morgen, die Bank ist jetzt geschlossen.«

Er wagte nicht, Wichtchen dem jungen Mädchen anzuvertrauen, denn irgendetwas stimmte nicht mit Chrissie, auch wenn er noch nicht wusste, was.

Chris schwieg.

»Morgen gebe ich dir die restlichen achthundert, das verspreche ich dir hoch und heilig.«

»Wie kommst du an so viel Geld? Ich dachte, du wärst arbeitslos?«
»Ich habe das Geld von meiner Großmutter geerbt, in Form von Kassenobligationen. Hier, nimm, bevor ich es mir anders überlege.«
»Danke. Darf ich noch ein bisschen bleiben?«
Verbist nickte, ging zum Computer und öffnete willkürlich eine Datei. Chris stellte sich hinter ihn, und als er ihren warmen Atem im Nacken spürte, betätigte er die Escape-Taste.
»Was war das?«
»Ich schreibe.«
»Worüber?«
»Über meine Jugend. Gedichte und so.«
»Darf ich sie lesen?«
»Nein, nicht jetzt, später vielleicht.«
»Posthum?«
»Wenn du mich überlebst.«
»Oder wenn dein Buch in den Geschäften liegt?«
»Es wird nicht in den Geschäften liegen, niemals.«
»Weil du nicht gut genug bist?«
Verbist krümmte die Finger.
»Nicht aufgeben.« Sie küsste ihn flüchtig auf die Stirn und ging. Die Haustür schlug mit einem Knall zu. Er drehte sich mit einem Ruck um, von Zweifeln zerfressen.
Zweihundert Euro und meine zukünftige Frau weg. Zweihundert Euro für nichts und wieder nichts. Meine Taube ist tot.
Er öffnete die Hand und sah das Schamhaarbüschel an. Er schnupperte an seinen Fingern und leckte daran.
»Chrissie!«

Penetranter Heringsgeruch.
»Ab jetzt esse ich Hering nur noch mit Messer und Gabel. O Chris … Chrissie.«
Herman Verbist schloss die Augen und sah eine düstere Zukunft vor sich liegen.
Verliebt, verlobt, verheiratet, geschieden. Das Muster zu durchbrechen, das ist die Kunst. Aber Wichtchen wird mir helfen. Wichtchen, der Schlüssel, der in jede Tür passt. Mein kleines, liebes, schnuffeliges, flaumiges, herrlich duftendes Babykind!
Er ging zu ihr hin, küsste sie liebevoll auf beide Augen und wusch sich in der Toilette ausgiebig die Hände.
In der Hoffnung, dass Chrissies Geruch stärker war als alles andere, roch er anschließend an seinen Händen. Seife – ihm graute.
Im Wohnzimmer streichelte er dem schlafenden Baby über die Wangen, schaltete den Fernseher ein und sah sich zwanzig Minuten lang französisches Schulfernsehen an. Es ging um Telekommunikation.
Geht Chris noch zur Schule? Ob sie eine Arbeit finden wird? Zwei Kinder und ein alter, notorischer Versager, schöne Kombination.
Verbist schwankte zwischen Fernsehen, Chatten und mit Wichtchen kuscheln. Sein Bedürfnis nach Gesellschaft war fast schmerzhaft, aber er ließ Wichtchen schlafen und ging ins Badezimmer.
Wenn Chrissie zurückkommt, muss ich frisch gewaschen sein. Man weiß ja nie. Vielleicht stürzt sie sich gleich auf mich? Im Film machen sich die Leute immer vorher frisch, aber nicht im wahren Leben. Im wahren Leben stinkt man oft genau dann, wenn man es am wenigsten gebrauchen

kann. Nach zehn Jahre Ehe machen sich die meisten nicht mal mehr die Mühe, sich vorher die Genitalien zu waschen, geschweige denn, dass sie sich jeden Abend die Zähne putzen. Du schläfst neben deinem Fleischklumpen und wälzt dich verzweifelt in deinem eigenen Dreck.

Herman Verbist schrubbte alle Zweifel weg. Er biss die Zähne zusammen, und zum ersten Mal wehrte er sich mit aller Macht gegen die alptraumhaften Bilder aus der Vergangenheit. Es funktionierte. Die Erinnerung an Chris war stärker.

Als er aus dem Badezimmer kam, weinte Wichtchen. Er nahm sie auf den Schoß und küsste sie auf den Mund. Sein Magen knurrte, und er legte das protestierende Baby in seinen Korb.

Im Treppenhaus nahm er einen Übelkeit erregenden Geruch wahr. Er achtete nicht darauf und eilte hinaus.

MITTWOCH, 26. NOVEMBER – 21 UHR 15

Es wehte ein eiskalter Nordwind, als Nadia Mendonck und Dirk Deleu schlotternd die Taverne »De kleine Keizer« betraten, um rasch einen Happen zu essen und einen Absacker zu trinken.

»Tut mir leid, Sie kommen zu spät, die Küche hat geschlossen, und das Fass ist leer«, scherzte die Wirtin. »Zwei Weißbier?«

Keiner der beiden ging darauf ein. Sie waren noch immer wie vor den Kopf geschlagen von dem, was Evelyne ihnen erklärt hatte.

»Nein, für mich einen Orangensaft«, sagte Nadia Mendonck schließlich. »Wenn es geht, bitte reinen Fruchtsaft.«

Deleu sah sie erstaunt an.
»Keinen weißen Sherry?«
»Ich bin müde, Dirk. Und ich muss noch fahren.«
»Zu wem denn?«, fragte Deleu beiläufig.
Nadia Mendonck seufzte, schluckte aber die Bemerkung »Männer!« hinunter. Diese Genugtuung gönnte sie ihm nicht.
»Möchtest du nichts essen?«
»Nein, ich habe zu Hause noch etwas Gemüse im Wok.«
»Hm, kein Alkohol, keine ungesunde Ernährung – so kenne ich dich ja gar nicht. Na schön, aber ich hole mir gleich noch eine Portion fettige Fritten.«
Deleu stieß mit einem schiefem Lächeln sein Glas gegen Nadias Glas mit reinem Orangensaft und nippte von seinem Bier. Schaum hing an seiner Oberlippe, als er sagte: »Ich weiß wirklich nicht mehr weiter, Nadia.«
»Wie bitte?«
»Na, wie es mit dem Fall weitergehen soll. Und mit allem anderen.«
Deleu wischte mit dem Daumen über sein beschlagenes Glas.
»Ich grüble immer noch über die Namen auf der ICQ-Website nach«, sagte Nadia Mendonck. »Leider konnten wir ja nur Apache identifizieren, die anderen sind ungreifbar wie Geister. Merkwürdig, findest du nicht?«
»Du glaubst doch nicht etwa an eine finstere Verschwörung?«
»Nein, das nicht«, erwiderte Nadia achselzuckend. »Es war nur die einzige Spur, die mir wirklich vielversprechend erschien.«
»Chatter haben einen geheimen Code«, seufzte Deleu.

»Die quatschen und quatschen, aber sobald sie Unrat wittern, sind sie blitzschnell verschwunden.«
»Ja, wenn zum Beispiel ihre Frau ins Schlafzimmer kommt«, bemerkte Nadia grinsend.
Beide Ermittler starrten in Gedanken versunken die Tapete an. Deleu brach als Erster das Schweigen.
»Er hat keine Wohnung auf seinen Namen gemietet.«
»Vielleicht sollten wir nach unbezahlten Rechnungen fahnden«, sprach Nadia ihre Gedanken laut aus. »Gas, Strom, Wasser, Telefon und so weiter.«
Deleu blickte hinaus in die stockfinstere Nacht, und als er an das hilflose Baby dachte, lief es ihm eiskalt den Rücken hinunter. Wieder blickten sich die beiden an, und Nadia fasste Dirks Befürchtungen schließlich in Worte.
»Wenn er keine Unterkunft auf seinen Namen gemietet hat, müssen wir höchstwahrscheinlich mit einem weiteren Opfer rechnen«, seufzte sie und trank ihren Orangensaft aus. »Du bist dran, oder?«
»Wir lassen anschreiben«, antwortete Deleu und wühlte in seinem Portemonnaie. »Ich habe gerade noch genug für eine Portion Fritten.«
Steif und unsicher stand er auf.
Sollte er ihr die Hand reichen oder sie küssen?
Schließlich drückte er Nadia einen dicken Kuss auf die Wange.
»Bis morgen. Und du fährst jetzt am besten nach Hause, und zwar auf direktem Wege.«

Draußen war es stockfinster, und Herman Verbist fühlte sich seltsam heiter. Fröhlich beinahe.
Ich lerne die Dunkelheit immer mehr zu schätzen. Fühle mich im Dunkeln sicherer. Wenn mir zufällig Batman über den Weg liefe, würde ich ihm die Kehle durchschneiden. Aber ach, er wird mir nie begegnen. Schließlich gibt es ihn nicht in Wirklichkeit. Er ist eine Fledermaus.

Die Frittenbude am Kornmarkt war beliebt, und die Leute standen Schlange.
Verbist reihte sich geduldig ein und betrachtete die auf grünem Plastik ausgestellten Snacks. Wie immer bestellte er eine mittlere Portion Fritten mit Mayonnaise und Schmorfleischsauce, eine Currywurst und einen Schaschlik, legte mit gesenktem Blick das abgezählte Geld in die Bakelit-Schale mit dem Aufdruck »Safir« und verließ ohne die geringste Geste der Höflichkeit die Imbissbude. Hungrig eilte er heimwärts.
Der fettige Frittendunst ließ Deleu das Wasser im Mund zusammenlaufen. Er sah auf die Uhr und beschleunigte seine Schritte.
Schon halb zehn.
Durch die beschlagenen Scheiben mit den rot-weiß karierten Gardinen schien noch Licht.
Glück gehabt, es ist noch offen.
Ein Mann, der sein Essenspaket sorgfältig, fast liebevoll wie ein Baby im Arm hielt, ging summend an ihm vorbei. Als Deleu die Melodie erkannte, blickte er sich um.
»*La Solitudine* – Laura Pausini!«, rief er dem Mann hinter-

her. Doch der wandte das Gesicht ab und schlug hastig den Jackenkragen hoch. Er sah sich nicht um, sondern eilte mit großen Schritten davon.

Mit der Solidarität unter den Menschen ist es auch nicht mehr weit her.

Der Ermittler kratzte sich am Ohr. Diese Weisheit hatte sein Vater bei jeder Gelegenheit zum Besten gegeben. Er verdrängte den Gedanken und legte die letzten Meter bis zur Imbissbude im Laufschritt zurück.

Wieder einmal war es voll; sieben Wartende standen vor ihm in der Schlange. Deleu zog die Tür auf und zwinkerte der Wirtin zu, deren warmherziges Lächeln seine Laune beträchtlich verbesserte.

Doch plötzlich erstarrte Deleu und sah in Gedanken versunken zum Fenster hinaus. War es die lange spitze Nase des Wirtes, die den Geistesblitz ausgelöst hatte? Oder waren es die rotbraunen Haare der Wirtin in Verbindung mit der spitzen Nase ihres Mannes und den Fritten?

Fritten!, durchfuhr es Deleu. *Die Dachkammer! Fritten! Diese Nase! Das ist er! Das ist er, verdammt noch mal!*

Der Mann in der Holzfällerjacke, der auf halbem Weg die Eingangsstufen hinauf vergeblich nach der Türklinke griff, fiel rücklings auf das Straßenpflaster, obwohl er Bauarbeiter und ein trainierter Karatekämpfer war. Ehe er reagieren konnte, war Deleu bereits um die Ecke verschwunden.

Der Bauarbeiter fluchte und rappelte sich mühsam auf, rieb sich über den schmerzenden Ellbogen und betrat die Imbissbude.

»Idiot!«, fluchte er und fragte mit geballten Fäusten und gerötetem Gesicht: »Wer war dieser dürre Kerl da?«

»Mach dir nichts draus, Gustje, der meint das nicht so.

Dabei ist er bei der Polizei. Aber die benehmen sich ja heutzutage alle so komisch.«

»Polizei, dass ich nicht lache! Dem hau ich eine rein, wenn ich ihn das nächste Mal sehe! Sagt mir Bescheid, wenn er auftaucht. Verdammt noch mal!«

Der Mann blickte sich streitsüchtig um.

»Jetzt beruhige dich mal. Du darfst vorgehen, oder hat jemand was dagegen?«

Als niemand Einwände erhob, rang sich der aufgebrachte Kraftprotz ein selbstzufriedenes Lächeln ab.

Dirk Deleu, der nach rechts gelaufen und dann in die Guldenstraat eingebogen war, blieb keuchend vor einem Sportgeschäft stehen. Er blickte sich mehrmals nach allen Seiten um. In der Nauwstraat war noch etwas los, Jugendliche, die aus den Kneipen rund um den Fischmarkt strömten. Fluchend entschied sich Deleu für die Lange Schipstraat. Doch er wusste, dass seine Chancen schlecht standen.

Seine Lungen brannten wie Feuer. Er stützte sich mit beiden Händen an der rauhen Backsteinfassade ab und rang verzweifelt nach Luft.

Krank. Sterbenskrank bin ich.

MITTWOCH, 26. NOVEMBER – 21 UHR 45

Herman Verbist, der in die andere Richtung gelaufen war und durch die Hoogstraat das Mietshaus in der Ziekenliedenstraat erreicht hatte, öffnete die Haustür. Als er Stimmen hörte, blieb er im schwach beleuchteten Flur stehen und lauschte.

Ganz langsam schlich er weiter bis vor Juuls Tür, wo sich Marcel mit einem farblosen Mann mittleren Alters unterhielt.

Herman Verbist blieb stehen. Er war nervös. Auf der Frittenverpackung hatten sich bereits Schwitzflecken gebildet.

Er fluchte verhalten, rührte sich aber nicht von der Stelle, von Zweifeln zerfressen, denn die Kondensflecken breiteten sich aus, wurden zu Teichen … Seen … Ozeanen … Er setzte sich in Bewegung, machte sich so klein wie möglich und versuchte, sich um den schwatzenden Marcel herumzuschleichen, aber es war zu spät. Marcel drehte sein runzliges Gesicht in seine Richtung.

»Ach, der Herman. Wie geht's?«

»Gut.«

Resolut erklomm Verbist die Treppe.

»Warte mal!«, rief Marcel energisch.

Verbist atmete tief ein und aus und schnaufte. Der Frittenduft ließ ihm das Wasser im Mund zusammenlaufen.

»Was ist denn?«

»Komm mal her.«

Verbist drehte sich verärgert um, aber Marcel bemerkte nicht, dass er ihm auf die Nerven ging.

»Das ist übrigens Chris.«

»Chris?«

»Ich bin der Sohn von Juul«, murmelte der verwelkte Mann um die vierzig. Er musterte Verbist von Kopf bis Fuß, und seine trüben Augen hinter den dicken Brillengläsern huschten hin und her. Dieser Mann war das verkörperte Klischee eines Junggesellen.

»Der Vater von Chrissie?«

»Nein, Juuls Sohn«, lallte Marcel, dessen Atem nach Alkohol stank.
»Chrissie?«, fragte der Vierziger seinerseits.
»Ah, lecker, Fritten«, sagte Marcel. »Was ist denn drauf?« Er wischte sich das Kinn ab.
»Mayonnaise und Schmorfleischsauce. Dazu Currywurst und Schaschlik«, erwiderte Herman Verbist tonlos und begann automatisch, in seiner Hosentasche nach Kleingeld zu suchen.
»Currywurst wird aus durchgedrehten Schweineohren hergestellt, angeblich macht das Ohrenschmalz sie so saftig.«
Marcels Augen funkelten boshaft, und sein stumpfsinniges Gegenüber grinste. Verbist blickte verwirrt das Essenspaket an, das sich schlaff, feucht und klamm anfühlte. Er drehte sich um und stieg die Treppe hinauf.
»Ich kenne keine Chrissie!«, rief Chris ihm hinterher.
»Ich auch nicht, ich habe mich geirrt!«, erwiderte Verbist kurz angebunden, während die Fritten, deren Bild er vor Augen hatte, langsam, aber sicher zu Brei wurden. Kalter Frittenmatsch und ranziges Fleisch. Was für eine Katastrophe!
»Hier stinkt's irgendwie verrottet«, bemerkte Chris.
»Stimmt, hier stinkt's«, bestätigte Marcel.
»Das müssen meine Fritten sein«, flüsterte Verbist, der gehemmt stehen geblieben war.
Diese Idioten wissen gar nicht, wovon sie reden, aber sie haben recht. Hier stinkt es wirklich.
Verbist blickte sich um und sah, wie Marcel unsicher an seinen Achseln roch.
Nein, du bist das nicht. Es geht schnell, weil die Heizung

natürlich noch läuft. Ich muss die Bude anzünden. Das wäre die einfachste Lösung. Alle Spuren verwischen. Aber dann würden wir auf der Straße stehen. Später, morgen, übermorgen, nächste Woche.
Entschlossen ging Verbist hinauf.

Wichtchen war wach.
Verbist klatschte die Fritten auf den Küchentisch, nahm das Baby auf den Arm und setzte es in den Hochstuhl. Auf dem Weg in die Küche, wo er sich ein Bier holen wollte, dachte er sich in Bezug auf sein Abendessen die abscheulichsten Katastrophenszenarien aus, und als er das durchweichte Paket auffaltete, packte ihn beim Anblick des formlosen Breis das Grausen.
Er schmiss das Zeug in den Mülleimer, nahm Wichtchen aus ihrem Hochstuhl, deponierte sie unsanft in ihrem Weidenkorb und ging in die Küche, wo er nach einem scharfen Fleischmesser griff, entschlossen, einen jungen Adonis umzubringen.
Wichtchen weinte und strampelte, aber Vati ignorierte sie, verließ die Wohnung und kehrte zu der Imbissbude zurück.
Die Straße war verlassen.
Verbist verbarg sich im Eingang eines Herrenhauses, als ein heruntergekommener Kerl mit rotem Kopf, verschlissenem Rollkragenpullover und fleckigem Overall auf sein Fahrrad zuging.
Herman Verbist fuhr mit dem Finger über die kalte Messerschneide und schlüpfte auf die Straße. Er folgte dem müden Arbeiter ein Stück weit, kehrte dann aber plötzlich um. *Dieser Penner hat es nicht verdient, und außerdem stellt er*

für Wichtchen keine Bedrohung dar. Wahrscheinlich sind auch seine Fritten kalt geworden, bis er zu Hause bei seiner Frau und seinen hungrigen Kindern ankommt. Ich lasse ihn am Leben.

Herman Verbist war sehr stolz auf sich.

Hier an dieser fettigen Frittenbude trifft man sowieso selten einen jungen Adonis, einen von den aalglatten, die nur noch über ihr Handy kommunizieren. So einer isst in einem gemütlichen Restaurant bei Kerzenschein zu Abend.

Das Fleischmesser fiel klappernd auf die Pflastersteine. Verbist vergaß die Fritten, schlenderte nach Hause, ging nach oben und beruhigte Wichtchen.

Er fütterte und badete sie und legte sich dann mit ihr ins Bett. Nach einer Stunde Toben schlief sie mit dem Daumen im Mund ein.

Verbist blieb noch zehn Minuten lang neben dem Bett stehen und betrachtete sie, dann ging er zufrieden zum Computer. Unterwegs knurrte ihm der Magen. Er holte das Essenspaket aus dem Mülleimer, kippte den Inhalt in eine Plastikschüssel und stellte diese in die Mikrowelle. Er zögerte, stellte sie schließlich auf die höchste Wattzahl und saß zwei Minuten später am Tisch. Er löffelte den heißen Brei in sich hinein und verbrannte sich dabei die Lippen.

Lecker! Köstlich! Na ja, jedenfalls besser als eine Dose Sardinen in Tomatensauce. Man isst alles, wenn man Hunger hat. Chrissie kommt nicht. Es hat sich also nichts verändert. Schweben. Eine vergängliche Seifenblase im unendlichen Universum.

Plötzlich griff er sich an den Bauch und stolperte zur Toilette. Als er aufstand und sich umblickte, war die Kloschüssel bis zum Rand braun bekleckert und stank fürchterlich.

Ich rieche mich. Kaum zu glauben, dass auch Chrissie manchmal so furchtbar stinken kann. Chrissie. Sie kommt nicht wieder. Sie hält ihr Versprechen nicht. Ich werde ihr kein Geld geben. Und ich wasche mir auch nicht die Hände. Warum sollte ich, sie kommt ja doch nicht. Und Wichtchen zuliebe brauche ich mich nicht zu waschen, denn sie ist mein Kind, sie gehört zur Familie.
Verbist sah auf die Uhr.
Zwanzig nach zehn. Was nun? Ich habe gebadet. Wichtchen schläft. Ich weiß nichts mit mir anzufangen. Ich werde umsonst gelebt haben. So sei es.
Er schaltete den Computer ein, öffnete »gedicht15.doc« und las:

Braun und blau. Ich und du. Blau und braun. Du und ich. Wie das Meer und der Strand. Die rauschende Brandung in ewigem Liebesfluss … Kuss … Genuss … Heißer Schweiß …

Zu simpel, zu gewöhnlich.
Herman Verbist pulte in der Nase, bis Blut an seinem Fingernagel klebte. Der Nasenschleim war eingetrocknet.

Er versuchte, mit der Zunge bis in den Schritt zu kommen, aber wieder einmal gelang ihm das nicht. Er hatte bohrende Kopfschmerzen.

Er las das Gedicht noch einmal. Dann seufzte er tief.

Er stand auf, wählte irgendeine Telefonnummer und hörte einen hohen Pfeifton.

Andere Nummer, derselbe Ton.

Er steckte sich den Finger in den Hals und wählte erneut.

Er würgte.

Er rollte sich eine Gauloise, inhalierte tief, hustete, genoss nur die ersten drei Züge und drückte die Zigarette aus.

Er öffnete eine Flasche Bier, und während er sie austrank, wählte er erneut, fest entschlossen zu stöhnen.

Diesmal ertönte das Freizeichen, und sein Adrenalinspiegel stieg.

Es klingelte sieben Mal.

Klick. »Hallo, hier …«

Zitternd legte Verbist auf.

Zwei Minuten nach elf. Was soll ich tun?

Beten? Für wen? Wofür? Wie lange?

Sex? Welcher Sex?

Pornosurfen im Internet? Nichts als alter Dreck.

»Nein, Molok! Nein!«

Laura Pausini!

Verbists düstere Miene hellte sich auf. Beschwingt ging er zum CD-Player und wählte Nummer 18. *La Solitudine.*

Memory. Repeat.

Auch sie ist einsam. Ich muss Italienisch lernen. Die Texte übersetzen. Jetzt oder nie. Ich muss wissen, wie sie sich fühlt. Sie ist so schön. Und so einsam. Ich könnte sie glücklich machen. Ich will sie glücklich machen.

Fieberhaft suchte er nach seinem Notizheft, in dem er den Text aufgeschrieben hatte, welchen er mit Hilfe seines Diktaphons auswendig gelernt und übersetzt hatte.

Elf Uhr siebenundzwanzig. Na also! Ich muss lernen, konsequent zu sein. Dreiundzwanzig Uhr und siebenundzwanzig Minuten, ich bin Vater.

Resümee:
Laura und Marco leben sich auseinander. Marco geht nach der Arbeit in die Kneipe, und Laura sitzt allein zu Hause. Marco will nicht mehr mit Laura schlafen, sondern nur noch perversen Sex mit ihr haben. Was Laura natürlich ablehnt. Marco ist ein ekliger Dreckskerl. Typisch italienisch: Die Männer können sich alles erlauben, während die Frauen zu Hause am Herd verkümmern. Laura ist einsam, genau wie ich.

Als die ersten Töne von *La Solitudine* erklangen, seinem absoluten Lieblingsstück, hämmerte Verbist mit den Fäusten auf die Schreibtischplatte.

»Marco, du mieses Schwein!«

Er warf den Kopf in den Nacken und schloss die Augen.

Einsamkeit, meine größte Angst.
Nein, der Tod, vor dem fürchte ich mich am meisten.
Was geschieht mit mir nach meinem Tod? Ich kann das nicht begreifen. Es ist doch unfassbar, dass ich dann für immer von der Erde verschwinden soll. Wo bin ich dann? Wie lange dauert die Ewigkeit? Ich kann es mir nicht vorstellen. Oder werde ich wiedergeboren? In welcher Gestalt kehre ich zurück? Und wie? Bestimmt wieder mit dem Zug. Oder in einem Omnibus, vollgepackt mit schwitzenden Pendlern, mit Kanonenfutter. Oder ich werde mitten in einem apokalyptischen Blutbad abgeladen. Ich darf nicht allzu gründlich darüber nachdenken. Oder sollte ich es doch lieber tun?
Fragen, Fragen, Fragen. Keine Antworten.
Werde ich als ich selbst wiederkehren oder als ein anderer, jemand, der noch geboren werden wird oder gerade neu geboren wurde? Wenn ich sterbe, werde ich dann sofort wiedergeboren, oder gibt es eine Inkubationszeit?
Ich hoffe, dass ich als Frau wiederkehre, dann könnte ich stundenlang an mir herumspielen. Drei Orgasmen hintereinander und nur einmal Schuldgefühle.
Angenommen, ich bin eine Frau und dazu verdammt, jung zu sterben. Eine tödliche Krankheit, meine zweitgrößte

Angst. Die Schmerzen – ich ertrage keine Schmerzen! Ob ich überhaupt als Mensch wiederkomme? Angenommen, ich kehre als Grashalm zurück, als stinknormaler Grashalm. Im Winter döst man ruhig vor sich hin, außer, man wächst an einem Baum, wo sie einen bepinkeln und auf einem rumtrampeln. Ich kann die Schmerzen jetzt schon fühlen, die Schmerzen und die Erniedrigung. Und dann, wenn der Frühling kommt, wird man mindestens einmal pro Woche abgemäht. Die Säfte fließen aus der offenen Wunde. Das sorgfältig aufgebaute Chlorophyll, von dem der unbarmherzig mähende Mistkerl lebt, wird jedes Mal wieder verschwendet, und wenn die Wunde verheilt ist, wird erneut gemäht. Nein, da wachse ich lieber an einer Mauer, da wird man mit Unkraut Ex besprüht und stirbt. Nein, lieber will ich nicht wiedergeboren werden. Nichts da.

Ich komme in den Himmel.

Wenn ich Wichtchen ein guter Vater bin.

Und falls ich das nicht schaffe, kann ich immer noch schnell zur Beichte gehen.

Die Beichte, darüber habe ich schon nächtelang nachgegrübelt.

Wann genau muss man beichten? Und werden einem dann alle Sünden vergeben? Wirklich alle? Die Sache muss doch einen Haken haben! Ich sollte mich lieber nicht auf so eine schnelle Beichte kurz vor dem Tod verlassen.

Und dann der Himmel an sich. Da soll es Reisbrei geben. Ich mag keinen Reisbrei. Ob ich da noch einen Schwanz habe? Ein Leben ohne Schwanz kann ich mir schlecht vorstellen. Ich bin der Teufel. Ich bin der letzte noch lebende Teufel auf Erden.

Ich werde ewig leben.

Dieser letzte Gedanke flößte Herman Verbist, der sich in den Schritt fasste und »Chrissie« stöhnte, Angst ein.
Sie kommt nicht mehr, dachte er. Gute Nacht, liebe Laura.
Vor sich hin murmelnd ging er ins Schlafzimmer, wo er mutlos ins Bett kroch und bei Wichtchen Trost suchte, die zusammengerollt wie ein Fötus schlief. Ihr Atem ging regelmäßig, und der Daumen war ihr aus dem Mund gerutscht.
Verbist wäre am liebsten in sie hineingekrochen.
Er schnupperte an ihr.
Sie duftete nach Baby, nach Unschuld, und als er mit der Nase ihre vor Schweiß glänzende Stirn berührte, regte sie sich unruhig und schlang die Arme um ihn.
»Du darfst nicht sterben. Niemals.«
Herman Verbist schmiegte sich mit seinem nackten Körper schützend an sie und bat Gott um Vergebung.

MITTWOCH, 26. NOVEMBER – 23 UHR 55

Hungrig und unzufrieden wälzte sich Dirk Deleu im Bett herum. Er konnte nicht schlafen und griff zum zigsten Mal nach seinem Handy, das auf dem Nachttisch lag. Nein, es summte nicht.
Ich werde auch noch schizophren, wenn ich nicht aufpasse!
Deleu richtete sich auf und setzte sich auf den Bettrand. Er griff nach seiner Jeans, holte ein zerknittertes Päckchen Belga aus der Gesäßtasche, zog mit den Zähnen eine Zigarette heraus und rauchte schweigend und mit geschlossenen Augen.
Morgen, Dirk. Morgen. Er war zu Fuß unterwegs, also wohnt er hier irgendwo in der Nähe.

Deleu wedelte mit der rechten Hand, als wolle er den Rauch vertreiben, aber in Wirklichkeit wollte er die Gedanken an den Mann mit dem Frittenpäckchen verscheuchen, die ihn jetzt schon – er sah auf seinen Reisewecker – seit einer Stunde wach hielten.
Beim siebten Zug behielt er den Rauch im Mund und riss die Augen weit auf.
Sanjana … Sandra Janssens! Dieses Protokoll! Fahrerflucht!
»Das ist es! Verdammt noch mal!«
Deleu griff nach dem Handy, schlüpfte in Jeans und Schlabberpulli, fand seine Strümpfe nicht und hüpfte barfuß die Treppe hinunter.

DONNERSTAG, 27. NOVEMBER – 0 UHR 25

Der Offizier vom Wachdienst schloss die Tür auf, und er hatte das Licht noch nicht eingeschaltet, als Deleu schon wie vom Teufel gehetzt zum Archivschrank rannte und einen grauen Ordner herausholte.
Hastig raschelten seine Finger durch das Papier.
Plötzlich hielt er inne, klappte die Metallringe auf, nahm eine Mappe heraus und schlug das Protokoll mit der Aufschrift »Fahrerflucht« auf.

Die Tat ereignete sich am 25. November dieses Jahres und wurde in keinem früheren Protokoll aufgenommen.

Fahrerflucht

Mechelen, 25. November 2001

Ich, Adjunct-Commissaris Paul Vandeuren, Mitglied der Polizei Mechelen, erhielt heute von Hulpagent Maurits Pauwels folgenden Bericht:

»Heute, am 25. November 2001 um 17 Uhr 25, erhielt ich den Auftrag, mich in die Drabstraat zu begeben, wo ein Unfall mit Fahrerflucht stattgefunden haben sollte. Am Unfallort wartete Mijnheer François MORRET, geboren in Mechelen am 23. 04. 33, wohnhaft Acaciadreef 26, 2800 Mechelen. Mijnheer Morret erklärte, während der Fahrt auf seinem Mountainbike von einem VW Golf, Baujahr unbekannt, Kennzeichen ECV025, angefahren worden zu sein. Das Unfallfahrzeug wurde abgeschleppt und sichergestellt. Im Wagen wurden weder Hinweise auf die Identität des Fahrers noch Fahrzeugpapiere gefunden, lediglich eine Reparaturrechnung auf den Namen Sandra Janssens, ohne Adresse. Mijnheer Morret zog sich eine Knieverletzung zu und …«

Nervös blätterte Deleu um, und tatsächlich fand er eine Fortsetzung des Protokolls. Die hatte er beim letzten Mal nicht lesen können, weil Nadia es so eilig gehabt hatte, ihren Termin mit Evelyne Pardieu einzuhalten.

Beim Weiterlesen wurde er blass um die Nase. Er legte das Blatt auf den Tisch und wählte eine eingespeicherte Telefonnummer.

Donnerstag, 27. November – 0 Uhr 43

Untersuchungsrichter Jos Bosmans, der zwei Tage ununterbrochen gearbeitet hatte, schnarchte, als wolle er ganz allein eine uralte Eiche absägen. Seine Gattin Maud stieß ihn an.

»Jos! Jos, wach doch auf! Jos, Telefon!«

Schlaftrunken stand Maud auf, tappte zum Telefon und nahm den Hörer ab.

»Bosmans?«

»Guten Abend, Maud, ich bin's, Dirk, Dirk Deleu. Ist Jos zu Hause?«

»Nein, der ist in einem Striptease-Lokal, wie immer Freitag … nacht«, erwiderte sie gähnend.

Deleu sagte nichts.

»Schon gut, Dirk, ich gebe dich weiter.«

Bosmans war inzwischen aus dem Bett gestiegen, und seine Grabesstimme hätte einem abgebrühten Vampir eine Gänsehaut verursachen können.

»Bosmans!«

»Jos, ich bin's, Dirk. Komm bitte sofort ins Präsidium!«

Klick, aufgelegt.

Bosmans sah den Hörer an wie einen Wurm, der sich in seinem köstlichen Salat aalte.

Donnerstag, 27. November – 1 Uhr 25

Soraya, eine afrikanische Prinzessin, spazierte vorbei, elegant mit den Hüften wackelnd, den Kopf nonchalant unter den Arm geklemmt. In der glänzenden Zahnreihe in ihrem Mund, der ihn einladend anlachte, spiegelte sich das baumelnde Bein von Sandra, der Hure, wider. Sie trat nach einem blutigen Fleischklumpen. Der wabbelige Klumpen rollte beiseite, und aus dem Glibber heraus sah ihn das schwarze Auge von Ira Levin vorwurfsvoll an. Yvette warf die nassen Laken ab. Sie steckte die Hand zwischen ihre fleischigen Schenkel und machte kreisförmige Bewegungen. Sie leckte sich die Lippen, und als sie nach Chrissie schielte, die sich wollüstig am Fußende des Bettes wand, sprach die Geilheit aus ihrem erhitzten Gesicht. Sie hatte weder Augen für den nackten Adonis, der langsam seine Hüften nach vorne schob, noch für seine geschwollene violette Eichel, die sich Chrissies glänzender Unterlippe näherte und eine grüne Schleimspur auf ihrem Hals hinterließ.

Herman Verbist, eine schlummernde Frustrationsbombe, detonierte um halb zwei Uhr morgens.

»Chris, du verlogene Nutte, ich hasse dich!«
Er wurde sich seiner imposanten Erektion bewusst und biss sich auf die Unterlippe.
»Ich werde in der Hölle brennen!«, rief er mit rauher Stimme.
Verbist warf die feuchte Bettdecke ab und erzitterte. Auf einmal verlangsamten sich seine Bewegungen, bis er gänzlich erstarrte.
Er kniff krampfhaft die Augen zusammen, doch es nützte nichts: Er verrottete langsam und musste es hilflos ertragen. Er war teils ein Nichts, teils ein Regenwurm, dem es bestimmt war, auf einen Angelhaken gespießt zu werden,

dann mutierte er zu einem Fisch, der sein Ende zur Hälfte in einem Mülleimer, zur anderen Hälfte in dem Barbaren fand, der ihn angelockt hatte, um anschließend von diesem wieder ausgeschissen zu werden, wonach der Zyklus mit einem Mistkäfer von neuem begann.
»Ich bin kein Angler, Wichtchen, du kannst ganz beruhigt sein. Wichtchen, mein Kind, meine rosa Krabbe«, keuchte Verbist.
Mit kalten Augen starrte er an die Decke.
»Vielleicht bin ich verrückt.«
Herman Verbist glitt ins Leere. Wie sehr er sich auch wehrte, er konnte nichts ausrichten.
Der Wahnsinn umfing ihn.
Wichtchen und Chris spielten die Hauptrolle.
Es gibt Hoffnung, irgendwo gibt es Hoffnung, irgendwo muss es Hoffnung geben. Hinter den Bergen scheint die Sonne.

DONNERSTAG, 27. NOVEMBER – 1 UHR 37

Der Innenhof des Polizeipräsidiums von Mechelen badete im geisterhaften Licht eines eilig aufgestellten Halogenscheinwerfers.
Deleu rutschte hinter das Steuer des grauen VW Golfs und tippte mit dem Bleistift gegen das ausgeblichene Wunderbäumchen, das heftig hin- und herschwang. Als er seine Stablampe auf den Boden richtete, rümpfte er die Nase. Auf der Beifahrerseite herrschte ein unbeschreibliches Chaos: sechs Rollen Küchenpapier, noch in der Verpackung, alte Zeitungen, leere Plastiktüten und eine ver-

schmierte Frittenschale. Mit dem Ende seines Bleistifts schnippte er die Schale beiseite, und beim Anblick der benutzten Windel stockte ihm der Atem.
Als die Lichtbündel zweier Autoscheinwerfer in den Rückspiegel fielen, sprang Deleu aus dem Wagen. Der alte Mercedes von Untersuchungsrichter Jos Bosmans bog auf den Innenhof ein.
Jos! Endlich!

»Umblättern! Seite zwei!«
Bosmans schob Deleus Zeigefinger weg, mit dem dieser auf den Namen Sandra Janssens deutete, und las flüchtig die letzten Zeilen des Protokolls, das ihm Deleu unter die Nase geschoben hatte.

Baujahr unbekannt, Kennzeichen ECV025, angefahren worden zu sein. Das Unfallfahrzeug wurde abgeschleppt und sichergestellt. Im Wagen wurden weder Hinweise auf die Identität des Fahrers noch Fahrzeugpapiere gefunden, lediglich eine Reparaturrechnung auf den Namen Sandra Janssens, ohne Adresse. Mijnheer Morret zog sich eine Knieverletzung zu und …

Bosmans feuchtete seinen Daumen an und blätterte um.

wurde zur Behandlung ins Onze-Lieve-Vrouwe-Krankenhaus verbracht. Der Unterzeichner, François Morret, pensionierter Bankangestellter, erstattet Anzeige gegen den unbekannten Fahrer und erklärt zugleich, dass es sich bei der Gegenpartei um den gesuchten flüchtigen Straftäter Herman Verbist handelt, den er anhand des Fahndungsfotos in unserem Büro erkannt zu haben glaubt.

Bericht verfasst vom diensthabenden Hulpagenten Maurits Pauwels am 26. November 2001 im Präsidium Mechelen.

Noch ehe Bosmans so richtig begriffen hatte, was das bedeutete, zog Deleu ihn schon mit sich.
»Komm, Jos! Sieh dir das Auto an!«
Deleu packte Bosmans am Handgelenk und zerrte ihn vom Stuhl. Plötzlich hielt Deleu mitten in der Bewegung inne. Er blickte auf die Samtpantoffeln an Bosmans' Füßen und konnte sich ein Lächeln nicht verkneifen.
»Was denn?«
Deleu deutete mit den Augen auf Bosmans' Füße und dann auf seine. Auch er trug keine Socken, sondern war barfuß in seine Dockers geschlüpft.
»Wo bleibt denn Pauwels?«, fragte Bosmans gähnend auf dem Weg zur Tür. »Ich hoffe, dass du recht hast, Dirk. Schließlich habe ich mitten in der Nacht das gesamte Mechelener Polizeikorps zusammengetrommelt. Und die Leute haben in den letzten zwei Tagen schon unglaublich viel geleistet. Worauf beruht denn eigentlich deine Vermutung?«
»Sanjana – Sandra Janssens«, murmelte Deleu, der seinem Chef durch die eiskalte Nacht hinterhergelaufen war und mit der Stablampe durch die zerschmetterte Heckscheibe des Golfs leuchtete.
Bosmans verzog die Lippen zu einem säuerlichen Grinsen.
»Komm schon, Jos! Hast du denn die Erklärung des Moun-

tainbikers, dieses François Morret, nicht gelesen? Pauwels ...«

»Jetzt hör mir mal zu, Deleu«, unterbrach ihn Bosmans, von einem Fuß auf den anderen tretend. »Dort drinnen liegen fünfhundert Aussageprotokolle von Leuten, die alle behaupten, Verbist gesehen zu haben. Mist! Wo bleibt denn Pauwels?« Seine Zehen in den durchweichten Pantoffeln waren steif vor Kälte.

Deleu hatte das Handschuhfach geöffnet und wühlte mit dem Bleistift in dem ungeordneten Papierwust herum. Als Bosmans den Kopf hereinsteckte, beleuchtete er mit der Stablampe den Boden.

»Da.«

»Was?«, fragte Bosmans und blinzelte auf das Chaos hinunter.

»Das ist eine Windel.«

»Weiß ich selbst. Bei mir zu Hause stapeln sich die Dinger.«

»Mijnheer Untersuchungsrichter?«, rief der Offizier vom Wachdienst.

»Ja?«

Bosmans wandte sich träge um. Ein schneidender Windstoß ließ ihn frösteln.

»Agent Pauwels ist da. Er wartet drinnen.«

»Komm, Dirk«, brummte Bosmans, drehte sich mit einem Ruck um und stellte den Kragen seines Lodenmantels auf.

Maurits Pauwels blickte mit gemischten Gefühlen zur Tür, als Bosmans und Deleu die Wache betraten: Deleu geduckt und mit krummem Rücken, aber aufmerksam, der Untersuchungsrichter mit straffem Rücken, den Blick starr geradeaus. Das teuflische Duo. Die Geißel der Merodestraat.

Pauwels wandte rasch den Blick ab, als er die karierten Pantoffeln sah.

Und diese Streifen … das ist eine Schlafanzughose!

Bosmans schnaubte, zog rasch einen Stuhl heran und versteckte seine Füße unter dem Schreibtisch.

»Ist Kaffee da?«

»Kalt, was?«, fragte Agent Pauwels überflüssigerweise.

»Nein, warm«, murmelte Deleu und schüttelte die Thermoskanne.

»Frisch ist der bestimmt nicht.«

»Hauptsache warm«, erwiderte Bosmans und sah Pauwels streng an. »Und jetzt erzählen Sie uns bitte, was genau geschehen ist.«

»Ich habe in dem Wagen keine Papiere gefunden«, beantwortete der Agent die Frage des gestrengen Untersuchungsrichters. »Nur eine Reparaturrechnung auf den Namen Sandra Janssens, aber ohne Adresse.«

»Sie sind aber nicht auf die Idee gekommen, beim zentralen Straßenverkehrsregister anzurufen und den Besitzer des Wagens anhand des Kennzeichens identifizieren zu lassen?«, fragte Deleu, wütender als nötig, weil nur noch eine halbe Tasse Kaffee für ihn übrig war.

»Tut mir leid, Inspecteur, aber der Radfahrer musste gestern in der Klinik bleiben und konnte erst heute vorbeikommen und seine Aussage machen.« Pauwels deutete auf das Datum des Protokolls.

»Hm. Um welche Uhrzeit war das?«, hakte Deleu noch einmal nach.

»Ich habe zwei Mal versucht, beim Straßenverkehrsregister

anzurufen, aber niemanden erreicht«, erwiderte Pauwels, ohne Deleus Frage zu beantworten. Er warf einen Blick über die Schulter auf den unordentlichen Stapel von Protokollen.
Bosmans hob die Hände.
»Schon gut, Kollegen. Wir stehen alle unter großem Druck. Ich nehme an, dass Agent Pauwels ebenso wie alle anderen Besseres zu tun hatte, als einen Autofahrer aufzuspüren, der Fahrerflucht begangen hatte.«
Pauwels lächelte dankbar und nickte.
»Sie schreiben, der Radfahrer, Mijnheer Morret, habe in dem Unfallverursacher den gesuchten Verbist erkannt, stimmt's?«, bohrte Deleu weiter, der seine aggressive Haltung aufgegeben hatte und mit verschränkten Armen über einem Stuhl lehnte.
»Ja, dieser Morret hat steif und fest behauptet, es sei Verbist gewesen, der ihn angefahren habe. Ich sehe ihn noch auf das Fahndungsplakat zeigen«, bestätigte Pauwels kopfschüttelnd.
Sein Eifer brachte Bosmans dazu, nervös auf seinem Stuhl hin- und herzurutschen. Die Rüge, die ihm auf der Zunge lag, schluckte er hinunter.
Als Pauwels dann fortfuhr: »Ich kann mich noch ganz genau an die Sache erinnern, denn nachdem ich das Protokoll geschrieben und eine Radklemme geholt hatte, hatten Rowdys schon die Heckscheibe zertrümmert. Ein Passant erzählte mir, sie hätten sich mit einem Weidenkorb auf und davon gemacht«, verschluckte sich Deleu an seinem lauwarmen Kaffee.
Bosmans kam ihm zuvor. »Ein Weidenkorb?«
Der Hinweis rief bei ihm dieselbe Assoziation hervor wie

bei Deleu. Studentische Aushilfe in Zoofachgeschäft niedergeschlagen. Weidenkorb gestohlen.
»Bingo!«, rief Deleu.
Als Bosmans das Victory-Zeichen machte, tippte sich Deleu an die Nase.
Bosmans nickte und rief seinen ersten Befehl. »Wir brauchen Fingerabdrücke! Pudert dieses Auto von oben bis unten ein!«
»Die Adresse!«, keuchte Deleu.
»Durchsuch die zentrale Datenbank! Ruf in Brüssel an! – Pauwels?«
»Ja, Mijnheer Untersuchungsrichter?«
»Welche Schuhgröße haben Sie?«
»Ich? Äh … dreiundvierzig.«
»Schuhe aus!«, befahl Bosmans, während er mit einem Augenzwinkern aus seinen karierten Pantoffeln schlüpfte.

DONNERSTAG, 27. NOVEMBER – 2 UHR 05

Wichtchen weinte.
Sie war einfach untröstlich, und Verbist eilte mit ihr in die Küche, wo er sie fütterte und wickelte. Trotzdem hörte sie nicht auf, jämmerlich zu quengeln.
Verbist fluchte, kehrte ins Schlafzimmer zurück, flüsterte zärtliche Worte ins Ohr des zappelnden Menschleins und packte sich schließlich mit beiden Händen an den Kopf.
Wichtchen plumpste auf die Federkernmatratze und fing an, aus vollem Hals zu schreien. Verbist vergrub den Kopf unter dem Kissen und steckte sich die Finger in die Ohren. Seine Schultern zuckten asymmetrisch auf und ab.

Das Klagelied hielt an.
Sie will die Wahrheit wissen!
Verbist presste die Hände gegen die Schläfen, sah die Kleine flehentlich an und beschloss zu guter Letzt, ihr ein kleines Märchen zu erzählen.
»Es waren einmal ein Mann und eine Frau, Herman und Yvette. Sie waren jung und unbesonnen. Als sich ihre Wege kreuzten, verliebten sich Herman und Yvette ineinander. Sie heirateten, mieteten ein Pfefferkuchenhäuschen, hatten beide einen ordentlichen Beruf und langweilten sich bald zu Tode. Vati wollte immer spielen, Mutti lieber schlafen. Vati langweilte sich, Mutti schlief. Vati verlor seine Arbeit, war sehr unglücklich und spielte gefährliche Spiele. Mutti schlief weiter.«
Wichtchen hörte nicht auf zu jammern.
»Als Vati Mutti ein Kindchen machte, spielten sie wieder miteinander, und das Leben war wieder Friede, Freude, Eierkuchen. Mutti wurde rund wie ein Vogelei, und so geschah es, dass sie aufhörte zu arbeiten und ein gemütliches Nest baute. Doch auch Mutti fing an, sich zu langweilen, und während Vati einkaufen war, schnüffelte sie in seinen Sachen herum.«
Das Weinen wurde lauter, aber Verbist blieb eiskalt. Sein starrer Blick wurde grimmig.
»Und so geschah es, dass Mutti eines Tages Vatis kleines Geheimnis entdeckte. Dabei grub sie nicht mal den Schädel aus. Doch sie steckte sich Vatis Flinte in den Mund, und ihr Gehirn spritzte an die Tapete. Vati, der fröhlich von seinen Besorgungen nach Hause kam, fand Muttis sterbliche Überreste und geriet in Panik.«
Das Weinen wurde zu schrillem Sirenengeheul.

Endlich schien Verbist zu erwachen und blickte erstaunt auf.

Hätte ich ihr lieber vorlügen sollen, dass Mutti im Kindbett gestorben ist oder so ähnlich? Nein, sie will die Wahrheit, also bekommt sie die Wahrheit. Offen und ehrlich, keine Geheimnisse mehr.

Er streichelte dem schreienden Wichtchen über den Bauch, aber sie strampelte noch stärker. Er umklammerte ihre Handgelenke, presste seine Lippen an ihr Ohr und entblößte die Zähne.
»Du willst es wissen? Okay! Während das Kindchen langsam in Muttis leblosem Bauch erstickte, trank Vati in der Kneipe ein paar Bier und dachte nach.« Das Flüstern wurde lauter. »Vati wusste nicht mehr ein noch aus. Das Kindchen war in Muttis Bauch erstickt.« Die Worte kamen in einem abgehackten Stakkato. »Vati ruft die Polizei. Kindchen blieb bei Mut-ti. Va-ti blieb bei Va-ti.« Verbist brüllte aus vollem Hals. Dann flüsterte er mit letzter Kraft: »Vati lebte noch lange und unglücklich und verabscheute sich wie ein Fisch den Wurm, der ihm zum Verhängnis geworden ist. Beide erstickten.«

Als Herman Verbist vornüber kippte, hörte das Schreien auf.

Donnerstag, 27. November – 2 Uhr 37

Die Frau gähnte, griff neben sich und nahm das Handy vom Nachtschränkchen. Während sie sich die blondierten Haare aus dem Gesicht strich und sich den Schlaf aus den Augen rieb, lächelte sie flüchtig.

Tom.

»Hallo?«

Die Mundwinkel der Frau – dreiundvierzig Jahre alt, geschieden – wanderten nach unten. Diese krächzende Männerstimme, das war nicht Tom.

Ihr Steward, den sie in der Disco kennengelernt hatte und der in diesem Moment irgendwo hoch über den Wolken schwebte, hatte eine sanfte, fast weibliche Stimme.

»Hallo, wer ist da?«

»Sandra Janssens?«, fragte jemand rauh.

»Bei Ihnen piept's wohl!«, rief sie und verfiel dabei in einen starken Antwerpener Dialekt. »Wissen Sie, wie spät es ist?« Sie sah auf ihre überdimensionale Armbanduhr.

»Spreche ich mit Sandra Janssens?«

»Nein, mit Sandrina Janssens! Wer ist denn da? Bist du das schon wieder, Juri? Es ist aus und vorbei, dass du's weißt!«

Ein heiserer Fluch, gefolgt von einem lauten Klicken, beendete die Konversation.

Donnerstag, 27. November – 2 Uhr 47

Herman Verbist presste das Gesicht tief in das Bettzeug, aber es nützte nichts. Dröhnende Bässe und flackerndes Stroboskoplicht. Sein Kopf explodierte. Eine

rosarote Pilzwolke breitete sich langsam aus und hüllte die Welt in eine undurchdringliche Gardine des Selbstmitleids. Der Nebel fühlte sich klebrig an. Man konnte kaum noch atmen. Die Kontamination war absolut und unumkehrbar.
Als er den Oberkörper leicht aufrichtete und die Augen öffnete, sah Wichtchen ihn fragend an. Sie steckte ihr Händchen in seinen Schoß, lächelte zögernd und hustete.
Verbist rappelte sich mühsam auf und streichelte ihr den Rücken. Er deckte sie gut zu und drückte ihr einen Kuss auf die Stirn. Ihre großen blauen Augen blickten reuevoll, und Verbist hatte Mitleid mit ihr.
Er rollte sich auf den Rücken, und während er an die gräuliche Decke starrte, wartete er reglos ab.
Plötzlich stieg dampfender Schleim aus seiner Nase auf, bildete einen fleckigen Film an der Decke, tropfte in seinen Mund und stieg durch die Nase wieder auf.
Der Kreis hatte sich geschlossen. Er erstickte an sich selbst.
Verbist bewegte sich nicht und beobachtete das Geschehen voller Grausen. Die Halluzination war so realistisch, dass er vor Angst am ganzen Körper zitterte.
Als es ihm endlich gelang, die Augen zu schließen, war er kaum zehn Zentimeter groß und schrumpfte beängstigend schnell weiter. Als er die Augen wieder öffnete, war es zu spät. Er war zur Essenz seiner selbst zusammengeschnurrt. Er war das Nichts.
Er hörte ein Rascheln und blickte zur Seite, doch alles war schwarz. Er fuchtelte wild mit den Armen und schnappte gierig nach Luft. Als er Wichtchen neben sich liegen sah, kam sein banges Herz zur Ruhe.

Ich muss geschlafen haben. Ich schlafe schlecht in letzter Zeit. Alles ist friedlich. Weihnachten nähert sich mit raschen Schritten. Ich werde dieses Jahr einen Baum kaufen, einen echten Christbaum mit allem Drum und Dran. Einen Baum für uns drei.

DONNERSTAG, 27. NOVEMBER – 3 UHR 25

Jean-Luc Kiekens, der frischgebackene Bürgermeister von Mechelen – dank allerlei Kungeleien, nach denen aber inzwischen kein Hahn mehr krähte –, dachte, er träume, als ihn eine Männerstimme bat, schnellstmöglich das Melderegister einsehen zu dürfen, weil der Zentralcomputer in Brüssel nicht hochgefahren werden könne.
Zwanzig Minuten später öffnete er eigenhändig die Tür des Einwohnermeldeamts im Rathaus von Mechelen. Es war kalt in dem großen Saal mit dem hohen Marmorgewölbe.
»Sie ist 1966 geboren«, erklärte Bosmans und blies eine weiße Wolke in den Nacken des Bürgermeisters.
Dieser schaltete das Licht ein und begab sich schnaufend zu einem massiven Eichenschrank, in dem verschiedene Schlüssel hingen. Er wählte einen großen Schlüssel aus, an dem eine Pappkarte mit der Aufschrift »Archiv« baumelte.
»Gott sei Dank kennen Sie sich hier aus«, seufzte Bosmans händeringend.
Der empörte Blick des Bürgermeisters brachte ihn für einen Augenblick aus dem Konzept.
»Ich habe früher selbst beim Einwohnermeldeamt gearbeitet«, erklärte das Stadtoberhaupt und blähte die Wangen

auf. »Es könnte sogar gut sein, dass ich persönlich die Eintragung vorgenommen habe. Obwohl, 1966 sagten Sie ... nein, doch nicht. Spielt ja auch keine Rolle.«

Das ledergebundene Buch war bleischwer, und der Deckel fiel mit einem lauten Knall auf die Schreibtischplatte, als Kiekens das Register auf gut Glück aufschlug.

»Oje, Janssens, die füllen allein schon fast ein ganzes Register«, seufzte der korpulente Bonvivant. »Siebzehnter Februar, sagten Sie?«

Bosmans nickte nervös und blickte dem Bürgermeister über die Schulter. Kiekens ließ den Finger über die Seite wandern, befeuchtete seinen Daumen und schlug rasch zwei Seiten um.

»Hier. Das muss sie sein. Janssens, Sandra. Tochter von Rudolf Janssens, geboren in Mechelen am fünfzehnten Dezember neunzehnhundertfünfunddreißig, und Margareta Volders, geboren in Leest am vierundzwanzigsten März neunzehnhundertsiebenunddreißig.«

Beifallheischend blickte er über die Schulter, aber Bosmans hielt bereits das Handy ans Ohr und murmelte: »Verdammt, sie wohnt noch zu Hause. Dann hat dieser Irre womöglich die ganze Familie ...«

»... ermordet«, ergänzte der Bürgermeister und schluckte. Seine kleine Nase glänzte. Er schob seine Brille auf die Nasenwurzel und strich nervös eine der drei verbliebenen Haarsträhnen nach hinten.

Um Viertel vor vier wurde an die Tür gehämmert. Der völlig verwirrte Verbist stieß auf dem Weg dorthin überall an.
»Aufmachen, Polizei!«
Ein Adrenalinstoß jagte durch seinen Körper.
Verbist war jetzt hellwach. Er sah in den Spiegel und hasste sich, so wie ein abgehalfterter Angestellter einen jungen Akademiker hassen musste. Er bürstete sein wirres Haar.
»Machen Sie sofort auf!«
Verbist zuckte die Achseln und ging zur Tür. Würdevoll und irgendwie erleichtert. Als er öffnete, ertönte ein heiseres Kichern.
Diese glänzende schwarze Gestalt, das ist Chris.
»Chrissie?«
»Hast du schon geschlafen?«, fragte sie und rauschte ins Wohnzimmer. Sie trug einen schimmernden Kunstlederanzug mit Reißverschlüssen, der ihren Körper wie eine Schlangenhaut umhüllte. Üppiges schwarzes Make-up hatte ihre stumpfen Augen in schwarze Krater verwandelt.
»Du hast wohl schon gedacht, ich würde nicht mehr kommen, oder?«
Sie setzte sich auf das Sofa und fuhr mit den Händen durch ihre aufgeplusterte Frisur.
»Nein, ehrlich gesagt nicht«, stotterte Verbist.
»Was guckst du denn so komisch?«
»Ich bin müde. Weißt du, wie spät …«
»Ich habe einen draufgemacht. Hätte ich denn um zwölf Uhr zu Hause sein sollen, Vati?«, fragte sie aufreizend.
»Nein, aber …«

»Kann ich hier pennen oder nicht?«, unterbrach sie ihn zum zweiten Mal.
»Ja, jaja, natürlich. Ich kann auf dem Sofa schlafen.«
»Nein, leg du dich mal ins Bett zu deinem Kindchen, ich penn schon auf dem Sofa.«
Sie dehnte und reckte sich geschmeidig, schlüpfte aus der glänzenden zweiten Haut und warf sie achtlos auf den Wohnzimmertisch. Dann kuschelte sie sich bequem auf dem Sofa zurecht.
Verbist nahm seinen Morgenmantel von der Schlafzimmertür und deckte sie zu. Sie brummelte etwas und drehte sich seufzend um. Er kniete sich vor sie und streichelte sie sanft zwischen den Schulterblättern. Ihre Nacktheit erregte ihn. Er konnte sich nicht beherrschen, und seine Finger wanderten abwärts zu ihrem Venushügel. Sie packte ihn am Handgelenk.
»Nicht. Meine Muschi stinkt. Sie ist verschwitzt.«
Chris hatte ihn heftig angefahren, aber Verbist machte trotzdem weiter, einen ekstatischen Glanz in den Augen.
»Finger weg!«
Verbist zog die Hand zurück und kniete weiter auf dem Teppich.
Was ist denn in mich gefahren? Warum jage ich sie nicht einfach hinaus auf die Straße? Warum vergewaltige ich sie nicht? Das will sie doch, oder?
Sein Körper gierte nach Sex. Mit kleinen Schritten, als balanciere er auf dem schmalen Grat zwischen Vernunft und Wahnsinn, ging er in die Küche, wo er eine Zigarette rauchte.
Verzweifelt schlüpfte er ins Bett, doch er konnte nicht einschlafen. Herman Verbist hatte Angst. Todesangst.

Und wenn sie die Bude anzündet? Und wenn sie uns im Schlaf ermordet? Vielleicht ist sie hinter den Kassenobligationen her und wartet jetzt geduldig ab. Eine nackte schwarze Witwe. Eine blutrünstige Zecke, die auf Beute lauert, zuschlägt, sich einkapselt und dich für den Rest deines Lebens genüsslich aussaugt. Was soll ich tun? Was will sie von mir? Ich bin müde. Morgen sehen wir weiter, morgen. Morgen werfe ich sie raus.

Herman Verbist fand Trost in seinem Totem, verrieb den Samen auf seinem Bauch und schlief ein. Leer.

Er träumte von seinem neuen Katalog, über den man anonym Sexspielzeug bestellen konnte, und grübelte über Wichtchen nach, die von einem seltsamen Gummisack mit verschiedenen Schläuchen daran fasziniert war.

Er blinzelte, auf einmal wieder hellwach.

Ich glaube, sie will zurück in die Gebärmutter. Ich bin machtlos. Ich lasse mich nicht einäschern. Ich lasse eine Minikamera in meinem Sarg anbringen, Reality-TV. Der Produzent kann nach einigen Monaten den Verwesungsprozess im Zeitraffer wiedergeben. Ich werde mit einem Privatsender telefonieren. Sie dürfen mit mir machen, was sie wollen, Hauptsache, die Einnahmen sind für Wichtchen bestimmt.

»Jupiler-Bier, meine Zuflucht, mein schäumender Freund. Saufende Väter hinterlassen irreparable Schäden.«

Ich bin eine schwarze Amsel in einer blendend weißen Schneelandschaft.

DONNERSTAG, 27. NOVEMBER – 4 UHR 32

Der alte Herr mit dem zerfurchten Gesicht erwachte aus seinem leichten Schlaf. Er blickte auf das Zifferblatt seines Reiseweckers, der Belgien nie verlassen hatte. Halb fünf. Er rieb sich den Schlaf aus den Augen und blickte hinüber zu seiner Frau, die mit der Nase zur Decke dalag und schnarchte.

Plötzlich wurde sein Blick aufmerksam, und er drehte den Kopf so, dass beide Ohren frei waren.

Er lauschte mit angehaltenem Atem.

Da, wieder dieses Schlurfen! Unten im Wohnzimmer. Einbrecher!

Rudolf Janssens, ehemaliger SEK-Soldat und noch immer durchtrainiert, schlüpfte geschmeidig und geräuschlos aus dem Bett. Ohne die Pantoffeln anzuziehen, schlich er zum Wandschrank und schob langsam und vorsichtig die Schiebetür auf.

Janssens lächelte, als er blind den Lauf seiner Pumpgun zu fassen bekam. Mit einer katzenhaften Bewegung nahm er drei Schrotpatronen aus dem Nachtschränkchen und schob sie behende ins Magazin. Zufrieden klemmte er sich den Kolben unter die Achsel.

Die können was erleben!

Janssens stieß mit einem Fuß gegen die Schlafzimmertür, doch als die Angeln quietschten, griff er nach der Türklinke und biss sich nervös auf die Unterlippe. Er öffnete und schloss mehrmals die linke Faust und schob mit einer raschen Bewegung eine Patrone in die Kammer.

Mit angehaltenem Atem legte er den Sicherheitshebel um.

Fertig. Ihr könnt kommen.

Rudolf Janssens lauschte angespannt. Als er schließlich behutsam den Kopf durch den Türspalt steckte, wurde sein Brustkorb so heftig zusammengepresst, dass er nach Luft schnappte.
Einer der drei schwarzgekleideten Männer drückte Janssens das Knie gegen die Brust, während die anderen beiden seine Arme und Beine festhielten.

»Wissen Sie, wo sich Ihre Tochter aufhält, Mevrouw?«, fragte Deleu diplomatisch.
Rudolf Janssens, der mit übereinandergeschlagenen Beinen auf dem Sofa saß und grimmig die Fäuste zwischen die Oberschenkel klemmte, sagte kein Wort.
»Unsere Sandra wohnt nicht mehr hier«, sagte die kleine alte Frau zittrig. Ihre eingefallenen Wangen wirkten umso hohler, als sie ihr Gebiss oben im Schlafzimmer im Wasserglas vergessen hatte. »Schon vor einem Jahr ist sie ausgezogen.«
Nadia Mendonck konnte ihre Enttäuschung nicht verbergen. »Aber wir konnten Sandras Adresse nicht ermitteln. Sie ist immer noch bei Ihnen gemeldet.«
»Sie wohnt bei David, ihrem Freund. Beziehungsweise, sie hat bei ihm gewohnt.«
»Und jetzt?«
»Sie sind inzwischen getrennt. Ich glaube aber, dass Sandra immer noch in seinem Apartment wohnt. Aber sie erzählt mir ja nichts.«
»David?«, murmelte Deleu gedankenverloren.
»Wollen Sie damit sagen, dass Sie nicht wissen, wo Ihre Tochter wohnt?«, fragte Nadia erstaunt.
»Ich will einen Anwalt!«, meldete sich Rudolf Janssens zu Wort.

Deleu hob den Zeigefinger. »David!«
»Was heißt hier David?«, fragte Nadia irritiert. »Kennst du den etwa?«
»Aber Nadia, kannst du dich denn nicht mehr an die Chat-Datei erinnern? Sanjana hat Ricardo von David erzählt!«
Nadia nickte.
»Ich verlange einen ...«
»Ach, sei still! Unsere Sandra steckt vielleicht in Schwierigkeiten, und du denkst wieder mal nur an dich!«, kam Mevrouw Janssens den Ermittlern zu Hilfe.
»Aber was nützt uns das? Wie heißt David mit Nachnamen, Mevrouw Janssens?«, fragte Nadia Mendonck, die die Szene gar nicht mitbekommen hatte.
»Sag denen nichts, Marga!«, brummte Mijnheer Janssens im Befehlston.
»Ich habe meine Tochter seit zwei Wochen nicht mehr gesehen«, flüsterte die Frau. »Sonst hat sie wenigstens ab und zu mal angerufen, aber sie meldet sich nicht. Und was soll das mit diesem Ricardo? Hat sie jemand anderen kennengelernt?«
Deleu breitete in einer Geste der Hilflosigkeit die Arme aus. »Nein, das ist Fachjargon, Mevrouw«, log er. »Haben Sie ihre Telefonnummer?«
»Ja, die habe ich hier irgendwo. Eine Handynummer. Aber ich habe sie in letzter Zeit nicht mehr angerufen. Sonst war immer ein Anrufbeantworter dran, aber momentan kann ich sie gar nicht mehr erreichen. Ach, junge Frau, schaffen Sie sich bloß keine Kinder an. Nichts als Ärger hat man mit ihnen.«
»Können Sie uns den Familiennamen von Sandras Freund David sagen?«, fragte Nadia noch einmal.
»Nein, schon seinen Vornamen wollte sie mir nicht ver-

raten, ich musste ihn ihr aus der Nase ziehen. Wenn Sie wüssten …«

Die Frau hob beschwörend die Hände. Plötzlich sah sie wieder ängstlich aus.

»Glauben Sie, dass ihr etwas zugestoßen ist?«

»Hat sie Drogen genommen?«, fragte ihr Mann, nervös mit den Füßen scharrend.

Die Ermittler verabschiedeten sich schließlich. Als Nadia Mendonck mit dem hustenden Dirk Deleu auf den Fersen zur Tür ging, rief ihnen Rudolf Janssens hinterher: »Vielleicht habe ich doch etwas für Sie!«

Beide Ermittler drehten sich gleichzeitig um.

»Ja?«

»Ich habe vor kurzem ein Einschreiben erhalten«, sagte Rudolf Janssens, das Kinn auf die Hände gestützt. »Von dem Vermieter von Sandras Freund. Der hat es auch geschafft, uns ausfindig zu machen. Wenn's ums Geld geht, findet man uns immer.«

»Und?«, fragte Deleu.

»Die beiden seien zwei Monate mit der Miete im Rückstand, und Sandra habe damals den Mietvertrag mit unterzeichnet und so weiter und so fort … Dieser Jef Briels, der Vermieter, ist ein richtiger Hai. Ein Geldhai.«

»Haben Sie den Brief noch?«, fragte Nadia Mendonck hastig.

»Wissen Sie, wo Briels wohnt?«, fiel Deleu ein.

»Den Brief habe ich noch, aber nicht Briels' Adresse.«

»Seine Adresse steht hinten auf dem Umschlag«, unterbrach ihn seine Frau, ging zum Schrank und öffnete eine Schublade. Als sie Nadia das Schreiben reichte, sah sie ihr in die Augen.

»Sie ist tot, oder?«
Die Eltern von Sandra Janssens sahen sich an. Die Ratlosigkeit in ihren Blicken verursachte Nadia Mendonck einen Kloß im Hals. Rudolf Janssens wandte als Erster den Blick ab.
Deleu las: »Jef Briels, Pareipoelstraat 15, 2800 Mechelen«, und gab Nadia ein Zeichen, ihm zu folgen.
»Wir wissen es nicht. Wir halten Sie auf dem Laufenden.«
Als der Golf mit durchdrehenden Rädern anfuhr, summte Deleus Handy.
»Hallo, hier Inspecteur Mendonck.«
»Bosmans. Wo ist Deleu?«
»Reden Sie mit mir!«, antwortete sie gereizt. »Deleu fährt Auto, und das fällt ihm auch ohne Telefon schon schwer genug.«
Nadia steckte das Handy unter ihren Pullover und flüsterte: »Bosmans!« Dann hielt sie den Apparat wieder ans Ohr.
»Okay. Also, erstens, die Fingerabdrücke im Golf stammen von Verbist, zweitens …«
»Hier ist alles in Ordnung, Jos«, unterbrach ihn Nadia Mendonck. Deleu warf ihr einen verstohlenen Blick zu. Es war das erste Mal, dass er Nadia ihren Chef beim Vornamen anreden hörte. Es gab keine Privilegien mehr im Korps. »Sandra Janssens war offiziell noch bei ihren Eltern gemeldet.«
Sie erstattete Bosmans knapp Bericht über die Geschehnisse in Sandra Janssens' Elternhaus.
»Und drittens: Wir haben im Kofferraum Blutspuren und eine mit Erde verschmutzte Decke gefunden.«
Nadia Mendonck erbleichte.
»Er hat die junge Frau umgebracht, Dirk.«
»Seit vierzehn Tagen ist Sandra Janssens verschwunden«,

flüsterte Deleu. »Er ist verdammt schlau, Nadia. Er hat alles bis ins kleinste Detail vorbereitet. Er hat sie erst ermordet, dann sein eigenes Auto am Bahnhof abgestellt und von da an den Golf benutzt.«
Nadias Fluch ging im Hustenanfall ihres Kollegen unter.

DONNERSTAG, 27. NOVEMBER – 4 UHR 59

Als Herman Verbist im Traum das baumelnde Frauenbein in die Badewanne trat, schreckte er schweißgebadet auf. Auch dieses Ritual wiederholte sich fast jede Nacht.

Er klingelt. Ängstlich, hilflos, verwirrt. Nassgeschwitzt. Summend öffnet sich die Tür.
Er geht hinauf in den zweiten Stock.
Sandra öffnet ihre Wohnungstür. Sie sieht wunderschön aus in ihrem Negligé, zittert aber und verschränkt schützend die Arme vor der Brust. Der echte Ricardo hätte wahrscheinlich eine Brustwarze in den Mund bekommen. Er bekommt die Tür ins Gesicht.
Seine Angst schlägt um in blinden Hass. Panik. Fuß in die Tür. Sandra stolpert rückwärts. Sie kriecht auf allen vieren ins Bad. Sie trägt einen rosa Stringtanga mit weißer Spitze.
Er rennt wie ein Irrer hinterher.
Sie schlägt mit dem Föhn nach ihm. Seine Schulter brennt wie Feuer. Der Schmerz breitet sich über seinen ganzen Körper aus. Er weicht ihren Schlägen und Tritten aus und packt sie an den Haaren. Sie kämpfen. Sie rutscht aus und prallt mit dem Kopf gegen den Badewannenrand.

Er stößt sie in die Wanne. Sie bewegt sich nicht mehr.
Zwei Tage später tritt er mit geschlossenen Augen und einem verbissenen Zug um den Mund das schaurige baumelnde Bein in die Wanne.

Herman Verbist blieb aufrecht sitzen. Seine Augen huschten scheu hin und her. An die Fahrt zum Coloma-Wald, wo er sich der Leiche entledigt hatte, konnte er sich nicht mehr erinnern. Er wusste nur noch, dass die Scheibenwischer in Sandras Golf so kompliziert zu bedienen gewesen waren. Mit ihnen hatte er seine liebe Not gehabt.
Er rollte sich in Fötushaltung zusammen. Seine Muskeln erschlafften, und er sank in einen tiefen Schlaf.

DONNERSTAG, 27. NOVEMBER – 5 UHR 17

Als das Bett zum zweiten Mal knarrte, blieb Chris angespannt in der Hocke vor dem Computer sitzen. Sie hielt den Atem an und sah zum Fenster hinaus. Der Regen floss in Strömen an der Scheibe herunter.
Zum ersten Mal hatte sie Angst. Das Gefühl saß in ihrem Bauch, stieg von dort aus nach oben, schlängelte sich ihren Hals hinauf und ergriff Besitz von ihrer Seele.
Sie biss die Zähne zusammen, als ihr der Schmerz erneut durch den Magen fuhr.
Ich muss diese Kassenobligationen finden. Und Bargeld. Viel Geld. Unbedingt!
Vorsichtig, damit ihre Kniegelenke nicht knackten, stand sie auf und schlich zum Wandschrank, wo sie ganz langsam eine Schublade aufzog.

Der Idiot bewahrt seine Kohle wahrscheinlich im Schlafzimmer auf. Unter seiner schmierigen Matratze. Oder in seinen stinkigen Socken.
Chris sah in Gedanken die zerknitterte Empfangsquittung aus Verbists Portemonnaie vor sich und wühlte mit begehrlichen Fingern in der Schublade.
Eine Rolle. Ich muss nach einer Rolle suchen. So einer wie der rollt die Kassenobligationen zusammen.
Der Mond brach durch die Wolkendecke, und die Wand schimmerte bläulich in seinem Schein.
Molok war zufrieden. Alles verlief nach Wunsch. Geduldig kratzte er mit seinen scharfen Krallen an dem Riss in der Tapete.

DONNERSTAG, 27. NOVEMBER – 5 UHR 48

Als Deleu seinen Wagen halb auf dem Bürgersteig parkte, warteten bereits drei Kollegen von der Spurensicherung vor der Tür des Herrenhauses in der Pareipoelstraat Nummer fünfzehn. Ein vierter sprach mit der alten Nachbarin von Jef Briels.
»Was ist los?«, fragte Deleu.
»Er ist nicht zu Hause. Anscheinend verreist.«
»Mist!«
Deleu griff zum Handy und wählte eine Nummer.
»Bosmans«, meldete sich der Untersuchungsrichter nervös.
»Briels ist nicht zu Hause. Was sollen wir tun?«
»Die Tür aufbrechen. Das Haus durchsuchen. Ruf mich später noch mal an.«

»Knackt das Schloss, Jungs«, befahl Deleu, während er sich eine weitere Halstablette in den Mund steckte.
»Ohne Durchsuchungsbeschluss?«, fragte Kollege Jokke Tormans, ein kräftiger ehemaliger Regattasegler, der von den Kriminaltechnikern manches Mal vorgeschickt wurde, wenn es eine Tür zu öffnen galt.
Wenn es schnell gehen musste.
»Wird nachgeliefert«, antwortete Deleu trocken und lächelte der alten Dame scheinheilig zu, die in gefütterten Pantoffeln und Morgenmantel im Hauseingang stehen blieb und sich an dem aufregenden Spektakel ergötzte.
Als das Schloss nachgab, schlüpfte Nadia Mendonck als Erste in den marmorgefliesten Flur hinein. Es war eiskalt im Haus; anscheinend hatte der Hausherr die Heizung abgestellt.
Durch eine Flügeltür mit geschliffenem Spiegelglas betrat Nadia das mit wenigen, aber geschmackvollen Möbeln eingerichtete Wohnzimmer.
Die Wände waren nur verputzt. Neben einem Bücherschrank, der bis an die Stuckrosetten der Decke reichte, stand eine deplaziert wirkende Aluminiumleiter. Die Wand daneben zierte ein mit Trauerflor umkränztes Porträt des verstorbenen Königs Baudouin. Die Sitzecke bestand aus einem mit Craquelé-Leder bezogenen Dreisitzer und zwei Clubsesseln im Louis-Seize-Stil. In der Ecke des großen Raums stand ein antiker Mechelener Sekretär mit geschlossener Rolllade. Nadia Mendonck betätigte den Porzellan-Lichtschalter, fluchte und eilte mit großen Schritten zu dem Sekretär.
»Könnte irgendjemand mal im Keller den Strom einschalten?«

Donnerstag, 27. November – 8 Uhr 33

Verbist schlug die Decke beiseite und schlurfte ins Badezimmer. Der Mann im Spiegel sah ihn mit leerem Blick an. Die Flecken in seinem Gesicht deuteten auf einen Leberschaden hin, ein Leiden, das auch ihn plagte. Seine rot geäderten Augen schwammen in gelblichem Weiß.

»Du könntest Wichtchens Vater sein. Nein, du siehst zu dumm aus. Wichtchen dagegen ist klug.«

Der Mann pulte eine Kruste von seiner Unterlippe.

»Wie werde ich dich nur los?«

»Ich hasse dich!«

Verbist spuckte ins Waschbecken. Er hielt es nicht mehr aus und hieb auf sein zersplitterndes Ebenbild ein.

»Idiot! Wichtchen schläft. Alle schlafen.«

Herman Verbist rieb sich das schmerzende Handgelenk und ging ins Wohnzimmer, wo er einen Heidenschrecken bekam. Auf dem Sofa lag ein junges Mädchen, das sich mit den Fingerknöcheln die Augen rieb. Wie eine böse Fee sah sie aus. Die böse Fee, die er zusammen mit seiner Großmutter im Kino gesehen hatte. Die Fee, die seinen kleinen Pimmel hart gemacht hatte.

Seine Gesichtszüge entspannten sich, als die Erinnerung an das Jetzt in hohen, erregenden Wellen durch sein leeres Gehirn schwappte, und als er das Mädchen auf dem Sofa erkannte, lächelte er.

»Chrissie schläft jetzt auch nicht mehr«, murmelte er, während er sich an den Computer setzte und sich weigerte, weiter nachzudenken. Es hatte sowieso keinen Sinn.

Chris würgte und tappte ins Badezimmer.

Er sah sich nicht um. Er hatte Angst.

Die Toilettenspülung wurde betätigt.

Das Sofa knarrte unheilverkündend.

Chris atmete ihm aufreizend in den Nacken.

Liebste Chris,

ich gelobte, dass ich meine Kräfte dir und dem, was dir gehört, weihen würde – habe ich nicht mein Gelübde gehalten?
Mit klopfendem Herzen und strömenden Augen rufe ich gerade jetzt
die Phantome von tausend Stunden
jedes aus seinem stummen Grab:
Sie haben in traumhaft geschauten Gemächern
von beflissenem Eifer oder Liebeswonne
mit mir die missgünstige Nacht durch Wachen überwunden – sie wissen, dass niemals die Freude meine Braue aufhellte,
ohne dass sie mit der Hoffnung verbunden war, dass du diese Welt
von ihrer dunklen Sklaverei befreien würdest,
dass du – oh hehre Lieblichkeit,
alles geben würdest, was diese Worte ausdrücken können.

Für immer Dein,
Herman

»Sklaverei, soso ... Der edle Dichter steht also auf SM, wie ich sehe.«
Verbist blickte sich um.
Chris trug seinen Morgenmantel, als sei es die normalste Sache der Welt.
»Das ist nur Poesie. Ein Gedicht. Für ...«
»Hmmm«, unterbrach sie ihn gähnend. »Wo ist die Kohle?«
Es wurde mucksmäuschenstill. Das Licht des Bildschirms spiegelte sich in den silbrigen Wänden wider.
»Wo ist der Rest von der Kohle?«
Verbist erstarrte und brachte nur mühsam eine Erwiderung hervor. »Ver...giss es ... du ... kriegst ... keinen... Cent. Nichts!«
Während er tief ein- und ausatmete, tippte sie ihm auf die Schulter, und er sah sich um, ängstlich wie ein aufgescheuchtes Reh. Chris, die Hände in die Seiten gestützt, wollte sich schier ausschütten vor Lachen. Arrogant, jung und beneidenswert munter. Herman Verbist fühlte sich schmutzig. Und einsam.
»Geh zurück zu deinem Freund. Zwischen uns ist es aus.«
»Warum?«
»Weil du nur auf mein Geld scharf bist.«
»Ganz genau, und du wirst es mir holen gehen.« Ein grausames Lächeln umspielte ihre Lippen.
»Ich hole dir gar nichts.«
»O doch, und weißt du auch, warum?«
Die beklemmende Stille füllte den ganzen Raum aus. Es gab kein Entrinnen.
»Nein, natürlich nicht, du Schlappschwanz. Ich werde dir sagen, warum. Soll ich dir mal ein Gedicht vortragen?«

»Na schön«, antwortete er wütend.
Chris rollte den Bürostuhl zurück, setzte sich auf sein Knie und sprach mit hellem Kinderstimmchen: »Es war einmal ein liebes altes Ehepaar. Großvater war wohlhabend, und Großmutter fehlte es an nichts. Sie lebten glücklich, aber nicht sehr lange. Großmutter war schlecht zu Fuß, und ein nettes sechzehnjähriges Mädchen half ihr ab und zu im Haushalt. Großvater war begeistert von seiner neuen Enkelin. Großmutter musste sich oft ausruhen, weil ihr Herz manchmal aussetzte. Als Großmutters Lebenslicht erlosch, war Großvater sehr einsam. So kam es, dass das nette Schulmädchen ihm regelmäßig Gesellschaft leistete. Und er wusste ihre guten Taten gebührend zu schätzen. Gegen etwas Kleingeld gab das junge Mädchen Großvater dann und wann ein bisschen Zärtlichkeit, gewürzt mit einem Schuss Pinkelporno und ein wenig SM. Da das junge Mädchen oft unglücklich war, kamen ihr Großvaters Zuwendungen gerade recht, um sich hin und wieder einen Schuss zu leisten. Alles lief bestens, bis ein Spielverderber auf der Bildfläche erschien.«
Chris tippte mit dem ausgestreckten Zeigefinger auf Verbists Stirn. Ihre groben, quadratischen Fingernägel glichen gefährlichen Schaufeln. Verbist konnte seinen Ekel nicht verhehlen.
»Geh … weg … von … hier!«
»Warte, warte, der Clou kommt erst noch! – Eines schönen Tages kommt das kranke junge Mädchen, um sich sein Geld zu holen, und findet ihre Einkommensquelle tot in einer Blutlache liegend. Das kranke junge Mädchen rennt voller Angst weg, aber im Treppenhaus hilft ihr plötzlich eine gute Fee, denn sie findet das Portemonnaie vom bösen Wolf. Das

Mädchen klingelt bei dem Blödmann und verlangt ihren rechtmäßigen Unterhalt. Jetzt! Heute! Abrechnung!«
Verbists Herz klopfte mit einem Mal doppelt so schnell.
»Aber ich dachte, Juul wäre dein Großvater?«, stotterte er.
»Juul? Wer zum Teufel soll denn Juul sein? Ich habe gar keinen Großvater. Ingenieur Louis Goegebuer war mein Liebhaber!«
»Du kannst mir nichts nachweisen«, keuchte Verbist.
»Gib mir mal einen Geldschein.«
»Was?«
»Eine Banknote, Geld!«
»Aber ...«
»Einen Geldschein, bitte.«
Verbist zog mit zittrigen Fingern eine Banknote aus seiner Hosentasche. Chris zupfte sie ihm aus der Hand und hielt sie ihm herausfordernd vor die Nase.
Verbist sah sie fragend an.
»Nimm es. Nimm es ruhig.«
Er griff danach. Chris zog den Geldschein mit einer schnellen Bewegung wieder weg. Sie lachte.
»Weißt du noch? Weißt du noch, Herman?«
Verbist wurde ganz schlecht, als er daran dachte. Sein erster Gedanke galt Wichtchen.
»Juul ... Chris ... keine Enkelin ...«
»Und dieser bewusste Geldschein mit deinen Fingerabdrücken darauf liegt jetzt oben in der Wohnung. Den Rest von Louis' Geld habe ich längst auf den Kopf gehauen.«
»Wie bist du denn in seine Wohnung hineingekommen?«
»Ich habe einen Schlüssel.«
Verbist packte Chris an den Handgelenken, schüttelte sie durch und zwang sie auf die Knie.

»Aber den habe ich natürlich nicht bei mir«, röchelte sie.
Verbist richtete sich auf, ging aber sofort wieder in die Knie. Er war fix und fertig. Das Kinn hing ihm auf der Brust, und die Zunge hatte er zwischen die Zähne geklemmt.
»Die Kassenobligationen. Zehntausend Euro, und ich lasse dich in Ruhe, für immer.«
»Wozu brauchst du so viel Geld?«
»Blödmann!«, zischte Chris und schob ihren Ärmel hoch. Ihr Unterarm glich einer Mondlandschaft.
»Meine Freunde und Freundinnen warten auf den Rest des Geldes«, fuhr sie ihn an. »Und sie wissen, wo ich bin!«
Verbist starb tausend Tode.
»Wichtchen ... Dreckiger Junkie! Ich brauche das Geld, für Ilsa ...« Verbist packte sich an den Kopf. »Für Willeke, für Wichtchen, verdammt noch mal!«
»Du gibst mir die zehntausend Mäuse, und ich gebe dir hundert Wechselgeld, okay?«
Die Stille war erstickend.
»In Ordnung«, sagte Verbist plötzlich laut und deutlich und ging ins Schlafzimmer. Auf dem Weg dorthin riss er die Tapete ein Stück weit auf.
Hilf mir, Molok. Hilf uns.
»Was machst du da?«
»Ich hole mein Kind.«
»Nichts da. Sie bleibt hier.«
»Aber ...«
»Kein Aber. Sie bleibt. Jetzt geh schon, du hast sowieso keine andere Wahl«, fauchte Chris.
Verbist ging in die Diele, zog seine gefütterte Pilotenjacke an, schob den Wandschrank zur Seite, kletterte auf einen

Stuhl, hakte ein Leinensäckchen von einem Nagel, holte die Kassenobligationen heraus, rollte sie zusammen und steckte sie in die Innentasche. Gelassen ging er zur Tür.

»Noch eine Frage«, sagte Chris, bevor er sich auf seinen schweren Weg machte. »Warum hast du das getan?«

Das rätselhafte Lächeln um Verbists Lippen jagte ihr einen kalten Schauder über den Rücken. Ihr ganzer Körper schrie nach einem Schuss.

»So ein Schlappschwanz wie du. Du siehst gar nicht aus wie ein Mörder.«

»Es war ein Unfall«, antwortete Verbist mit hohlem Grinsen.

»Ein Unfall! Ha, einen Unfall nennst du das!«

»Wenn du Wichtchen auch nur ein Haar krümmst, wirst du den Schlappschwanz mal kennenlernen! Dann wird dir ein viel schlimmerer Unfall zustoßen!«

»He, keine Drohungen, Freundchen!«

Verbist war bereits draußen im Treppenhaus. Chris blieb mit Wichtchen und ihren nagenden Zweifeln zurück.

DONNERSTAG, 27. NOVEMBER – 8 UHR 53

Gegen neun Uhr morgens hatten sie das vornehme Herrenhaus gründlich auf den Kopf gestellt, aber nirgendwo war auch nur die Spur eines Mietvertrages oder etwas Ähnliches zu finden gewesen. Die Nachbarin wusste allerdings zu berichten, das Mijnheer Commandeur tatsächlich Wohnungen vermietete, doch wie viele und wo genau war ein streng gehütetes Geheimnis. Ebenso wie sein Urlaubsziel.

»Hat er Kinder, Verwandte?«, fragte Nadia, die sich zu Deleu gesellt hatte, mutlos. Sie blickte sich um. Das geschmackvolle Wohnzimmer glich inzwischen einer brasilianischen Favela nach der Regenzeit.

Deleu, der todmüde aussah – sein Gesicht war aschfahl, und er hatte Ringe unter den geschwollenen Augen –, blickte starr an die Wand. Dort hing ein Porträt von Jef Briels in vollem Ornat. Commandeursabzeichen auf dem Revers seines steifen Gehrocks. Abweisend blickte er in die Kamera, Misstrauen in den tief liegenden Augen.

»Nicht einmal Kontoauszüge haben wir gefunden«, fuhr Nadia Mendonck fort, mehr zu sich selbst als zu ihrem Kollegen. »Vielleicht sollten wir alle Banken in der Umgebung anrufen. Eine davon müsste doch Kopien von den Mietverträgen haben.«

Sie hob den Blick, befühlte Deleus glühende Stirn und wischte ihm den Schweiß ab.

»Du bist todkrank, Dirk. Geh bitte nach Hause und ruf einen Arzt.«

Deleu wirkte wie in Trance und starrte das Porträt an, das in einen schweren, vergoldeten Rahmen mit Eichenblattornamenten gefasst war.

Du trägst dein Geld nicht zu einer Bank, nicht wahr?

»Nicht wahr?«

Nadia Mendonck schüttelte den Kopf und ließ sich in einen Clubsessel mit genopptem Lederrücken fallen. *Er phantasiert ja schon!*

»Du bewahrst alles zu Hause auf, denn du vertraust niemandem.«

Steifbeinig ging Deleu zwei Schritte nach vorn und riss das Porträt von der Wand. Das Abdeckglas zersprang auf dem

von Hand verlegten Mosaikfußboden, und unter dem Bild kam ein Safe zum Vorschein.
»Wahnsinn!«, rief Nadia Mendonck.

Jokke Tormans schlüpfte aus dem hitzebeständigen Handschuh und drehte die Gaszufuhr ab. Während er mit einem spitzen kleinen Hammer auf das noch glühende Metall klopfte, hämmerte er mit der Faust auf den Safe-Knopf. Das Metallteil fiel zu Boden.
Als Erstes holte Tormans zwölf ordentliche Banknotenstapel aus dem Safe. Jeder enthielt hundert Fünfhundert-Euro-Scheine.
»Sechshunderttausend«, bemerkte Deleu mit grenzenlosem Respekt in den wässrigen Augen. »Sechshunderttausend Euro!«
Als ein Stapel Plastikhefter zum Vorschein kam, stürzte sich Nadia Mendonck darauf wie eine ausgehungerte Hyäne.
»Hier! Sieh mal! Das ist es! Ziekenliedenstraat 253 – 2800 Mechelen. David Vandevelde. Das ist es!«
»Ich …«
»Du gehst jetzt nach Hause, Dirk. Und rufst einen Arzt.«
Nadia zog blitzschnell ihr Handy aus der Handtasche und rannte zur Tür, gefolgt vom schielenden Pierre.
»Du fährst, Pierre! Ich rufe Bosmans an!«
Deleu, zu krank, um zu reagieren, rappelte sich mühsam von dem steinharten Sofa auf. Es fühlte sich an, als bliebe seine Haut an dem Leder kleben, und der Schweiß brach ihm aus. Er sah auf seine Armbanduhr und schwankte zur Tür, die noch angelehnt war. Nadia und Pierre waren bereits Hals über Kopf losgebraust.

Deleu sah noch einmal auf seine Uhr und fluchte so laut, dass sich sein Zwerchfell verkrampfte.
Ich müsste in einer halben Stunde bei Gericht sein!
Als er sich hinausschleppte, stand die magere Nachbarin nach wie vor mit den Händen in der Taille in der Tür. Sie sah Deleu kopfschüttelnd an, ihr Blick schwankte zwischen Mitleid und Sensationsgier.
»Mein Gott, Sie sehen aber gar nicht gut aus. Sind Sie denn wirklich von der Polizei?«
Deleu nickte, machte den Versuch zu lächeln, drehte sich um und tappte zu seinem Auto. Als er seinen gequälten Körper – jeder Muskel brannte, und jeder Knochen im Leib tat ihm weh – endlich in den Golf verfrachtet hatte und den Zündschlüssel drehte, klopfte es laut an die Scheibe. Die alte Frau lehnte sich heftig gestikulierend über die Motorhaube.
Deleu, zu müde, um auszusteigen, kurbelte das Fenster herunter.
»Mijnheer Briels wird nicht begeistert sein, wenn er aus dem Urlaub kommt, und seine Haustür steht offen«, sagte sie streng.
Deleu schnaufte tief aus, zog sich am Lenkrad hoch, gab aber seinen Versuch rasch wieder auf.
»Schließen Sie sie doch bitte, Mevrouw.«
Die Dame riss die Augen so weit auf, dass die Krähenfüße verschwanden.
»O nein! Das werde ich nicht tun. Ich will nichts mit der Sache zu tun haben.«
Sie spitzte die Lippen und schnalzte mit der Zunge. Deleu sah sie teilnahmslos an und blinzelte mit den müden Augen.
Diesmal wird Barbara mich erwürgen.

»Nein, Mijnheer Briels wird nicht begeistert sein, wenn ich ihm davon erzähle. Dabei müssen Sie wissen, dass er sogar Mieter hat, die schon über zwei Monate mit der Miete im Rückstand sind. Ein junges Paar. Er ist selbst hingefahren. Es stinkt schon bei denen, hat er mir erzählt. Diese unverschämten Leute tun so, als seien sie nicht zu Hause. Wer weiß, was die da alles anstellen? Er hatte einen Schlüssel dabei und wollte reingehen, aber er konnte nicht, denn es steckte ein Schlüssel von innen. Ojemine. Mijnheer Briels wird nicht begeistert sein. Und er ist ohnehin kein einfacher Mensch.«

Vor Deleus Augen senkte sich ein Schleier.

»Entschuldigen Sie!«

Deleu öffnete so abrupt die Fahrertür, dass die Frau wohl oder übel mit einem Satz zur Seite springen musste.

»Und warum erzählen Sie das jetzt erst?«

»Na, weil mich niemand danach gefragt hat. Und ich habe bisher noch keinen Beweis dafür gesehen, dass Sie wirklich von der Polizei sind. Ich hätte nach Ihrem Ausweis fragen sollen!«

Deleu zog die Haustür zu und sprang wieder ins Auto.

DONNERSTAG, 27. NOVEMBER – 9 UHR 13

Auf dem Weg zur Bank war Herman Verbist von einer eiskalten Ruhe erfüllt. Er erkannte sich selbst kaum wieder.

Ich töte Chris, breche Ira Levins Tür auf, suche den Geldschein und miete eine andere Wohnung in einer anderen Stadt. Die Wohnung von Sandra, der Internethure, stecke ich in Brand … und Chrissie gleich mit. Ach nein, ich ziehe lieber nicht noch einmal um, Wichtchen braucht Stabilität, und ich bin zu erschöpft für einen Ortswechsel. Ich weiß es noch nicht, wir werden sehen.

Er betrat die Filiale der Fortis-Bank und erklärte einer mit ihrem Schalter verwachsenen Dame, er wolle Kassenobligationen verkaufen.

»Bitte warten Sie einen Augenblick, unser Anlagefachmann wird Ihnen gleich weiterhelfen.«

Blöde Kuh, dachte er, sagte aber: »Vielen Dank, Mevrouw.«

Er nahm im Warteraum Platz, wo ein Video lief. Es ging um Versicherungen und Murphys Gesetz: Wenn etwas schiefgeht, dann gleich richtig.

Verbist überlegte, den Versicherungsfachmann der Bank zu fragen, ob man sich gegen sich selbst versichern könne, aber er beherrschte sich. Solchen Impulsen gab er niemals nach.

O nein, ich habe vergessen, den PC auszuschalten! Hoffentlich löscht sie meine Gedichte nicht. Ich werde das Geld mehr denn je brauchen. Vielleicht sollte ich mich stellen und im Gefängnis meine Memoiren schreiben? Ja, das ist es!

Er zog die Stirn in Falten.

Aber was wird mit Wichtchen geschehen? Wird sie mich nach gut dreißig Jahren im Bau wiedererkennen? Ob ich überhaupt jemals wieder freikomme? Vielleicht werde ich für unzurechnungsfähig erklärt. Bin ich unzurechnungsfähig? Fragen, Fragen, Fragen, aber keine Antworten …

»Mijnheer?«

Verbist hob den Blick.

»Bitte kommen Sie mit mir.«

»Guten Tag, ich möchte gerne diese Kassenobligationen verkaufen.«
Verbist überreichte dem Mann die Rolle. Der junge Geldhai strich die Wertpapiere glatt und begutachtete sie eingehend.
»Die sind noch nicht fällig, und sie sind von der Dexia-Bank, leider nicht von uns.«
»Ich weiß.«
»Möchten Sie das Geld in neuen Obligationen anlegen?«
»Nein.«
»Oder wünschen Sie eine andere Art der Anlage?«, erkundigte sich der lokale Börsenguru. »Vielleicht möchten Sie in einen gemischten Aktienfonds investieren, wir haben ein breites Angebot, verschiedene Unternehmen, verschiedene Währungen, unterschiedliche Laufzeiten und alle von der Vorsteuer befreit. Sie treffen die richtige Entscheidung, diese Obligation liegt noch bei sechs Prozent. Das ist schon eine Weile her, dass es die gab.«
Verbist unterdrückte den Impuls, dem Mann mit der Hornbrille den Schädel einzuschlagen, und bestätigte freundlich: »Jaja, das ist eine Weile her.«
»Was meinen Sie, wie lange Sie das Geld entbehren können?«
Die lispelnde Zunge zuckte hin und her, und der Mann ratterte immer weiter: »Ich würde Ihnen raten, momentan nicht auf lange Distanz zu gehen. Ich weiß aus sicherer Quelle, dass der Dollar in absehbarer Zeit ...«
»Ich gehe immer lange Distanzen«, erwiderte Verbist ernst.
»Pardon?«
»Ich leide unter einer Parkphobie, von daher.«
Der Mann lachte höflich.

Der Idiot hat es nicht begriffen. Eins zu null.
Verbist schwieg.
Der Anlageberater begann von neuem, sein Programm abzuspulen, erst stockend, dann wieder auf Hochtouren. »Am besten, Sie legen Ihr Geld in kanadischen Dollars an, das ist momentan ...«
Der Rest der Erklärungen ging an Verbist vorbei. Er dachte an Laura und den dreckigen Marco und wartete geduldig ab. In Gedanken war er oft bei Laura, zu der er eine platonische Beziehung hatte. Bei Ilsa, der Wölfin, lagen die Dinge anders. Mit ihr unterhielt er ein rein sexuelles Verhältnis.
»Wie lange meinen Sie, auf das Geld verzichten zu können?«
»Ich kann nicht darauf verzichten, ich brauche es.«
Der Verkäufer verzog säuerlich das Gesicht.
Endlich. Ich habe ihn, wo ich ihn haben wollte.
»Ach ja, richtig, Sie sagten, Sie brauchen das Geld.«
»Ja, tut mir leid, aber ich habe Unkosten, das Dach ...«
»Ah so. Aber Sie wissen schon, dass wir für Wertpapiere einer anderen Bank Gebühren nehmen müssen? Sie sind kein Kunde. Sie sollten besser zur Dexia gehen.«
»Nein, ich bezahle lieber die Gebühren. Ich bin noch nie bei der Dexia gewesen, ich kenne diese Bank nicht.«
»Wie kommen Sie eigentlich an diese Obligationen?«
»Ich habe sie von meiner Großmutter geerbt«, antwortete Verbist mit einem Kloß im Hals, aber dennoch empört.
»Ach so, ja, darf ich einmal sehen? Und ich bräuchte auch Ihren Pass.«
»Geht auch mein Personalausweis? Ich verreise nicht so häufig.«
Der junge Banker sah den schizophrenen Mann verständnislos an. *Zwei zu null.* Verbist reichte ihm mit gleichmüti-

ger Miene seinen Ausweis. Der Angestellte warf einen kurzen Blick darauf und rollte die Obligationen auseinander. Auf der Rückseite stand etwas in krakeligen, mit Bleistift geschriebenen Buchstaben.

»Für unseren Herman und seine lieben Kinder.«

Verbist riss dem Mann die Obligationen aus den unwürdigen Händen, steckte sie wieder in die Innentasche seiner Jacke und ging hinaus. Die Glastür klemmte. Er trat dagegen, und sie glitt quälend langsam auseinander.

»He, hallo, Mijnheer! Was soll das?«

Doch Verbist war nicht mehr zu bremsen. Draußen ließ er seinen Tränen freien Lauf.

Die Obligationen, das einzige handschriftliche Andenken, das ich von meiner Großmutter besitze.

Er rollte die Wertpapiere auseinander und fuhr mit dem Zeigefinger liebkosend über die Kritzelschrift. Am ganzen Körper zitternd steckte er die Kassenobligationen in die Innentasche seiner Jacke und machte sich auf den Nachhauseweg. Unterwegs zählte er seine Schritte.

Tausendzweihundert Schritte, und mir winkt das große Los. Bingo. Dann wird ALLES wieder gut. Ich breche Iras Tür auf, hole den Geldschein, werfe Chrissie raus und bitte Wichtchen um Vergebung. Zweihundertund … o Gott, ich weiß nicht mehr, wie weit ich war, das passiert mir nicht oft!

DONNERSTAG, 27. NOVEMBER – 9 UHR 35

Die morgendliche Hauptverkehrszeit neigte sich ihrem Ende zu, und obwohl die Anwohnerin, die wie jeden Tag um halb zehn ihr Schoßhündchen Gassi führte, nicht das Geringste bemerkte, war die Gegend hermetisch abgeriegelt. Auf dem Bürgersteig vor dem Haus standen zwei Fahnder in Zivil, und Nadia Mendonck betrat als Erste das enge Treppenhaus.

Bosmans hatte lange gezögert. Sollte er ein Sondereinsatzkommando schicken oder nicht? Er hatte sich schließlich dagegen entschieden.

Nicht, weil er Verbist für ungefährlich hielt. Nein, er wollte nur kein Aufsehen erregen, weil er die Medien vorläufig im Ungewissen lassen wollte. Das Haus von Briels war nämlich bereits von Journalisten umlagert. Der Fall des entführten Babys hielt mittlerweile ganz Belgien in Atem.

Während im Erdgeschoss zwei Ermittler diskret an die Wohnungstür klopften, stieg der Lockvogel – Nadia Mendonck – begleitet von Pierre weiter die Treppe hinauf.

Im Erdgeschoss öffnete niemand, und wie verabredet verließen die Fahnder nach diesem Versuch das Haus und bezogen auf der anderen Straßenseite Posten. Sie versteckten sich jedoch nicht, sondern begannen ein angeregtes Gespräch.

Nadia Mendonck blieb mit angehaltenem Atem vor der Wohnung im ersten Stock stehen und strich mit den Fingerspitzen über den Gurt ihres Schulterholsters. Pierre ging ein paar Stufen die Treppe hinauf und verbarg sich hinter der Biegung, seine Walther PKK fest in der Hand. Er nickte Nadia selbstsicher zu und machte das Victory-Zeichen. Plötzlich wandte er den Kopf und rümpfte die Nase. Es stank. Nach Verwesung. Pierre öffnete den Mund, schluckte aber seine Worte herunter.

Nadia, die gerade noch gezittert hatte wie Espenlaub, hatte bereits geklingelt.

Verdammt noch mal! Weiber!
Pierres Handy summte, und er wühlte nervös in der Innentasche seiner Jacke. Als er den Apparat gefunden hatte, hielt er ihn wie eine heiße Kartoffel in der Hand.
»Schalt das Handy aus, Pierre!«, zischte Nadia, horchte an der Tür und schellte zum zweiten Mal.
»Warte doch einfach, verdammt!«, murmelte Pierre verhalten.
»Hallo?«, sagte eine heisere Stimme.
»Wer ist da? – Ach du bist's, Dirk. Was ist denn? – Ja, ich hab's gerochen, vielen Dank.«
Anschließend schaltete Pierre sein Handy aus. Er spähte um die Ecke und sah, wie Nadia zum dritten Mal schellte. Rasch zog er den Kopf zurück, als die Tür einen Spalt geöffnet wurde. Pierre umklammerte den Griff seiner Waffe. Ein junges Mädchen mit bläulichen Ringen unter den Augen und einem Streifen verschmierter Mascara auf der Wange steckte ihren Kopf ein Stück weit zur Tür hinaus.
»Ja?«, fragte sie heiser.
»Sandra Janssens?«
»Nein. Sie haben sich in der Tür geirrt.«
Bevor sie die Tür zuknallen konnte, stellte Nadia Mendonck einen ihrer Stahlkappenschuhe dazwischen.
»He, was soll das?«
Das Mädchen riss die blutunterlaufenen Augen auf und schnaubte. Nadia blickte ihr direkt in die erweiterten Pupillen und befahl: »Aufmachen, Polizei!«
Das junge Mädchen zögerte, fing sich aber schnell wieder.
»Haben Sie einen Durchsuchungsbeschluss?«
»Wie heißt du?«, konterte Nadia hastig ihre Frage. »Bist du allein?«

»Sind Sie etwa von der Drogenfahndung?«, erwiderte das Mädchen herausfordernd, als sei es mit allen Wassern gewaschen.
Sie schloss die Augen und atmete durch die Nase aus. »Hören Sie. Ich war gestern Abend unterwegs. Ich bin eben erst nach Hause gekommen und todmüde.« Dann wurde ihr Tonfall etwas höflicher. »Und Sandra Janssens wohnt hier nicht mehr. Ich habe die Wohnung von ihr übernommen. Zusammen mit meinem Freund.«
»Wie heißt dein Freund?«
»Yuri.«
»Yuri, und wie weiter?«
»Weiß ich nicht.«
»Zeig mir bitte deinen Personalausweis.«
»Dazu bin ich nicht verpflichtet, nicht, solange ich mich in meiner Wohnung aufhalte. Und jetzt nehmen Sie den Fuß da weg, sonst rufe ich den Anwalt meines Vaters an!«
Nadia Mendonck antwortete nicht. Sie zog das Foto, das sie von Sandra Janssens' Eltern erhalten hatte, aus der Seitentasche ihrer Bomberjacke und verglich es mit dem Mädchen vor ihr. Das hier war nicht Sandra Janssens. Sie unterdrückte einen Fluch und zog ihren Fuß zurück.
Die Tür wurde zugeknallt.
Pierre blickte um die Ecke, und Nadia Mendonck gesellte sich achselzuckend zu ihm.
»Falscher Alarm, oder?«, fragte Vindevogel vorwurfsvoll, während er die Waffe wieder in den Gürtel steckte.
»Ich befürchte schon«, antwortete Nadia und ballte die Fäuste. »Igitt, das stinkt ja widerlich!«
»Ja, ich glaube, das kommt von da oben. Deleu hat gerade angerufen. Er sagte, er habe von der Nachbarin erfahren,

dass sich auch Jef Briels schon über den Gestank im Haus beklagt habe.«

»Komm«, sagte Nadia, während sie zielstrebig die Treppe hinaufging und Pierre am Handgelenk hinter sich herzog.

DONNERSTAG, 27. NOVEMBER – 9 UHR 43

Um exakt neun Uhr und dreiundvierzig Minuten erreichte der Anruf von Kamiel Vernimmen, Bankangestellter und Fan von spannenden Krimis, die mobile Einheit in Mechelen.

»Er sagte, dass dieser komische Vogel, Verbist, bei ihm in der Bank gewesen sei und versucht habe, höchstwahrscheinlich heiße Kassenobligationen zu versilbern, was ihm aber dank Vernimmens geistesgegenwärtiger Reaktion nicht geglückt sei.« Diese Wiedergabe des Augenzeugenberichts erreichte Deleu genau zwei Minuten später, als er gerade in die Lange Schipstraat einbog.

»Was hast du gesagt, Vanderkuylen? Eine Fortis-Filiale? Wo?«

»Auf der Bruul. Ganz in der Nähe!«

In dem Moment schien es Deleu, dass er unter Fieberphantasien leide. Auf der anderen Straßenseite, kurz vor dem Park! Dieser magere Mann mit den zerzausten Haaren! Er hatte den Kragen seiner Pilotenjacke hochgeschlagen und überquerte mit abgehackten kleinen Schritten, wie ein Roboter, den Zebrastreifen.

Genau wie gestern vor der Frittenbude! Das ist er! Eine wandelnde Zeitbombe!

Deleu stieg mitten auf der schmalen Straße auf die Bremse,

stieß die Fahrertür auf und hechtete aus dem Golf. Der Autofahrer hinter ihm hupte. Deleu zeigte ihm den gestreckten Mittelfinger, und der frustrierte Mann ließ seine Hupe ertönen wie ein Nebelhorn.
Anders als bei der letzten Begegnung blickte sich der Mann diesmal um. Er sah Deleu und bog in die Lekkernijstraat ein.
»Mist!«
Deleu verfolgte ihn und suchte in der Jackentasche nach seinem Handy.
Ich habe es im Auto liegen lassen!
Durch sein kurzes Zögern verlor er den Mann aus den Augen.
Verbist lief mit großen Schritten in Richtung Schipstraat, und als sich Deleu an der Ecke Schipstraat/Lekkernijstraat nach rechts und links umblickte, war von dem Flüchtigen weit und breit nichts mehr zu sehen.
Die Ziekenliedenstraat. Das Baby hat er offenbar nicht bei sich. Soll ich das Telefon holen oder ihm hinterherlaufen?
Deleu schlug sich mit der flachen Hand vor die Stirn und blickte sich gehetzt um. In dem Moment kam ein gut gekleideter Herr mittleren Alters um die Ecke, ein belegtes Brötchen in beiden Händen, von dem er herzhaft abbiss.
»Entschuldigen Sie, Mijnheer, dürfte ich kurz Ihr Handy benutzen?«
Der Mann sah Deleu an wie einen Wal im Goldfischteich. Er blies die vollen Wangen auf und erwiderte: »Wohl zu tief ins Glas geguckt, was, Bruder?«
Deleu packte den Mann am Revers seines Boss-Anzugs, so dass das belegte Brötchen auf den Boden fiel.
»Polizei! Geben Sie mir sofort Ihr Handy!«

Der Mann riss sich los und rannte davon. Deleu schwindelte. An der Straßenecke hielt der Mann inne und schrie mit geballter Faust: »Dreckiger Säufer! Ich habe gar kein Handy, aber wenn ich eines hätte, hätte ich dir damit eins übergezogen!«
Deleu fasste in die Innentasche, und der Feigling machte sich so schnell es ging davon.
Während er sich noch einmal die schweißnasse Stirn mit dem Jackenärmel abwischte, versuchte Deleu, klare Gedanken zu fassen.
Wo steht mein Auto? O Gott. Am ganz anderen Ende der Schipstraat. Ich muss versuchen, ihn einzuholen!
Er warf einen letzten Blick über die Schulter zurück und raffte sich mühsam auf, aber bereits nach dreißig Metern waren seine Muskeln übersäuert.
Das schaffe ich nie.
Er kehrte um und wankte zurück zu seinem Wagen.
Kaum dreihundert Meter weiter, in der Van Beethovenstraat, stand Herman Verbist mit dem Rücken gegen eine Hauswand gepresst, die Hände mit gespreizten Fingern vor sich ausgestreckt und panische Angst in den glasigen Augen.
Wo willst du hin, Herman?
»Geh … geh weg!«
Du brauchst mich also nicht. Schaffst alles allein.
»Sag nicht so was! Ich schaff's wirklich allein. Ich und Wichtchen und … und …«
Moloks wieherndes Lachen stieg über die schmale Gasse empor, planschte dann herunter wie eine undurchdringliche Regengardine und überschwemmte Verbist, der sich krampfhaft an die Brust griff.
»Hab Schmerzen … Schmerzen!«

Du und wer noch, Herman? Deine neue Freundin vielleicht?
Die Stimme klang jetzt anders. Leise und bedrohlich.
»Ich habe keine Freundin.«
Herman Verbist fiel auf die Knie und presste die Fäuste an die Schläfen.
Du hast versagt, Herman. Du bist ein geborener Verlierer. Futter für die Maden. Ich habe dich gewarnt. Das Baby ist tot. Tot, Herman Verbist.
Die Worte hallten durch die enge Gasse.
»Nein, das ist nicht wahr! Sie ist nicht tot!«
Tot!
Verbist starrte mit leeren Augen in den grauen Himmel. Er atmete tief ein, drückte sich mit beiden Händen auf dem Bürgersteig ab und rannte zu seiner Wohnung.
Moloks hinterhältiges Lachen jagte ihm einen Schauder über den Rücken.

DONNERSTAG, 27. NOVEMBER – 9 UHR 45

Pierre Vindevogel fackelte nicht lange. Er stieß sich an der gegenüberliegenden Wand ab und rammte mit einer Schulter die Haustür, die krachend einen Spalt aufging. Pierre drehte sich um und versetzte der Tür in Höhe der unteren Angel einen Tritt.
Nadia Mendonck zwängte sich als Erste hinein. Sie schnupperte, presste den Jackenärmel gegen die Nase und musste einen Würgereiz unterdrücken. Die Hitze schlug ihr entgegen wie eine stinkende Giftwolke.
Mit kleinen, vorsichtigen Schritten ging sie weiter.

Die Leiche des alten Mannes lag neben einem Gasradiator, der auf vollen Touren lief. Seine runzlige Hand, die den Radiator umklammerte, war blau angeschwollen. Die Knochen schienen mit dem Fleisch verschmolzen zu sein.
»Scheiße!«, flüsterte Pierre und presste ein Taschentuch auf die Nase. »Kein Wunder, dass es hier so stinkt.«
Er griff nach seinem Handy, doch Nadia hielt ihn am Handgelenk fest. »Nein, warte, Pierre. Jetzt noch nicht. Erst das Baby.«

DONNERSTAG, 27. NOVEMBER – 9 UHR 48

Als Deleu nach halsbrecherischer Fahrt auf dem Korenmarkt ankam, entdeckte er Verbist wieder.
Der Flüchtende rannte mit großen, gleichmäßigen Schritten. Stocksteif aufrecht. Seine Füße hob er kaum vom Boden ab, als liefe er auf Schienen. Er bog in die Ziekenliedenstraat ein.
Als Deleu auf dem Bürgersteig gegenüber des Hauses die Ermittler Vanderkuylen und Vandergoten stehen sah, beide mit dem Handy am Ohr und beide stur in die andere Richtung blickend, legte er die Hand auf die Hupe, zögerte aber.
Zu spät. Wenn er Verdacht schöpft, tötet er das Baby. Nadia! Pierre!
Vanderkuylen entdeckte Deleu, sprintete über die Straße und sprang in den wartenden Golf.
»Dirk, Pierre und Nadia haben in der Wohnung im zweiten Stock eine Leiche gefunden, und im ersten Stock wohnt jemand anders.«

»Verbist … ist vor einer Minute um die Ecke gebogen!«, keuchte Deleu. »Wo sind Pierre und Nadia?«
Vanderkuylen blickte sich gehetzt um. »Wo ist er um die Ecke gebogen?«
»Da, Jef! Er ist schon in seiner Wohnung! Wo sind Nadia und Pierre?«
»Scheiße! Ich habe ihn gar nicht kommen sehen …«
»Wo sind Nadia und Pierre?«, brüllte Deleu mit überkippender Stimme.
»Im Haus, im zweiten Stock, glaube ich. Das junge Mädchen, das im ersten Stock wohnt, wollte sie ohne Durchsuchungsbeschluss nicht reinlassen. Nadia meint, sie habe Drogen genommen, aber …«
»Ist das Baby in der Wohnung?«, unterbrach Deleu seinen Kollegen, der hilflos die Schultern hochzog. »Haben sie es gesehen?«
»Bosmans …«
»Vergiss Bosmans, Jef. Jetzt oder nie! Wir dürfen keine Zeit verlieren. Ich glaube nicht, dass Verbist weiß, dass ich ihm bis hierher gefolgt bin. Ich hoffe nur, dass er Nadia und Pierre nicht über den Weg läuft. Komm, wir gehen rein.«
»Dirk, bist du sicher, dass du mitkommen willst? Du siehst aus wie eine wandelnde Leiche.«
Deleu hängte sich schwer an Vanderkuylens Schulter.
»Los, Jef …«
»Dirk, hatte dieser Irre das Baby bei sich?«
»Ich weiß nicht, verdammt! Ich weiß es nicht. Aber es könnte sein. Er schleift dieses Kind überallhin mit.«

Verbist schlich vorsichtig die Treppe hinauf.

Vor seiner Wohnung blieb er stehen und sah sich hastig um. Molok war ihm nicht gefolgt.

Gott sei Dank.

Er verzog die Lippen zu einem Lächeln. Als ihm starker Verwesungsgeruch in die Nase drang, wurden seine Bewegungen hölzern. Er hörte Schritte im oberen Stockwerk. Rasch steckte er den Schlüssel ins Schloss und öffnete zitternd die Wohnungstür.

Chris saß auf dem Sofa, Wichtchen auf ihrem Schoß. Sie stand auf, sah Verbist mit stumpfem Blick an, fasste das Baby unter den Achseln und ließ es auf- und niederschweben.

»*Superwoman … Superwoman flies again,* hoch und runter, hoch und runter. Hast du die Kohle? *Superwoman flies again.* Leg sie einfach auf den Tisch.«

»Nein«, sagte Verbist und lächelte, ohne zu wissen, warum. »Nein …«

Chris lachte wie eine Hyäne, und Wichtchen kreischte wie eine Elster. Es war eine alptraumhafte Szene.

»Was soll das?«

»Du kriegst keinen Cent.«

Chris blickte ihn an, ohne ihn zu sehen. Ihre Augen glichen Flipperkugeln. Sie huschten von der Tür zu Verbist, zu Wichtchen und dann wieder zur Tür.

»Eins!«

Sie warf das strampelnde Baby hoch in die Luft und fing es behende wieder auf.

Herman Verbist streckte die Arme aus, und als er mitten in

der Bewegung erstarrte, glichen seine Hände drohenden Raubvogelklauen. Er war nicht imstande, auch nur einen Muskel zu bewegen, als umklammere eine riesige, eiskalte Hand seinen ganzen Körper.
»Zwei!«
In Herman Verbists Geist wurde der Tag zur Nacht. Und die Nacht wieder zum Tag. Chris und das Baby taumelten in einem diffusen roten Bläschennebel umher. Die messerscharfen Blutkörperchen wurden von der silbrigen Tapete angezogen und prallten wieder von ihr ab. Seine Sinne verschmolzen. Der Geruch verwesender Farben. Der Klang grauer Angst. Er gelang ihm nicht einmal, mit den Augen zu blinzeln, und doch war die Träne, die ihm über die Wange rollte, mehr als eine vasomotorische Reaktion. Von seiner Unterlippe sickerten drei dünne Blutrinnsale, die sich unter seinem Kinn vereinigten. Er kniff die Augen zu und biss die Zähne mit solcher Kraft zusammen, dass einer seiner Schneidezähne abbrach.
Kam es von dem Blut? Von der Angst? Den Schmerzen?
Plötzlich klappten seine Lider auf, sein Kopf neigte sich langsam in den Nacken und seine Fingerknöchel knackten, als er die Klauen zu Fäusten ballte.
»Und drei …!«
Er sah das Baby in Zeitlupe um die eigene Achse rotieren. Rudernde Arme und Beine. Das rechte Füßchen nur knapp zwei Zentimeter von der Zimmerdecke entfernt.
Als ein heiserer Schrei aus seinem Mund drang, schien sein Kopf zu explodieren.

Donnerstag, 27. November – 9 Uhr 51

Dirk Deleu presste das Ohr ans Schlüsselloch, und ein Schweißtropfen fiel ihm von der Nase auf die Schuhspitze.

Als aus der Wohnung ein heiserer Schrei drang, ballte Pierre die Fäuste und drehte sich seitlich zur Tür, bereit, sie mit seinen neunzig Kilo aufzustoßen.

Deleu legte ihm eine Hand auf die Brust.

»Warte!«

Nadia Mendonck spreizte die Hände. Hilflos. Machtlos. Ihre Nasenflügel zitterten vor Anspannung.

»Ich höre ein Baby krähen. Wartet. Sie sind mit dem Baby zugange. Wartet, verdammt noch mal!«

Der Schlag gegen ihre Schulter fühlte sich an, als würde sie von einem Stier gerammt. Chris verlor das Gleichgewicht und stolperte mit fuchtelnden Armen rückwärts. Sie fiel und schlug mit dem Hinterkopf auf den Wohnzimmertisch. Verbists Hechtsprung hatte sie vollkommen überrumpelt.

Das strampelnde Wichtchen sah Vati erwartungsvoll an, als wolle sie sagen: »Noch mal, Vati!« Verbist drückte sie liebevoll an sich, streichelte ihr über den Kopf und murmelte: »Alles wird gut.«

Während das Baby im Weidenkorb lautstark protestierte, versuchte Chris verzweifelt, sich aus der Umklammerung zu befreien. Ihre Augen traten aus den Höhlen, und ihre Zunge ragte zwischen den bläulich verfärbten Lippen hervor. Ihre gestreckten Finger strichen über die starken Hände, die ihren Hals wie eine Schraubzwinge zudrückten. Sie

trat noch einmal wild mit dem rechten Fuß, dann drehten sich ihre Augen weg. Eine letzte Zuckung, und der Urin floss unkontrolliert aus ihr heraus.
Nicht einmal, als ihre Halsmuskeln erschlafften, ließ Herman Verbist von ihr ab. Aus den feuerroten Kratzern auf seiner rechten Wange floss Blut. Als er mit der Zunge über den Mundwinkel fuhr und das süßliche Blut schmeckte, löste sich der wahnsinnige Glanz in seinen Augen allmählich auf. Dann öffnete er mit großer Anstrengung die verkrampften Hände, und Chrissies Kopf fiel geräuschlos auf den Teppichboden. Ihre aufgerissenen Augen starrten das Loch in der Tapete an.
Während sich Verbist aufrichtete und mit knackenden Knien zum Computer ging, flüsterte Deleu: »Das Baby. Das Baby weint!«
Nadia Mendonck hielt es nicht mehr aus. Ihr kritischer Punkt war erreicht. Sie zerrte Deleu zur Seite und trat mit dem Absatz ihres rechten Springerstiefels kraftvoll gegen die Tür. Das Schloss krachte, hielt aber.
Verdammt noch mal! Weiber!

DONNERSTAG, 27. NOVEMBER – 9 UHR 57

Liebste Chris,

ich gelobte, dass ich meine Kräfte dir und dem, was dir gehört, weihen würde – habe ich nicht mein Gelübde gehalten?
Mit klopfendem Herzen und strömenden Augen rufe ich gerade jetzt

die Phantome von tausend Stunden
jedes aus seinem stummen Grab:
Sie haben in traumhaft geschauten Gemächern
von beflissenem Eifer oder Liebeswonne
mit mir die missgünstige Nacht durch Wachen überwunden –

Als Verbist nach langem Zögern endlich mit gekrümmtem Zeigefinger auf »Entfernen« drückte und sein Gedicht an Chris endgültig löschte, erzitterte die Tür mit lautem Krachen in ihren Angeln.

Nein, Molok. Hier kommst du nicht rein. Diesmal habe ich gewonnen.

Wichtchen hatte inzwischen ihren Protest aufgegeben. Mit der Nase auf den molligen Händchen, die sie auf den Rand des Korbes gelegt hatte, blickte sie interessiert auf den flackernden Bildschirm. Ein Hustenanfall schüttelte ihren zarten kleinen Körper.
Draußen im Flur schnaubte Pierre wie ein wilder Hengst. Er stieß sich von der Wand ab und rammte mit dem ganzen Körper die Wohnungstür.

Die ICQ-Blume leuchtete grün auf.

Ricardo ist zurück.

Als die Tür gegen die Wand knallte und Pierre: »Polizei, keine Bewegung!«, brüllte, würdigte ihn der flüchtige Straftäter Verbist keines Blickes.

Er wusste, dass dieser Schlag einen Riss in der Tapete verursacht haben musste. Einen Riss, der groß genug war, um Molok und all seine Höllenhunde hereinzulassen. Er warf einen Blick über die Schulter und sah, wie Wichtchen ängstlich zur Tür blickte.

Er schenkte ihr einen lauten Luftkuss. Wichtchen drehte sich um, sah ihm in die Augen, und sie lächelten.

Alle beide.

Bei diesem unerwarteten, rührenden Anblick blieben Pierre, Deleu und Nadia reglos stehen. Keiner der drei sah die Leiche des erwürgten Mädchens, die halb hinter dem Wohnzimmertisch verborgen lag.

Verbist umklammerte mit beiden Händen den Computerbildschirm und flüsterte: »Hab keine Angst. Hinter den Bergen scheint die Sonne.« Er riss die Augen auf, entblößte die Zähne und rammte den Kopf in den Monitor.

Das Baby drehte die Händchen hin und her und stieß bewundernde kleine Schreie aus, als das knisternde Feuerwerk das Zimmer geisterhaft erleuchtete. Verbists lebloser Körper zuckte ein letztes Mal von links nach rechts, und dem kleinen Mädchen stieg der Gestank von verbranntem Fleisch in die Nase. Es begann zu weinen.

Selbst als Verbists Hände mit lautem Klatschen auf den Schreibtisch fielen, blieben die drei Ermittler wie angewurzelt stehen.

Deleu, der schwitzte wie ein Rind, wandte den Blick ab und starrte entgeistert die silberfarbene Tapete an. Dann betrachtete er seine schweißnassen, zitternden Hände.

Pierre stieß einen lauten Fluch aus, als er das in schwarzes Nylon gehüllte Frauenbein neben dem Wohnzimmertisch entdeckte.

Nadia setzte sich als Erste in Bewegung. Sie wischte eine Glasscherbe ab, die durch die Wucht der Implosion auf ihrem Ärmel gelandet war, und ging mit steifen Knien zu dem weinenden Baby.

Sie hob das strampelnde kleine Wesen aus dem Korb, steckte es unter ihre Bomberjacke und streichelte die zarten Flaumhaare. Als sie mit den Fingerspitzen die ausgemergelten Schulterchen berührte und das Baby einen Hustenanfall erlitt, traten ihr Tränen in die Augen.

Sie spürte Deleus Hand auf ihrer Schulter.

»Alles okay, Dirk.« Sie wischte sich mit dem Handrücken die Wangen ab. »Halt du dich fern, denn du bist krank. Alles okay.«

Deleu tupfte sich die feuchte Stirn mit seinem Taschentuch ab und trat zu Pierre, der sich über die leblose Frau beugte, ihre Halsschlagader befühlte und verneinend den Kopf schüttelte.

Deleu sah auf seine Armbanduhr und seufzte.

Zu spät.

Er zog das Handy aus der Innentasche seiner Jacke und tippte sehr langsam eine Nummer ein.

Barbara Deleu, geborene Wittewrongel, schüttelte sich die Kälte aus dem Körper und nahm auf der harten Bank Platz. Über eine halbe Stunde hatte sie vergeblich auf dem Bürgersteig vor dem Amtsgericht gewartet. Zuerst war sie wütend gewesen, inzwischen fühlte sie sich unsicher. Sie blickte sich um. Der Saal war leer. Als sie hastige Schritte auf dem Flur hörte, lagen Kummer und Ergebenheit in ihrem Blick.

Der Richter schob seine rechteckige Lesebrille etwas höher auf die Nase und räusperte sich.

Die Schritte verhallten. Jetzt sprach Erleichterung aus Barbaras Augen.
»Mevrouw … hmmm …«
»Wittewrongel. Barbara Wittewrongel.«
»Sind Sie allein gekommen? Ich hatte hier noch Mijnheer …« Der ältere Beamte mit dem sorgfältig getrimmten Knebelbart und dem stacheligen weißen Haar raschelte in dem Papierstapel vor sich herum. »… Deleu … Dirk Deleu erwartet.«
»Ich auch«, antwortete Barbara spitz.
»Mevrouw Wittewrongel, sind Sie sich der Tatsache bewusst, dass bei einer Scheidung in gegenseitigem Einvernehmen stets beide Gatten gemeinsam erscheinen müssen und dass wir einen engen Terminplan einhalten müssen, da …«
Barbaras Handy summte.
Der Richter seufzte gelangweilt.
Immer dasselbe Lied.
Er warf einen Blick auf seine vergoldete Cartier-Uhr, ein Andenken an seine zweite Ehefrau.
»Entschuldigen Sie bitte.«
Barbara nahm das Handy aus ihrer Handtasche und wollte schon auf Mailbox umschalten, überlegte es sich aber anders.
»Hallo?«
»Äh … Barbara, ich bin's. Bitte entschuldige …«
»Schon gut, Dirk. Ich glaube, ich weiß, was du mir sagen willst.«
»Barbara …«
Barbara Wittewrongel wartete lange.
»Ja?«

»Barbara … Ich kann es nicht. Ich …«
»Ich auch nicht, Dirk.«
Klick.

Fünf Kilometer von ihr entfernt blickte Deleu sehnsüchtig sein Handy an, als müsste es ihm die gute Nachricht gleich noch einmal verkünden. Sein Herz klopfte zum Zerspringen. Der nagende Schmerz war verschwunden.
Nadia Mendonck, die spürte, dass etwas Wichtiges geschehen war, drehte sich um. Ihre Augen waren feucht.
»Nadia? Was hast du denn?«
»Ach, nichts.«
Nadia schniefte und betrachtete das Baby mit gemischten Gefühlen.
»Und was ist mit dir los?«
Deleu grinste breit.
»Barbara hat im Amtsgericht auf mich gewartet. Aber sie will sich nicht mehr scheiden lassen. Sie auch nicht.«
Deleu fasste seine Kollegin an den Schultern und wollte einen Freudentanz aufführen, aber seine Muskeln verweigerten ihm den Dienst.
»Schön. Freut mich. Fahr nach Hause, Dirk. Leg dich ins Bett. Du bist todkrank.«
Nadia drehte sich weg, und Deleu sah, wie die Schultern seiner Geliebten – seiner Ex-Geliebten – heftig zuckten. Er stellte sich vor sie hin, legte ihr den Zeigefinger unters Kinn und hob ihr Gesicht an.
»Was ist denn los, Nadia? Mit dem Baby wird bestimmt alles gut. Versuch doch, dich jetzt ein bisschen zusammenzureißen.«
Nadia sah ihn schluchzend an.

Deleu schluckte, zog ihren Kopf an seine Brust und streichelte ihr über den Rücken.
»Schon gut. Lass es raus. Die letzten Tage waren einfach zu viel für dich. Ich werde …«
Nadia riss sich los und blickte ihn an, unendlich traurig.
»Ich bin schwanger, Dirk.«
Deleu erstarrte. Erst nach etwa einer Minute brachte er einen Ton heraus.
»Weißt du, von wem …«
»Ich habe keine … anderen Männer gehabt. Von Frank oder von dir.«